会计从业资格辅导教材

会计基础精讲精练

市中教育会计从业资格辅导教材编写组　编著

图书在版编目(CIP)数据

会计基础精讲精练/市中教育会计从业资格辅导教材编写组编著. —上海:立信会计出版社,2009.2

会计从业资格辅导教材

ISBN 978-7-5429-2244-1

Ⅰ. 会… Ⅱ. 会… Ⅲ. 会计学—资格考核—自学参考资料 Ⅳ. F230

中国版本图书馆 CIP 数据核字(2009)第 020070 号

责任编辑　方士华
封面设计　周崇文

会计基础精讲精练

出版发行　立信会计出版社
地　　址　上海市中山西路 2230 号　邮政编码　200235
电　　话　(021)64411389　传　　真　(021)64411325
网　　址　www. lixinaph. com　E-mail　lxaph@ sh163. net
网上书店　www. lixinbook. com　Tel:(021) 64411071
经　　销　各地新华书店

印　　刷　上海申松立信印刷厂
开　　本　850 毫米×1168 毫米　1/32
印　　张　11.75
字　　数　222 千字
版　　次　2009 年 2 月 第 1 版
印　　次　2009 年 2 月 第 1 次
书　　号　ISBN 978 - 7 - 5429 - 2244 - 1
定　　价　24.00 元

编者的话

今年1月，我市最新修订的《会计基础》教材正式出版。与以往相比，本次教材修订变动范围很大。另外依据沪财会【2008】118号文通知，2009年会计从业资格考试题型和题量也将做重大调整。为了帮助广大有志于从事会计工作的学员顺利通过2009年的考试，我们结合诸多最新要求对原版《会计基础精讲精练》进行了修订和完善。

《会计基础精讲精练》一书使用以来，为我校会计从业资格学员顺利考试过关发挥了很好的助推作用，也是我校考试辅导的专用教材之一。本书与最新版教材同步，紧跟考试形势，密切结合考点，瞄准考试标靶，精讲与精练并重。每一章均包括“考点归纳和真题解析”，“迎考知识点再拓展”、“本章复习与应考攻略”、“本章考点实战训练题”和“考点实战训练题答案”5个部分。为了提高学员对综合题的理解和把握，本书在有关章节的“本章考点实战训练题”中继续保留了“计算分析与业务处理题”，供学员练习。此外，本书附录还搜集了2008年两套该科考试真题和1套考前模拟冲刺题，并附有答案，以便广大学员结合自身实际自测。与第一版相比，本辅导教材的特点是更加“直观新颖”和“完善细致”。我们利用直观的表格方式将本课程曾经考过和认为必须掌握的知识点以考点形式归纳出来，以便于学员学习时有的放矢，以便获得事半功倍的成效。针对近年来考试中出现的个别超出教材的考点，我们适当选取了部分可能还会出现的知识在“迎考知识点再拓展”中向学员做了简要介绍根据应考攻略确定学习计划、通过实战训练在较短的时间里掌握各个考点，使得大家从容通过考试。

市中教育是沪上知名的会计类培训专业学校，学校依托雄厚的师资力量、独特的教学方法，已经使数以万计的学员取得了会计从业资格证书，踏上了前途光明的财会人生之路。《会计基础精讲精练》一书由市中教育会计从业资格教材编写组的师天良、张惠祥、曹志伟等老师主编，在编写中参阅了一定的相关资料，也得到了市中教育杨中海院长及学校部分老师的热心指导和帮助，限于篇幅在此一并感谢。

欢迎登录市中教育网站www.school888.com给予纠正和评价，我们会给予一定的奖励，以便再版时修订完善。

市中教育会计从业资格辅导教材编写组

2009年2月

致　考　生

——应考指南

如何顺利通过考试呢？第一就是要树立必胜的信心，第二就是要掌握得当的方法，第三就是要付出一定的努力。有信心就能忍耐，有信心就不厌其烦，有信心就不会半途而废，初学者学习一门新学问，有了信心、耐心和恒心就一定能学有所成。

“工欲善其事，必先利其器”，就是指要借助技巧来做事。考试也是有技巧的，学习就是学方法，学习解决问题的思路。同学们参加考试也应当掌握一定的方法，比如答题的方法，记忆的技巧等等。但是我们也不能不承认“一份耕耘、一份收获”的必然，因此要顺利过关你就要掌握知识，学会方法，这也都需要你付出一定的努力。

《会计基础》科目考试方式是笔试，考试时间为 90 分钟。题型分为单选题、多选题、判断题和综合题（均为不定项选择）。卷面按百分制记分，单选题一般 25 分，多选题一般 20 分，判断题一般 25 分，综合题（均为不定项选择）为 30 分。所有试题都属于客观题，需要考生在答题卡填涂正确答案，考试由电脑评分。纵观近年考试，呈现出了考点分散、考题细致、难度有所加大的趋势。

应考者要始终遵循"以教材内容为主,习题练习为辅"的方针进行复习。教材始终是命题的依据和准绳,不要脱离教材。因为每次考试试题,50%以上的考点都能在教材上直接找到。考试就是做题,所以除了通读教材以外,选择一本习题书反复练习,尽快掌握考点是最为便捷的学习方法。

在考前学员应当按照"研读—练习—泛读"的方法对教材上的知识进行学习和复习。"研读"就是要对教材上的字字句句认真推敲,教材上的例题更要十分注意。练习就是结合历年考题对易考考点、重要知识点反复训练直至掌握。"泛读"适合于考前的一两个星期内,学员应该再回过头来,对教材进行一次通读,并对难点,重要知识点再来一次梳理,查漏补缺。举例来说:《会计基础》考试的重点一般都在第四章,因此要在通读教材的基础上重点研读该章。要搞清楚每个会计账户的记账规则,借方贷方记录的内容,与其有关的会计分录写法。譬如说学员要复习"固定资产",那要熟知的内容就包括:固定资产的两大特征,分类、核算常用账户(固定资产,在建工程、工程物资和累计折旧)、入账价值计算(用原值还是净值)、折旧计提的规定和计算、具体的会计核算(如接受投资投入,购入需要安装,购入不需要安装、自行建造和折旧计提等)以及资产负债表中该项目如何列示(计算公式)等。每一个知识点都这样认真过一遍,而后你就可以信心十足、胸有成竹地应考了。

考试技巧方面简单介绍几点:

1. 单选题解题点拨:单选题目总共25分,每道1分。这些题目多是概念性和简单的应用公式计算的题目。若能直接找出正确答案即选,否则可用排除法,进行筛选。近年来此类题目中迷惑性强的有两种类型,一种是故意多告诉应试者一些无关的条件进行干扰。比如说让你计算5月份应计提的折旧,不但告诉4月份的有关数据,还告诉你5月份相关数据。第二种则是题干故意很长,应考者一看便心怀畏惧,其实题目长的单选题计算未必就复杂。总而言之,单选的30分应该力争拿满分,切不可空白不选。

2. 多选题解题点拨:多选题总共20分,每道2分。这是考试的难点,许多考生考下来会“颗粒无收”。20分相对来说不是很好获得,一般至少有2个答案是正确的。近年来出现的现象是全选的非常少,主要是2个或3个正确答案的情况居多。这类题目要答对必须在复习时多看教材,尤其要对教材上阐述某一问题有2个以上内容的应格外注意。比如不影响试算平衡的5个情况,其他应收款核算的7项内容、应付账款借方登记的内容等等。

3. 判断题解题点拨:判断题目总共25分,每道1分。这应是考生重点得分的地方,遗憾的是许多考生得分情况并不理想。这就要求应考者要善于总结命题人设计的陷阱。比如说:大凡句子中有“都”、“均”、“也”、“所有”、“全部”一般话语中含有这些字句的错的可能性大。“前错后对”型必错。“前对后错”型,前半句话对但后半句话错,迷惑性最强,注意这也是错的。“偷梁换柱”和“前后颠倒”型，语句一般较长，多用来描述某跟某关系的。比如说“监督是核算的基础”，把“预收账款”的定义说成是“预付账款”的定义等。要当心！答判断题时要注意瞻前顾后，越细心越好，实在找不到理由证明题干对的话，你就判错吧。

4. 综合题(均为不定项选择题)解题点拨：这是2009年才推出来的新题型，分值约在30分左右。这类题目有1个或多个正确的答案，试题难度更大。这里给学员的建议是平时注意积累，多思考多练习；考试过程中对于要求计算数值的要确保成功，因为这种题目多为唯一答案。综合题从实质上看就是原来业务处理题的变形，为此，本书在练习题目中继续保留了原来的业务处理题，供学员操练。希望学员高度重视，考试时还要更细心，做出选择需要慎之又慎。

5. 历年考过的题目、教材上的例题和课后的练习题目也会经常考出来，要注意掌握，不可大意。

6. 应试技术方面要注意：

(1) 要提前作好考试准备，考试不要迟到，放松心情、调整好心态。

(2) 要分配好考试时间，由易到难来答题，一道题目上不要花费过多的时间。

(3) 填涂答题卡务必仔细，看清题目，规范填涂、注意电脑阅卷没有感情。

选择市中，选择成功；付出努力，必定成功，最后预祝各位学员考试通过，心想事成！

目　录

第一章 总 论

考点归纳与真题解析

考点	具体识记内容
会计的定义	是以货币为主要计量单位的经济管理工作。
会计的职能	会计核算职能(反映)是最基本职能。
	会计监督职能(控制)。
	核算是监督的基础,监督是核算的质量保证。
会计对象	定义:会计核算和监督的内容。
	会计对象是特定主体能够以货币表现的经济活动(资金或价值运动)。
会计方法	定义:是反映和监督会计对象、完成会计任务的手段。
	会计核算方法是最基本的会计方法。
	核算方法包括设置账户、复式记账、填审会计凭证、登记账簿、成本计算、财产清查和编制会计报表 7 个方面。

续 表

考点	具体识记内容
会计核算四大假设	会计主体,界定了从事会计工作和提供会计信息的空间范围。
	持续经营,明确了会计核算的时间范围,是企业选择会计处理方法、确认和计量的基本前提。
	会计分期(会计期间),便于分期结算账目、编制报表(人为划分)。
	货币计量,为核算提供了统一的手段。
会计基础	分为权责发生制和收付实现制 2 种。
	企业会计的确认、计量和报告应当以权责发生制为基础。
	行政单位和事业单位(大部分业务)都以收付实现制为基础。
会计信息的八项质量要求	可靠性,是基本要求,强调应当以实际发生的交易或事项为依据进行会计确认、计量和报告。
	相关性,要求会计信息要与信息使用者的决策需求相关。
	可理解性,强调会计信息要清晰明了,便于理解和使用。
	可比性,包含两层意思,即同一企业要能够保证不同核算期纵向可比;不同企业相同交易事项处理则要一致,以便能横向可比。

续 表

考点	具体识记内容
会计信息的八项质量要求	实质重于形式,强调经济实质重于法律形式。
	重要性,企业应当提供重要的会计信息,在核算中可区别重要程度,采用不同核算形式。
	谨慎性,要求面临不确定因素要保持谨慎,要求不应高估资产和收益、低估负债或费用,也不得计提秘密准备。
	及时性,要求核算和提供会计信息不得提前或延后。
会计核算的具体内容	① 款项和有价证券的收付;② 财物的收发、增减和使用;③ 债权债务的发生和结算;④ 资本基金的增减;⑤ 收入、支出、费用、成本的计算;⑥ 财务成果的计算和处理;⑦ 其他事项。
会计核算的一般要求	会计核算方法的要求(按照国家统一会计制度);会计核算依据的要求(必须以实际发生的交易或事项为依据);会计核算依法设账的要求;会计核算资料(会计档案)保管的要求;会计电算化的要求(电算化所用软件和生成的会计资料必须符合国家统一会计制度规定);会计记录文字的要求(必须使用中文,民族自治地方可同时使用一种民族文字;外商企业或外国组织可同时使用一种外国文字)。

◈ 考点一:会计的定义

【2008年下半年单选】会计核算的主要计量单位是

(　　)。

A. 实物计量单位　　　　B. 劳动计量单位

C. 货币计量单位　　　　D. 时间计量单位

【答案】 C　会计是以货币为主要计量单位的经济管理工作。

【2004年上半年判断】会计的基本任务是依法进行会计核算,提供真实完整的财务会计信息,同时还要监督经济活动、维护财经纪律。(　　)

【答案】 √

◇ 考点二:会计的两大职能(内容及关系)

【2008年上半年单选】会计的基本职能包括会计核算和(　　)。

A. 会计检查　　　　B. 会计分析

C. 会计监督　　　　D. 会计审核

【答案】 C　两大职能是核算和监督。

【2004年下半年判断】没有会计核算,会计监督即失去存在的基础;但没有会计监督,会计核算会正常进行。(　　)

【答案】 ×　核算是监督的基础,监督是核算的质量保证,两者相辅相成,不可偏废。

【2006年上半年判断】监督是会计最基本的职能。(　　)

【答案】 ×　核算才是会计最基本的职能。

◈ 考点三：会计对象的内容

【2008年下半年判断】凡是会计主体能够以货币表现的经济活动，都是会计核算和监督的内容，也就是会计对象。（ ）

【答案】 √

◈ 考点四：会计方法的定义和内容

【2006年下半年单选】进行账实核对的专门会计核算方法是（ ）。

A. 复式记账　　B. 登记账簿
C. 财产清查　　D. 会计报表

【答案】 C 财产清查才是为了确保账实相符的。

【2003年下半年多选】下列属于会计核算方法的是（ ）。

A. 复式记账　　B. 财产清查
C. 成本计算　　D. 设置账户
E. 货币计量

【答案】 ABCD 货币计量是会计核算的基本前提之一，不是核算方法。

◈ 考点五：会计核算四大假设的内容与意义

【2004年上半年单选】下列说法中正确的是（ ）。

A. 会计期间分为月度、季度和年度

B. 会计主体即会计实体，指记录会计信息的会计

人员

C. 持续经营假设是指企业在可预见的将来不会停业、也不会大规模削减业务

D. 会计主体都是法人

【答案】 C 注意会计期间分为4个,会计主体就是核算和监督的特定组织,会计主体不一定都是法人。

【2005年上半年多选】属于会计中期的会计期间有( )。

A. 年度　　B. 半年度

C. 季度　　D. 月度

【答案】 BCD 年度不属于会计中期,会计中期均短于一年。

【2004年下半年判断】会计核算的基本假设包括会计主体、会计期间、货币计量和持续经营。( )

【答案】 √

【2006年上半年判断】法人一定是会计主体,但会计主体不一定是法人。( )

【答案】 √

【2008年下半年单选】规范会计工作空间范围的会计核算基本假设是( )。

A. 会计分期　　B. 会计主体

C. 持续经营　　D. 货币计量

【答案】 B 会计主体界定了会计核算和提供会计信息的空间范围。

◇ 考点六：会计基础的有关规定

【2003年下半年单选】按权责发生制原则的要求，下列不属于本期费用的是（　　）。

A. 本期摊销的费用　　B. 本期预提的费用

C. 本期预付的费用　　D. 本期应付未付的费用

【答案】 C　本期预付的费用属于提前支付，不属于本期。

【2008年上半年单选】企业会计核算的基础是（　　）。

A. 收付实现制　　B. 永续盘存制

C. 权责发生制　　D. 实地盘存制

【答案】 C

◇ 考点七：会计信息的八项质量要求

【2004年上半年判断】谨慎性原则要求企业进行会计核算时，尽可能高估资产和收益、低估负债和费用。（　　）

【答案】 ×　既不能高估资产和收益，也不得低估负债和费用。

【2006年下半年判断】重要性原则要求企业在会计核算过程中，对交易或事项应当区别其重要程度，采用不同的核算方式，对于次要的会计事项可适当简化处理。（　　）

【答案】 ×　简化处理的前提是不影响会计信息使

用者做出正确判断。

【2008年下半年单选】“企业应当以实际发生的交易或事项为依据进行会计确认、计量和报告，如实反映符合确认和计量要求的各项会计要素及其他相关信息，保证会计信息真实可靠、内容完整。”这一表述所体现的会计信息质量要求是（　　）。

A. 可靠性　　B. 相关性

C. 重要性　　D. 可比性

【答案】 A　可靠性是会计信息质量的首要要求。

◈ 考点八：会计核算的具体内容和一般要求

【2006年上半年多选】财务成果的计算和处理一般包括（　　）。

A. 利润的计算　　B. 所得税的计算

C. 利润分配　　D. 亏损弥补

【答案】 ABCD

【2006年下半年判断】在中华人民共和国境内的外商投资企业、外国企业和其他外国组织的会计记录可以使用外国文字。（　　）

【答案】 ×　强制使用中文，与此同时可以使用一种外国文字。

【2007年上半年单选】财务成果具体表现为企业的（　　）。

A. 资产　　B. 收入

C. 盈利和亏损　　D. 费用

【答案】 C

【2008年上半年单选】不属于会计核算内容的是（ ）。

A. 用盈余公积转增实收资本

B. 制定下年度财务预算

C. 将现金存入银行

D. 赊销货物

【答案】 B

迎考知识点再拓展

1. 会计是一个信息系统，其最终成果是产出会计信息。当前，会计信息使用者主要包括投资者、债权人、政府及相关部门和其他社会公众。

2. 会计上确认收入和费用的两种方法：

（1）收付实现制：

又称实收实付制。每期收入和费用的确认，均以现金的实际收付为标准。即凡是本期收到的收入不论是否应归属于本期，都作为本期收入；本期支付的费用也不论是否应归属于本期，都作为本期费用。该方法目前仅在行政、事业单位会计核算中使用。

（2）权责发生制：

又称应收应付制。凡是当期已经实现的收入和已经发生或应当负担的费用，无论款项是否收付，都应作为当期的收入和费用处理；凡是不属于当期的收入和费用，即使款项在当期已经收到或已经支付,都不应作为当期的收入和费用。现行企业会计准则规定,企业会计核算必须采用权责发生制。

◆ 注意:

收入和费用的收支期间:是指收入收到现款或费用支付现款所在的会计期间。

收入和费用的归属期间:是指应获得收入和应负担费用的会计期间。

收支期间与归属期间可能一致,也可能不一致。若收支与归属期间一致,则无论采取上述哪种方法,最终的核算结果都相同。

【2006 年上半年判断】尽管收付实现制和权责发生制是收入、费用确认的两种不同方法,但有些收入和费用按收付实现制确认和按权责发生制确认的结果相同。( )

【答案】 √

3. 现行的企业会计准则体系:

企业会计准则是企业会计核算的依据,是会计工作的基本规范。现行体系由 1 项基本准则、38 项具体准则和会计准则应用指南组成。其中《企业会计准则——基本准则》由财政部于 2006 年 2 月 15 日发布。我国上市公司于 2007 年 1 月 1 日起率先执行,从 2008 年起,国有大中型企业也开始逐步执行。新企业会计准则与国际会计准则实现了趋同。

【2007 年上半年单选】我国新企业会计准则体系的

发布时间是(　　)。

A. 2006年1月　　B. 2006年2月

C. 2007年1月　　D. 2007年2月

【答案】 B 2006年2月财政部在京发布。

【2007年下半年单选】自2007年1月1日起必须执行企业会计准则体系的是(　　)。

A. 外商投资企业　　B. 国有企业

C. 集体企业　　D. 上市公司

【答案】 D 2007年1月起我国上市公司开始率先执行。

本章复习与应考攻略

本章是会计的基础知识,知识点可以总结为:1个核心概念(什么是会计)、2大会计职能、3种会计方法、4大会计假设、5种计量属性、6项核算要求、7种核算方法和8项质量要求。从以往考试来看,考试中多以概念性题目出现,考查识记能力,故考生应该仔细学习,在识记的基础上理解掌握。

本章考点实战训练题

一、单项选择题

1. 会计最基本的职能是(　　)。

A. 控制职能　　B. 反映职能

C. 预算职能　　D. 监督职能

2. 企业应当划分(　　),以便于结算账目和编制财务会计报告。

A. 会计要素　　B. 经营规模

C. 会计期间　　D. 会计主体

3. 下列有关会计方面的表述中,不正确的是(　　)。

A. 会计按其报告对象不同,分为财务会计与管理会计

B. 经济越发展,会计越重要

C. 会计就是记账、算账和报账

D. 会计是以货币为主要计量单位,反映和监督单位经济活动的经济管理工作

4. 在生产经营过程中,按照一定的对象归集和分配发生的各种费用,从而确定该对象的总成本和单位成本的一种方法是(　　)。

A. 会计科目　　B. 会计账簿

C. 成本计算　　D. 设置账簿

5. 要求企业在会计核算的过程中,对交易事项应当区别其重要程度,采用不同的核算方式的会计信息质量要求是(　　)。

A. 谨慎性　　B. 实质重于形式

C. 相关性　　D. 重要性

6. 对会计对象的具体内容进行分类核算的专门方法是(　　)。

A. 设置账户　　B. 会计核算

C. 会计预算　　D. 会计科目

7. 会计的对象就是特定主体的(　　)。

A. 经济活动　　B. 财产运动

C. 资金运动　　D. 货币资金

8. “企业对于已经发生的交易或事项,应当及时进行会计确认、计量和报告,不得提前和延后。”这一规定是(　　)。

A. 及时性　　B. 可比性

C. 历史成本　　D. 重置成本

9. (　　)是对会计信息质量的基本要求。

A. 可靠性　　B. 实质重于形式

C. 可比性　　D. 谨慎性

10. 企业对资产计提减值准备,体现了(　　)要求。

A. 相关性　　B. 谨慎性

C. 及时性　　D. 重要性

11. 将融资租入固定资产视同自有资产进行管理,体现了(　　)要求。

A. 相关性　　B. 重要性

C. 谨慎性　　D. 实质重于形式

12. 企业发生的下列支出,属于资本性支出的是(　　)。

A. 支付的业务招待费

B. 支付给股东的现金股利

C. 支付的生产工人工资

D. 固定资产大修理支出

13. “企业应当以实际发生的交易或者事项为依据进行

会计确认、计量和报告，如实反映符合确认和计量要求的各项会计要素及其他相关信息，保证会计信息真实（　　）、内容完整。”

A. 可靠　　B. 准确

C. 可行　　D. 无误

14. 在会计核算中，产生权责发生制和收付实现制两种不同的记账基础所依据的会计基本假设是（　　）。

A. 货币计量　　B. 会计分期

C. 会计方法　　D. 持续经营

15. （　　）是会计信息相关性和可靠性的制约因素。

A. 重要性　　B. 可理解性

C. 及时性　　D. 可比性

二、多项选择题

1. 会计信息是会计系统的最终产品，主要为（　　）了解和掌握企业财务状况、经营成果和进行经济决策服务。

A. 债务人　　B. 社会公众

C. 政府部门　　D. 投资人

2. 以下对会计的理解，说法正确的是（　　）。

A. 会计是以货币为主要计量单位

B. 会计监督即从真实性、合法性和合理性上进行审查

C. 会计核算和反映是会计的基本任务

D. 会计信息是会计活动的最终结果

3. 基本准则规定，企业提供的会计信息应当具有可比

性,包含的意思是(　　)。

A. 同一企业不同时期的会计核算方法前后各期应当保持一致,不得随意变更

B. 同一企业同一时期的会计核算方法前后各期应当保持一致,但可以变更

C. 不同企业发生的相同或者类似的交易或事项应当执行规定的会计政策,以确保会计信息的口径一致、相互可比

D. 不同企业发生不相同或者不类似的交易或事项前后各期应当保持一致,不得随意变更

4. 会计核算具有(　　)。

A. 完整性　　B. 连续性

C. 系统性　　D. 真实性

5. 按《会计档案管理办法》的规定,下列(　　)属于会计档案的范围。

A. 会计凭证　　B. 会计账簿

C. 财务预算书　　D. 财务会计报告

6. 下列经济活动中,属于资金取得的运动是(　　)。

A. 企业所有者认购企业股票

B. 企业以银行存款购买原材料

C. 企业出售产品收到现金

D. 企业获得银行贷款

7. 对会计核算的理解有误的是(　　)。

A. 利用人民币计量单位的经济活动的数量方面

B. 对已经发生的经济活动进行事后的核算

C. 具有完整、连续和系统的特点

D. 是会计最基本的职能

8. 下列属于会计信息质量要求的是(　　)。

A. 可靠性　　B. 明晰性

C. 重要性　　D. 及时性

9. 下列属于会计核算的基本假设的是(　　)。

A. 货币计量　　B. 会计分期

C. 持续经营　　D. 会计方法

10. 会计的核算功能，是以货币为主要计量单位，通过(　　)等环节，对特定主体的经济活动进行记账、算账、报账、为各有关方面提供会计信息的功能。

A. 确认　　B. 计量　　C. 记录　　D. 报告

11. 下列(　　)是属于会计核算的具体内容。

A. 款项和有价证券的收付

B. 财物的收发、增减和使用

C. 债权债务的发生和结算

D. 收入、支出、费用、成本的计算

12. 财务是财产物资的简称。下列项目中属于企业财物的有(　　)。

A. 原材料　　B. 固定资产

C. 库存商品　　D. 代管商品

13. 下列叙述正确的是(　　)。

A. 会计记录的文字可以使用中文

B. 会计记录的文字应当使用中文

C. 在中华人民共和国境内的外资企业，会计记录可

以使用一种外国文字

D. 在中华人民共和国境内的外资企业,会计记录可以同时使用一种外国文字

14. 对会计监督理解正确的是(　　)。

A. 又称为控制职能

B. 就是对已经发生的经济活动和核算资料进行审查分析

C. 离不开会计核算,是会计核算的基础

D. 会计监督主要通过价值指标来控制单位的经济活动

15. 以下对会计信息质量要求理解有误的是(　　)。

A. 不得虚构交易或事项入账

B. 会计信息要清晰明了,所以账务处理越简化越好

C. 重要性要求是从会计信息成本效益角度提出的

D. 谨慎性要求企业必须高估负债或者费用

三、判断题

1. 会计对象仅仅是指会计核算的内容。　(　　)

2. 在社会主义条件下,会计对象是企业再生产过程中的资金运动。　(　　)

3. 其他货币资金主要包括银行汇票、银行本票、信用卡、信用证等。　(　　)

4. 业务收支以人民币以外的货币为主的企业,可以选定其中一种货币作为记账本位币和编制报表。　(　　)

5. 可比性的会计信息质量要求就是同一企业不同时期的会计核算方法前后各期应当保持一致,不得随意

变更。 ( )

6. 会计信息的价值在于对社会提供有用的经济资源。 ( )

7. 财务成果就是指企业取得了盈利。 ( )

8. 财产清查的目的是为了保证账实一致。 ( )

9. 实行内部独立核算的生产车间也可作为会计主体。 ( )

10. 任何利益相关者都可以利用会计信息进行决策。 ( )

11. 谨慎性又称稳健性,它指企业要低估利润。 ( )

12. 2006 年财政部颁布的《企业会计准则》已经与国际会计准则完全接轨,并无两样了。 ( )

13. 现值计量都需要对未来净现金流入量或流出量进行折现。 ( )

14. 企业提供的会计信息应当与使用者的需求相关,这是明晰性的要求。 ( )

15. 凡在我国的企业,会计核算都必须以人民币作为记账本位币。 ( )

16. 会计事项是否重要只要看其涉及金额的大小,涉及金额大的会计事项就是重要的,反之则不是重要的。 ( )

17. 投资是以让渡其他资产而换取另一项资产。 ( )

18. 会计只能以货币为计量尺度。 ( )

19. 会计核算应当区分自身的经济活动与其他单位的经济活动。 ( )

20. 收付实现制不考虑收入和费用的收支期间与其归属期间是否一致的问题。 ( )
21. 费用与成本是既有联系又有区别的两个概念,费用与特定计量对象相联系,而成本则与特定的会计期间相联系。 ( )
22. 支出就是指企业实际发生的各项开支,但不包括正常经营活动以外的支出和损失。 ( )
23. 在中华人民共和国境内的外商投资企业、外国企业和其他外国组织的会计记录可以使用外国文字。 ( )
24. 企业的债务主要包括各项借款、各种应付款和应交款,不包括预收款。 ( )
25. 及时性要求企业进行会计确认、计量和报告时,不得延后,越早越好。 ( )
26. 会计方法就是指会计核算的方法。 ( )
27. 会计凭证是记录交易或事项、明确经济责任的书面证明,是登记账簿的依据。 ( )
28. 不论是手工记账还是采用电子计算机进行会计核算,都必须保证会计资料的真实和完整。 ( )
29. 会计核算具有完整性、连续性和系统性 3 大特点。 ( )
30. 监督是会计的基本职能之一,会计上的监督就是事后监督。 ( )

四、不定项选择题

1. 会计方法即完成会计任务的手段,主要有( )。

A. 会计监督方法　　B. 会计分析方法
C. 会计检查方法　　D. 会计核算方法

2. 下列业务不属于会计核算范围的事项是(　　)。
A. 用银行存款购买材料
B. 生产产品领用材料
C. 企业自制材料入库
D. 与外企业签订购料合同

3. 下列关于会计主体的表述不正确的是(　　)。
A. 会计主体必然是法律主体,法律主体不一定是会计主体
B. 企业内部的二级单位不能作为会计主体
C. 企业集团情况下,母子公司可以成为一个会计主体
D. 只有在政府部门注册登记,能够独立承担民事责任的实体才是会计主体

4. 建立货币计量假设的基础是(　　)。
A. 币值变动　　B. 人民币
C. 记账本位币　　D. 币值不变

5. 会计的特点主要表现在(　　)。
A. 以货币为主要计量单位
B. 对经济活动进行完整、系统、连续而综合的记录
C. 以价值管理为基本内容
D. 以提高经济效益为终极目的

6. 属于会计信息质量要求的有(　　)。
A. 权责发生制　　B. 及时性

C. 历史成本　　D. 可靠性

7. 企业会计分期存在的基础是(　　)。

A. 会计主体　　B. 权责发生制

C. 持续经营　　D. 货币计量

8. 下列对于会计的概念理解有误的是(　　)。

A. 会计的职能就是反映和控制

B. 权责发生制是我国企业会计核算的基础

C. 会计四大前提属于假设,存在不合理性

D. 在我国,企事业单位的会计对象的具体内容都一样

9. 资金的循环与周转过程包括(　　)。

A. 供应过程　　B. 生产过程

C. 销售过程　　D. 分配过程

10. 现代会计要求以(　　)为主要计量单位。

A. 劳动耗费　　B. 实物

C. 货币　　D. 工时

考点实战训练题答案

一、单项选择题

1. B　2. C　3. C　4. C　5. D　6. A　7. C　8. A　9. A　10. B　11. D　12. D　13. A　14. B　15. C

二、多项选择题

1. BCD　2. ABD　3. AC　4. ABC　5. ABD　6. AD　7. AB　8. ABCD　9. ABC　10. ABCD　11. ABCD

12. ABC 13. BD 14. AD 15. BD

三、判断题

1. × 2. √ 3. × 4. × 5. × 6. × 7. × 8. √ 9. √ 10. √ 11. × 12. × 13. √ 14. × 15. × 16. × 17. √ 18. × 19. √ 20. √ 21. × 22. × 23. × 24. × 25. × 26. × 27. √ 28. √ 29. √ 30. ×

四、不定项选择题

1. BCD 2. D 3. ABD 4. D 5. ABCD 6. BD 7. C 8. CD 9. ABC 10. C

第二章　会计要素、会计科目和账户

考点归纳与真题解析

考点归纳	具体识记内容
会计要素定义	是对会计对象进行的基本分类，是会计核算对象的具体化。
会计要素的内容	反映企业一定时日(点)财务状况的是资产、负债及所有者权益，属于静态会计要素。
	反映企业一定时期经营成果的会计要素是收入、费用及利润。
对会计要素的理解	资产和负债可以看作是企业的权利与义务。分类标准都是流动性，一般以1年或超过1年的1个营业周期为限，划分为流动资产和非流动资产。非流动资产主要包括长期股权投资、固定资产、无形资产和长期待摊费用等。非流动负债指偿还期超过1年或超过1年的1个营业周期，包括长期借款、应付债券和长期应付款等。
	所有者权益即净资产，体现了所有者对企业剩余资产的求偿权。主要包括实收资本、资本公积、盈余公积和未分配利润。

续 表

考点归纳	具 体 识 记 内 容
对会计要素的理解	收入必须是要在日常活动中通过销售商品，提供劳务或让渡资产使用权（对外贷款、对外投资、对外出租）的途径而取得经济利益的总流入，能使所有者权益增加，但与所有者投入资本无关。它会导致企业资产的增加或负债的减少，收入分为主营业务收入和其他业务收入。营业外收入不属于收入。
	费用是日常活动中所发生的经济利益的总流出。按功能分为营业成本和期间费用，期间费用包括销售费用、管理费用和财务费用。销售费用与企业的销售活动有关。财务费用核算企业筹资发生的利息支出、汇兑损益和银行结算手续费。管理费用核算两方面内容：一是企业管理部门和人员在管理过程中发生的费用；二是应当由企业统一负担的如保险、教育培训等费用。收入和费用一般都遵循配比原则。企业发生的营业外支出不属于费用，且营业外收入和营业外支出也不遵循配比原则。
	利润是企业在一定会计期间的经营成果。利润包括收入减去费用后的净额、直接计入当期利润的利得和损失等。
会计要素的计量属性	包括历史成本、重置成本、可变现净值、现值和公允价值。
	可变现净值计量属性无法用于计量负债。
	企业一般应当采用历史成本计量属性。

续　表

考点归纳	具体识记内容
会计要素的计量属性	某项资产可变现净值＝预计该资产正常销售所得(现金及现金等价物的流入)－至完工时估计发生的成本－估计将来发生的销售费用及税费等
会计等式	会计基本等式：资产＝负债＋所有者权益
	收入－费用＝利润
	资产＝权益(权益分债权人权益和所有者权益)
	会计月中结账前的等式：资产＝负债＋所有者权益＋(收入－费用)，结账后利润转入所有者权益，又变为基本等式模样。
会计科目的定义、意义与种类	会计科目是对会计要素的具体内容进行分类核算的项目，是对会计对象的再细分，是进行会计核算和提供会计信息的基础。
	设置三原则：合法性、相关性和实用性。此外会计科目要简明、适用，并要分类、编号。
	会计科目的缺陷是不能进行具体的会计核算。
	根据反映信息的详细程度及其统驭关系的不同，一般分为总分类科目(即一级科目)和明细分类科目；按归属的会计要素则分为五大类：资产类、负债类、所有者权益类、成本类和损益类(可细分为费用类、收入类、直接计入利润的利得和损失类)。
	总分类科目提供总括会计信息，由财政部在《企业会计准则——应用指南》中统一规定，企业只能选用或删减使用，不得增设。

续 表

考点归纳	具 体 识 记 内 容
总分类科目与明细分类科目的区别	明细分类科目是对总分类科目的进一步分类，提供明细会计信息，总分类与明细分类之间还可增设二级或多级会计科目。
	先有总分类科目后才有明细分类科目。
	总分类账户一般用货币计量，明细分类账户除了用货币计量外，还可用实物量度进行辅助计量。
会计账户的概念、结构和内容	会计账户是具有一定的格式和结构，能反映会计要素的增减变动及结果的载体。
	账户的结构呈“T”型，一边反映增加，一边登记减少。
	账户的 4 个金额要素分别是期初余额、本期增加发生额、本期减少发生额和期末余额。
	账户的内容包括账户名称、业务日期、记账凭证编号、业务摘要、增减金额和余额 6 项。
	期末余额＝期初余额＋本期增加发生额－本期减少发生额
	账户的分类方法与会计科目完全一致，账户与账簿是两个概念，不可混淆。
会计账户和科目的关系	联系：两者口径一致，性质相同，会计科目是账户的名称，是设置依据，账户则是科目的具体运用。实际在工作中，两者不严格区分，可以相互通用。
	区别：账户有一定的结构和格式。

考点一：会计要素的内容、区别及简单计算

【2003年上半年判断】资产是企业拥有或控制的具有实物形态的经济资源，该资源预期会给企业带来经济利益。（　）

【答案】×　专利权、商标等无形资产也属于资产。

【2004年下半年判断】所有者权益是指投资者对企业资产的所有权。（　）

【答案】×　所有者权益是指投资者对企业净资产的所有权。

【2007年下半年单选】费用的确认可能会引起（　）。

A. 资产增加　　B. 资产减少

C. 负债减少　　D. 所有者权益增加

【答案】B　费用需要偿付，因此不是负债增加就是资产减少。

【2008年上半年判断】收入、费用和利润三项会计要素表现相对静止状态的资金运动，能够反映企业的财务状况。（　）

【答案】×　反映财务状况的会计要素是资产、负债和所有者权益。

【2008年下半年单选】不属于期间费用的是（　）。

A. 销售费用　　B. 管理费用

C. 财务费用　　D. 制造费用

【答案】D　制造费用属于成本类会计科目。

【2004 年上半年单选】留存收益指的是(　　)。

A. 资本公积和盈余公积

B. 资本公积和未分配利润

C. 盈余公积和未分配利润

D. 法定盈余公积和任意盈余公积

【答案】 C

【2004 年下半年单选】下列各项中,属于企业"收入"会计要素的是(　　)。

A. 材料销售收入　　B. 资产盘盈

C. 罚款收入　　D. 补贴收入

【答案】 A　答案 BCD 均为营业外收入,不属于"收入"要素范畴。

【2005 年上半年多选】对于工业企业,属于其他业务收入的有(　　)。

A. 从事证券投资取得的收益

B. 销售原材料取得的收入

C. 转让无形资产使用权取得的收入

D. 出租固定资产取得的收入

【答案】 BCD　答案 A 为投资收益。

【2006 年上半年单选】不属于营业外支出的项目是(　　)。

A. 捐赠支出　　B. 固定资产盘亏

C. 存货正常损耗　　D. 处置固定资产净损失

【答案】 C　存货正常损耗计入管理费用。

【2006 年上半年判断】财务费用属于期间费用,应在

期末结转至“本年利润”账户（　　）。

【答案】 √

【2006年上半年单选】按收入来源分，工业企业对外出租取得的租金收入属于（　　）。

A. 商品销售收入　　B. 提供劳务收入

C. 让渡资产使用权收入　D. 转让无形资产收入

【答案】 C　租金属于让渡资产使用权收入。

【2007年下半年多选】收入的确认必然具体表现为一定会计期间的（　　）。

A. 现金流入　　B. 银行存款流入

C. 其他资产增加　　D. 流动负债增加

【答案】 ABC　答案D错误。

◇ 考点二：会计要素的计量属性

【2007年上半年单选】甲公司2006年12月31日库存T800型设备15台，成本（不含增值税）为675万元，单位成本为45万元/台。根据销售合同，该批T800型设备将于2007年1月25日全部销售给乙公司，售价45万元/台（不含增值税），销售费用为0.13万元/台。则该批T800设备2006年12月31日的可变现净值为（　　）万元。

A. 789.75　　B. 676.95

C. 675　　D. 673.05

【答案】 D

【2007年上半年多选】在历史成本计量下，负债计量

可能出现的情况有(　　)。

A. 按照现在偿付该项债务所需支付的现金或者现金等价物的金额计量

B. 按照因承担现时义务而实际收到的款项或者资产的金额计量

C. 按照承担现时义务的合同金额计量

D. 按照日常活动中为偿还负债预期需要支付现金或者现金等价物的金额计量

【答案】 BCD 答案A属于重置成本的计量属性。

【2008年上半年单选】"除法律、行政法规和国家统一的会计制度另有规定外，企业不得自行调整其账面价值。"上述规定所遵守的会计计量属性是(　　)。

A. 公允价值　　B. 重置成本

C. 可变现净值　　D. 历史成本

【答案】 D 历史成本是5种计量属性的基础。

【2008年下半年判断】在公允价值计量下，资产和负债按照在公平交易中，熟悉情况的交易双方自愿进行资产交换或债务清偿的金额计量。(　　)

【答案】 √

◇ 考点三：会计等式的识记、理解和简单计算

【2004年上半年判断】资产与权益是同一事物的两个方面，两者在数量上必然相等。(　　)

【答案】 √ 因为资产＝权益。

【2004年下半年判断】会计恒等式是"有借必有贷，

借贷必相等”。(　　)

【答案】 ×

【2006年下半年单选】乙企业销售产品,但货款尚未收到。该业务发生后,会引起乙企业(　　)。

A. 资产与权益项目同金额增加

B. 资产与权益项目同金额减少

C. 资产项目之间有增有减,金额相等

D. 权益项目之间有增有减,金额相等

【答案】 A　应收账款和收入同时增加。

【2007年上半年单选】某公司2007年3月初资产总额为160万元,负债总额为60万元。3月1日购入设备一台,价值为10万元,款项未付。上述经济业务发生后,(　　)。

A. 资产与所有者权益总额分别为170万元与110万元

B. 资产与负债总额分别为170万元与70万元

C. 资产与负债总额分别为160万元与70万元

D. 负债与所有者权益总额分别为60万元与100万元

【答案】 B　资产与负债总额分别为170万元与70万元。

【2008年下半年单选】甲公司2008年10月1日资产总额为300万元,本月共发生以下三笔业务:(1) 赊购材料10万元;(2) 用银行存款偿还短期借款20万元;(3) 收到购货单位偿还的欠款15万元存入银行。则甲

公司10月末资产总额为(　　)万元。

A. 310　　B. 290　　C. 295　　D. 305

【答案】 B　300＋10(材料)－20(借款)＋15(银行)－15(应收账款)＝290。

【2007年上半年判断】“本期借方发生额＝本期贷方发生额”是会计恒等式的另一种表达方式。(　　)

【答案】× 　会计恒等式就是资产＝负债＋所有者权益。

◈ 考点四：会计科目的定义、种类和设置

【2006年下半年单选】商品流通企业可以不设置的账户是(　　)。

A. 管理费用　　B. 制造费用

C. 财务费用　　D. 销售费用

【答案】 B　商品流通企业一般不制造加工，无需制造费用账户。

【2004年上半年多选】下列属于一级会计科目的是(　　)。

A. 固定资产净值　　B. 未分配利润

C. 坏账准备　　D. 累计折旧

E. 存货

【答案】 CD　ABE均为资产负债表项目，B也可以是明细账。

【2006年上半年多选】属于成本类科目的有(　　)。

A. 主营业务成本　　B. 生产成本

C. 制造费用　　　　D. 销售费用

【答案】 BC　答案AD属于费用类。

【2007年上半年单选】应交税费属于(　　)类账户。

A. 资产　　　　B. 负债

C. 所有者权益　　　　D. 损益

【答案】 B

【2008年下半年判断】各企业、单位应根据各自经济业务的实际需要自行设置总账科目。(　　)

【答案】 ×　总账科目设置按照法定性要求,只能选择使用,企业无权设置。

◈ 考点五：会计账户的定义、种类等

【2005年上半年单选】只进行总分类账核算,不进行明细分类账核算的账户是(　　)。

A. 实收资本　　　　B. 短期借款

C. 累计折旧　　　　D. 预提费用

【答案】 C　累计折旧账户记录的是折旧总额,折旧一般按部门汇总。

【2003年下半年多选】关于总分类账户与明细分类账户,下列说法正确的有(　　)。

A. 总分类账户与明细分类账户相互独立、互不联系

B. 总分类账户对所属明细分类账户起着统驭和控制作用

C. 明细分类账户对总分类账户起着补充说明作用

D. 将经济业务记入总分类账户和明细分类账户的

记账方向必须相反

E. 总分类账户登记的金额与其所属明细分类账户登记的金额应当相等

【答案】 BCE 答案AD均不对。

【2007年下半年单选】会计账户划分为左右两个基本部分,一部分反映增加,另一部分反映减少,这取决于账户的( )。

A. 性质　　B. 方向

C. 余额　　D. 结构

【答案】 D 账户结构就是一方登记增加,一方登记减少。

考点六:会计科目和账户的关系

【2003年上半年判断】会计科目与账户反映的经济内容是一致的,因而两者之间并无区别。( )

【答案】 × 两者的区别是:会计科目仅仅是账户的名称,不存在结构,而账户则具有一定的格式和结构,用于反映会计要素的增减变动情况和结果。

【2006年上半年单选】会计科目和账户的区别是( )。

A. 所记录资产和权益的增减变动情况不同

B. 所记录资产和负债的结果不同

C. 反映的经济内容不同

D. 账户有结构而会计科目无结构

【答案】 D 区别就是账户有结构科目无结构,ABC

表述均错。

【2007年上半年判断】累计折旧账户属于资产类账户，所以其期末余额在借方。（　　）

【答案】 × 　累计折旧账户期末余额在贷方。

迎考知识点再拓展

1. 营业外收入不属于企业的收入，而是企业非日常活动取得利得。它用于核算“罚没、受赠、盘盈”等7项利得。营业外支出不属于费用范畴，也是企业非日常活动发生的经济利益流出（损失）。它主要核算“对外捐赠、罚款支出、固定资产盘亏损失”等6项损失。注意：在计算企业营业利润时不必考虑营业外收入和营业外支出，即它们不影响企业当期的营业利润，但是却影响利润总额。

【2007年下半年判断】收入包括销售商品收入、提供劳务收入、他人使用本企业资产收入和营业外收入。（　　）

【答案】 × 　营业外收入不属于企业“收入”范畴，而是“利得”。

2. 利润计算公式：

营业利润＝营业收入－营业成本－营业税金及附加－管理费用－销售费用－财务费用－资产减值损失＋公允价值变动收益（减损失）＋投资收益（减损失）

利润总额＝营业利润＋营业外收入－营业外支出

净利润＝营业利润＋营业外收支净额（营业外收入－营业外支出）－所得税费用

【2003 年下半年单选】下列项目中，对本期营业利润没有影响的是（　　）。

A. 管理费用　　B. 主营业务收入

C. 其他业务收入　　D. 所得税

【答案】 D　所得税用于计算净利润。

【2008 年下半年单选】净利润等于利润总额减去（　　）。

A. 营业税金及附加　　B. 利润分配数

C. 应交所得税　　D. 所得税费用

【答案】 D　净利润＝利润总额－所得税费用。

3. 所有者权益项目中的实收资本是指企业创立时投资者投入的资本，即注册资本，除按法定程序增、减资外，一般固定不变。资本公积是指企业资本超过注册资本的部分（如股本溢价）和直接计入该项目的金额。盈余公积和未分配利润被合称为留存收益，是指企业通过经营活动以后实现的收益（净利润）。其中盈余公积是按照当年实现的净利润一定的比例计提的，留做企业发展的积累资金。盈余公积的作用是转增资本、弥补亏损和扩大企业生产经营。

【2007 年下半年单选】A 公司由甲、乙两方各出资 100 万元组建而成。经营一年后，经协议约定，丙投资 120 万元加入 A 公司且持股比例占三分之一。如果甲和乙的投资额均未发生变动，则由于丙的加入，A 公司实收

资本应增加(　　)万元。

A. 100　　　　B. 120

C. 300　　　　D. 320

【答案】 A　由于丙加入的晚,且3人各持公司比例的1/3,很显然丙的加入不能使得甲乙利益受到损害,为此丙需要多支付资金才能享有与甲乙同等权利。因此该公司实收资本变为300万元,其余20万元只能计入资本公积。

【2008年下半年多选】由利润形成的所有者权益包括(　　)。

A. 实收资本　　　　B. 资本公积

C. 盈余公积　　　　D. 未分配利润

【答案】 CD　盈余公积是按照净利润的一定比例提列的,未分配利润是留在企业以后待分配的净利润。

4. 预计负债介绍:

预计负债与负债的概念有所不同。预计负债是指过去的交易或事项形成的现时义务但应付金额须根据一定的标准予以合理预计的流动负债。企业一般把与或有事项相关的义务确认为预计负债,或有事项包括对外提供担保、未决诉讼、产品质量保证以及固定资产和矿区权益弃置义务等。产品质量保证产生的预计负债借记"销售费用",贷记"预计负债",提供担保、未决诉讼等产生的预计负债借记"营业外支出",贷记"预计负债"科目。

【2007年上半年单选】不可能形成预计负债的业务是(　　)。

A. 应收票据贴现　　　　B. 债务担保

C. 已决诉讼　　　　　　D. 产品质量保证

【答案】 C　已决诉讼表明结果已经明确,不需要预计。

5. 教材中《常用会计科目表》介绍:

(1) 企业会计科目中一级科目由国家财政部在《企业会计准则应用指南》一书中规定,原则上企业只能选用,若需要增设、减少、合并某些科目必须事先经批准后变更。

(2) 明细科目,企业可根据需要自行设置。

(3) 会计科目按照所反映经济内容分为资产类、负债类、所有者权益类、共同类、成本类和损益类六大类。

【2008 年下半年判断】各企业、单位应根据各自经济业务的实际需要自行设置总账科目。(　　)

【答案】 ×　总账科目设置按照法定性要求,只能选择使用,企业无权设置。

本章复习与应考攻略

本章是会计的基础知识,本章的知识可以概括为 4 个会计等式(其中恒等式为 1 个)、6 大会计要素(又可分为 2 组),会计科目与会计账户的定义及分类,两者的联系和区别等。从以往考试来看,以概念性题目和简单的计算居多。其中,会计要素中的所有者权益、收入、费用;以及会计基本等式和营业外收入、支出是考试热点。考生不仅要识记,而且必须深刻理解。

本章考点实战训练题

一、单项选择题

1. 会计的对象就是资金运动,但具体化的会计对象指的是(　　)。
   A. 会计要素　　B. 会计科目
   C. 资产负债　　D. 会计账户
2. 下列会计要素中,属于动态会计要素的有(　　)。
   A. 资产　　B. 收入
   C. 负债　　D. 净资产
3. 下列不计入营业外收入的是(　　)。
   A. 处置非流动资产利得　　B. 罚没利得
   C. 盘盈利得　　D. 出租固定资产收入
4. (　　)是复式记账法的理论基础。
   A. 会计基本等式　　B. 会计要素
   C. 会计科目　　D. 会计账户
5. 工业企业为了正确计算产品成本,应设置“生产成本”和“(　　)”两个账户。
   A. 管理费用　　B. 材料采购
   C. 应付职工薪酬　　D. 制造费用
6. 企业月初资产总额 150 万元,在发生下列经济业务后:(1) 向银行借款 10 万元存入银行;(2) 用银行存款偿还应付账款 25 万元,其权益总计为(　　)万元。

A. 135　　B. 185

C. 165　　D. 175

7. 所有者权益是指企业所有者对企业(　　)的所有权。

A. 全部负债　　B. 全部权益

C. 全部资产　　D. 净资产

8. 某企业本期期初资产总额100万元,本期期末负债总额比期初减少10万元,所有者权益比期初增加50万元,则该企业期末资产总额为(　　)万元。

A. 140　　B. 150

C. 130　　D. 100

9. 下列各项中属于非流动负债的是(　　)。

A. 未确认融资费用　　B. 应付股利

C. 应付职工薪酬　　D. 应付票据

10. 下列不构成营业利润的是(　　)。

A. 营业收入　　B. 公允价值变动损益

C. 投资收益　　D. 营业外收支净额

11. 在(　　),会计等式可表示为“期末资产＝期末负债＋期初所有者权益＋(本期收入－本期费用)”。

A. 会计期初　　B. 会计期中

C. 会计期末结账前　　D. 任何时候

12. 下列经济业务中没有引起资产发生增减变化的是(　　)。

A. 业主投资款存入银行

B. 采购材料入库,货款暂欠

C. 用现金购买办公用品

D. 用银行存款归还银行贷款

13. 3月初某企业有负债总额100万元。月中，收到客户预付的货款20万元；收回应收货款12万元，结算应付职工工资16万元。期末，企业负债总额为(　　)。

A. 128万元　　B. 136万元

C. 124万元　　D. 132万元

14. 企业向金融机构借入款项，表现为(　　)。

A. 一项资产减少，一项负债减少

B. 一项资产减少，一项负债增加

C. 一项资产增加，一项负债减少

D. 一项资产增加，一项负债增加

15. 按收入来源分，工业企业对外出租机器设备所取得的收入是(　　)。

A. 让渡资产使用权　　B. 转让资产所有权

C. 让渡资产所有权　　D. 转让资产使用权

16. 预收账款是(　　)类会计科目。

A. 负债　　B. 收益

C. 费用　　D. 资产

17. (　　)是进行会计核算和提供会计信息的基础。

A. 会计科目　　B. 填制会计凭证

C. 财产清查　　D. 设置账户

18. 某企业某日发生下列业务：① 收到客户欠款10万元；② 向银行借入短期借款5万元；③ 向银行提取

现金 10 万元发放工资;④ 以银行存款支付广告费 1 万元。试问,当日资产发生额为(　　)。

A. 增加 9 万元　　B. 增加 26 万元

C. 增加 4 万元　　D. 减少 6 万元

19. 为了统一财务会计报告,增强会计信息的可比性,总分类科目一般由(　　)制定。

A. 主管部门　　B. 单位自行

C. 国家统一　　D. 地方财政部统一

20. 一般情况下,一个账户的本期增加发生额与该账户的期末余额都应该记在账户的(　　)。

A. 借方　　B. 贷方

C. 相同方向　　D. 相反方向

21. 下列不属于负债类科目的是(　　)。

A. 应付职工薪酬　　B. 未确认融资费用

C. 递延所得税负债　　D. 资产减值损失

22. 某企业 20×7 年 2 月主营业务收入为 100 万元,主营业务成本为 80 万元,管理费用为 5 万元,资产减值损失为 2 万元,投资收益为 10 万元。假定不考虑其他因素,该企业当月的营业利润为(　　)万元。

A. 13　　B. 23

C. 18　　D. 15

23. 盈余公积是按照规定从(　　)中提取的公积金,包括法定盈余公积和任意盈余公积。

A. 营业利润　　B. 利润总额

C. 税后利润　　D. 营业收入

24. “待摊费用”账户属于(　　)。

A. 资产类　　B. 成本类

C. 负债类　　D. 损益类

25. 会计科目和账户之间的区别主要在于(　　)。

A. 反映的经济内容不同

B. 记录资产和权益的增减变动情况不同

C. 记录资产和权益的结果不同

D. 账户有结构而会计科目无结构

二、多项选择题

1. 集中反映企业某一时日财务状况的会计要素有(　　)。

A. 负债　　B. 所有者权益

C. 资产　　D. 费用

2. 固定资产是指同时具有以下(　　)特征的有形资产。

A. 为生产商品、提供劳务、出租或经营管理而持有

B. 使用年限超过一个会计年度

C. 单位价值较高

D. 没有实物形态

3. 收入是指企业(　　)经济利益的总流入。

A. 会导致所有者权益增加

B. 与所有者投入资本无关

C. 非日常活动中形成

D. 日常活动中所形成

4. 下列应计入财务费用的是(　　)。

A. 手续费　　B. 汇兑损益
C. 利息　　D. 工会经费

5. 以下会计计量属性,即可以对资产进行计量,又可以对负债进行计量的是(　　)。
A. 可变现净值　　B. 历史成本
C. 重置成本　　D. 公允价值

6. 下列属于企业资产的有(　　)。
A. 预付账款
B. 在产品
C. 预收账款
D. 租入包装物暂付的押金

7. 下列各项收入中,属于其他业务收入的有(　　)。
A. 工业企业销售材料收入
B. 销售产品收入
C. 转让无形资产使用权收入
D. 罚款收入

8. 期间费用是指企业一定时期内发生的不能计入产品成本,而直接计入各期损益的各项费用,主要包括(　　)。
A. 管理费用　　B. 销售费用
C. 财务费用　　D. 待摊费用

9. 企业采用(　　)计量的,应当保证所确定的会计要素金额能够取得并可靠计量。
A. 公允价值　　B. 可变现净值
C. 现值　　D. 重置成本

10. 对“费用”的理解，不正确的是(　　)。
    A. 是指企业实际发生的各项开支，既包括正常开支也包括非正常的损失
    B. 费用就是我们经常所说的成本
    C. 费用与收入要做到配比
    D. 制造费用、预提费用和管理费用就是期间费用
11. 会计账户的各项金额关系可用(　　)。
    A. 期末余额＋期初余额＝本期增加发生额－本期减少发生额
    B. 期末余额＝期初余额＋本期增加发生额－本期减少发生额
    C. 期末余额－本期减少发生额＝本期增加发生额－期初余额
    D. 期末余额＋本期减少发生额＝期初余额＋本期增加发生额
12. 下列属于所有者权益类科目的是(　　)。
    A. 衍生工具　　B. 资本公积
    C. 利润分配　　D. 留存收益
13. 下列描述中正确的是(　　)。
    A. 总分类科目对明细分类科目具有统驭和控制的作用
    B. 明细分类科目对总分类科目起着补充说明的作用
    C. 总分类科目和明细分类科目都是由财政部统一制定的
    D. 总分类科目和明细分类科目都是由主管单位统

一制定的

14. 计算营业利润时,可以不用考虑以下的(　　)。

A. 管理费用　　B. 营业外收入

C. 所得税费用　　D. 财务费用

15. 在设置会计科目时应遵循(　　)原则。

A. 合法性　　B. 相关性

C. 实用性　　D. 可靠性

16. 以下是账户的金额要素的是(　　)。

A. 期初余额　　B. 期末余额

C. 本期借方发生额　　D. 本期贷方发生额

17. 下列项目中属于“待摊费用”借方登记的有(　　)。

A. 季末预付下季度的财产保险费

B. 预付明年的租金

C. 预付购买甲材料的货款

D. 预付下半年度报刊费

18. 下列应当计入营业外收入的是(　　)。

A. 企业厂房出租收入　　B. 接受捐赠利得

C. 材料销售收入　　D. 政府补助利得

19. 下列应记入其他业务成本的有(　　)。

A. 罚款支出

B. 结转出租无形资产成本

C. 结转销售材料的成本

D. 结转出租包装物成本

20. 下列会计科目中,属于成本类的有(　　)。

A. 劳务成本　　B. 其他业务成本

C. 生产成本　　　　　　D. 制造费用

三、判断题

1. 收入、费用和利润可集中反映企业在一定时点的经营成果。（　）
2. 资产是企业从事生产经营活动的物质基础。（　）
3. 广告费是属于企业在生产经营过程中发生的管理费用。（　）
4. 利润金额取决于收入和费用、直接计入当期利润的利得和损失金额的计量。（　）
5. 凡支出的效益仅涉及本会计年度（或一个营业周期）的，应当作为收益性支出；凡支出的效益涉及几个会计年度（或几个营业周期）的，应当作为资本性支出。（　）
6. 企业的全部资产都属于企业的债权人和所有人，他们对资产拥有要求权。（　）
7. 企业尚处于谈判中的采购行为应确认为一项资产。（　）
8. 财务费用就是企业财务部门发生的日常办公等费用。（　）
9. 净利润为营业利润、营业外收支净额和投资净收益等项目的总额减去所得税费用之后的余额。（　）
10. 所有者权益一般不要求企业直接偿还，但负债到期必须偿还。（　）
11. 会计恒等式就是“有借必有贷，借贷必相等”。（　）
12. 对外投资的实质就是企业用资产去换取另一项资

产。（ ）

13. 企业应付票据到期，因无法支付而转为应付账款，此项业务对负债总额没有影响。（ ）
14. 会计基本等式也叫恒等式，其意思是该等式左右永远相等，恒定不变。（ ）
15. 收入能够导致企业所有者权益增加，但导致所有者权益增加的不一定都是收入。（ ）
16. 使用电子计算机进行会计核算的，其软件及其生成的会计凭证、会计账簿、财务会计报告和其他会计资料，也必须符合国家统一的会计制度的规定。（ ）
17. 企业计算所得税费用时应以净利润为基础，加上或减去各项调整因素。（ ）
18. 会计科目只是对会计对象具体内容进行分类的项目和名称，不能进行具体的会计核算。（ ）
19. 负债是过去的交易或事项所引起的潜在义务。（ ）
20. 国家财政部规定，总分类科目一般由地方财政部门统一制定。（ ）
21. 会计科目可分为借方科目和贷方科目，所以资产类科目都是借方科目。（ ）
22. 在实际工作中，对会计科目和账户一般不严格区分，两者可以相互通用。（ ）
23. 会计科目可以根据企业自身要求进行增补或合并。（ ）
24. 账户的简单格式分为左右两方，其中：左方表示增

加，右方表示减少。（　）

25. 任何明细会计科目都对应着一个所属总分类会计科目。（　）

26. “应收账款”科目可按债权人的名称设置明细科目。（　）

27. 总账账户称为一级账户，它所属的账户就是明细账户，即二级账户。（　）

28. 企业在对会计要素进行计量时，一般应当采用历史成本。（　）

29. 任何一项经济业务的发生都不会破坏会计等式的平衡关系，只会使资产和权益总额发生同增或同减的变化。（　）

30. 会计科目与同名称的账户反映的经济内容是相同的。（　）

四、不定项选择题

1. 资产和负债按照在公平交易中，熟悉情况的交易对方自愿进行资产交换或者债务清偿的金额计量的会计计量属性是（　）。

A. 现值　　B. 公允价值

C. 历史成本　　D. 重置成本

2. （　）是一种资本储备形式，是可以转化为资本金的资本准备。

A. 实收资本　　B. 资本公积

C. 盈余公积　　D. 公益金

3. 下列关于会计要素之间关系的说法正确的是

(　　)。

A. 费用的发生,会引起资产的减少,或引起负债的增加

B. 收入的取得,会引起资产的减少,或引起负债的增加

C. 收入的取得,会引起资产的增加,或引起负债的减少

D. 所有者权益的增加可能引起资产的增加,或引起费用的增加

4. 丙厂 2009 年 1 月 1 日资产总额为 300 万元,本月共发生以下三笔业务:(1) 用银行存款购入材料 10 万元;(2) 用银行存款偿还短期借款 20 万元;(3) 收到购货单位偿还的欠款 15 万元存入银行。则丙厂 1 月末资产总额为(　　)万元。

A. 310　　B. 290　　C. 295　　D. 280

5. 不会引起会计等式两边发生变动的业务是(　　)。

A. 产品已销售货款尚未收到

B. 收回应收账款

C. 向银行借款存入开户银行

D. 以现金发放工资

6. 下列会计等式中正确的是(　　)。

A. 资产=权益

B. 资产=负债 + 所有者权益

C. 资产=所有者权益-负债

D. 资产=负债 + 所有者权益 + 利润

7. 下列项目中属于期间费用的有（　　）。

A. 制造费用　　B. 管理费用

C. 预提费用　　D. 财务费用

8. 从净利润中提取盈余公积，会引起（　　）。

A. 资产总额增加　　B. 负债总额增加

C. 所有者权益总额增加　　D. 所有者权益总额不变

9. 本年利润属于（　　）会计科目。

A. 损益类　　B. 所有者权益类

C. 资产类　　D. 共同类

10. 下列业务中，应确认为债权的有（　　）。

A. 预收销货款　　B. 预付购货款

C. 应收销货款　　D. 预支差旅费

11. （　　）是对会计要素的具体内容分类核算的项目。

A. 会计账簿　　B. 会计科目

C. 会计凭证　　D. 会计账页

12. 会计科目按其所归属的会计要素的不同分为（　　）大类。

A. 5　　B. 2

C. 3　　D. 6

13. 下列项目中（　　）属于账户的金额要素。

A. 期初余额　　B. 期末增加额

C. 本期增加发生额　　D. 本期减少发生额

14. 所得税费用是属于（　　）科目。

A. 负债类　　B. 资产类

C. 收益类　　D. 损益类

15. 用来反映企业生产经营过程所发生的各种耗费情况的账户是(　　)。

A. 负债类账户　　B. 收益类账户

C. 费用类账户　　D. 所有者权益类

16. 某厂本期实现主营业务收入为800万元,其他业务收入为200万元,营业外收入15万元,管理费用发生了60万元,主营业务成本500万元,其他业务成本100万元,销售费用40万元,营业外支出10万元。如不考虑其他因素,该厂本期的营业利润是(　　)万元。

A. 300　　B. 500　　C. 405　　D. 450

17. 下列经济业务中导致资产增加的有(　　)。

A. 从银行提取现金

B. 向银行借入短期借款

C. 向投资者分配利润

D. 收回应收账款

18. "原材料"科目可以按原材料的(　　)等设置明细科目。

A. 品种　　B. 规格

C. 数量　　D. 计量单位

19. 下列属于明细分类科目的有(　　)。

A. 原料及辅助材料　　B. 法定盈余公积

C. 长期股权投资　　D. 未交增值税

20. T型账户的左边记录的发生额为(　　)。

A. 增加发生额　　B. 减少发生额

C. 增加或减少发生额　　D. 以上都不对

五、计算分析与业务处理题

计算下列账户中的有关数据，填入表内。

账户名称	期初余额	本期增加发生额	本期减少发生额	期末余额
预收账款	（　　）	30 000	50 000	60 000
累计折旧	12 000	（　　）	1 000	16 000
应收账款	100 000	50 000	80 000	（　　）
盈余公积	（　　）	50 000	150 000	50 000
本年利润	30 000	180 000	150 000	（　　）

考点实战训练题答案

一、单项选择题

1. A　2. B　3. D　4. A　5. D　6. A　7. D　8. A　9. A　10. D　11. C　12. C　13. B　14. D　15. A　16. A　17. A　18. C　19. C　20. C　21. D　22. B　23. C　24. A　25. D

二、多项选择题

1. ABC　2. AB　3. ABD　4. AB　5. BCD　6. ABD　7. AC　8. ABC　9. ABCD　10. ABD　11. BD　12. BC　13. AB　14. BC　15. ABC　16. AB　17. ABD　18. BD　19. BCD　20. ACD

三、判断题

1. × 2. √ 3. × 4. √ 5. √ 6. √ 7. × 8. ×
9. × 10. √ 11. × 12. √ 13. √ 14. × 15. √
16. √ 17. × 18. √ 19. × 20. × 21. × 22. √
23. × 24. × 25. √ 26. × 27. × 28. √ 29. ×
30. √

四、不定项选择题

1. B 2. B 3. AC 4. D 5. B 6. ABD 7. BD 8. D
9. B 10. BCD 11. B 12. A 13. ACD 14. D 15. C
16. A 17. B 18. AB 19. ABD 20. C

五、计算分析与业务处理题

账户名称	期初余额	本期增加发生额	本期减少发生额	期末余额
预收账款	(80 000)	30 000	50 000	60 000
累计折旧	12 000	(5 000)	1 000	16 000
应收账款	100 000	50 000	80 000	(70 000)
盈余公积	(150 000)	50 000	150 000	50 000
本年利润	30 000	180 000	150 000	(60 000)

第三章　复式记账

考点归纳与真题解析

考点	具体识记内容
复式记账的定义、特点与种类	定义：是以会计恒等式为记账基础，对于每一笔经济业务，都要在两个或两个以上相互联系的账户中进行登记，系统地反映资金运动变化结果的记账方法。
	理论依据：资产＝负债＋所有者权益。
	特点：每一笔经济业务，都要在两个或两个以上相互联系的账户中进行登记；由于以相等金额记账，故可进行试算平衡，检查账户记录是否正确。
	种类：① 收付记账法，记账符号是“收”与“付”，它是我国传统的方法；② 增减记账法，记账符号是“增”与“减”，为我国商业系统独创记账法；③ 借贷记账法，记账符号是“借”与“贷”，左方表示“借方”，右方表示“贷方”。其产生于意大利，是目前国际通用，我国法定的记账方法。

续 表

考点	具体识记内容
借贷记账法的记账规则和记账方法	记账规则:"有借必有贷,借贷必相等"。
	不同性质账户记账方法:① 资产类、成本类、费用类和直接计入利润的损失类账户:增加记借方,减少记贷方,期初与期末余额一般在借方。但费用类和直接计入利润的损失类账户,期初与期末一般无余额。② 负债类、所有者权益、收入类和直接计入利润的利得账户:增加记贷方,减少记借方,期初与期末余额一般在贷方,而收益类和直接计入利润的利得账户,期初与期末一般无余额。
	特点:① 以"借"和"贷"为记账符号;② 以"有借必有贷,借贷必相等"作为记账规则;③ 无须对所有账户固定分类,可设共同性账户,以余额方向来判断账户性质;(注意:仅对债权、债务结算账户有效)④ 可通过借贷关系,运用发生额试算平衡法、余额试算平衡法来检查账户记录是否正确。
	试算平衡是检查所有账户记录是否正确的过程。试算平衡分为发生额试算平衡法和余额试算平衡法两种,其中余额试算平衡法可再分为期初余额试算平衡、期末余额试算平衡两种。
	发生额试算平衡法的理论依据是借贷记账法的记账规则,检查公式是"全部账户本期借方发生额合计数=全部账户本期贷方发生额合计数"。
	余额试算平衡法的理论依据是会计恒等式,检查公式是"全部账户期初借方余额合计=全部账户期初贷

续 表

考点	具体识记内容
借贷记账法的记账规则和记账方法	方余额合计”。“全部账户期末借方余额合计＝全部账户期末贷方余额合计”。
	若试算不平平衡，则记账一定有错。但平衡并不能保证账户记录绝对正确。原因是，“漏记”、“重记”、“记错账户”、“颠倒方向”和“偶然抵消”这些错误并不影响借贷平衡关系。
会计分录要素和种类	会计分录三要素：对应账户名称，记账方向和金额。
	可分为简单会计分录(一借一贷)和复合会计分录(一借多贷、多借一贷、多借多贷)两种。
总分类账户与明细分类账户的定义、关系	总分类账户，即总账，根据一级会计科目设置，进行总分类核算，反映总括会计信息。
	明细分类账户，即明细账，根据明细科目设置，提供明细会计信息。
	总账对所属明细账进行统辖和控制；明细账是总账的细分，对总账进行补充和说明。总分类账户登记的金额与其所属明细账户登记的金额的合计数相等。
	总账与明细账在登记时，要做到平行登记。即依据相同、方向相同、期间相同(可有先有后，但必须在同一月份，不是同一天)，金额相等。

◇ 考点一：复式记账法的含义、特点与种类

【2003 年下半年单选】企业 6 月末负债总额为 100

万元，7 月份收回应收账款 5 万元，收到购货单位预付的货款 8 万元，7 月末计算出本月应交所得税 0.5 万元，则月末负债总额为（　　）万元。

A. 108.5　　B. 103.5

C. 113.5　　D. 102.5

【答案】 A　100＋8＋0.5＝108.5，收回应收账款为资产项目之间的增减。

【2007 年上半年多选】当所有者权益某项目增加时，可能导致的相应变化有（　　）。

A. 资产增加

B. 负债增加

C. 负债减少

D. 所有者权益另一项目减少

【答案】 ACD　负债和所有者权益不可能同时增加。

【2004 年下半年单选】以资本公积转增实收资本，（　　）。

A. 资产与负债和所有者权益同时增加

B. 资产与负债和所有者权益同时减少

C. 负债减少，所有者权益增加

D. 资产、负债、所有者权益总额均没有变化

【答案】 D　借记“资本公积”，贷记“实收资本”，所有者权益总额不变。

【2005 年上半年单选】不会引起负债增减变化的业务是（　　）。

A. 预收销售货款

B. 接受投资款项存入银行

C. 分配职工工资

D. 借入短期借款

【答案】 B 借记“银行存款”，贷记“实收资本”，ACD均为负债增加。

【2004年上半年判断】复式记账是对每一项经济业务，都以相等的金额，同时在总账及所属明细账中进行登记的一种记账方法。（ ）

【答案】 × 复式记账要求对每一项经济业务都以相等的金额同时记入在两个或两个以上相互联系的账户。此题概念是平行登记的定义。

【2006年下半年单选】某企业2006年9月份资产增加200万元，负债减少100万元，其他因素忽略不计，则该企业的权益将（ ）。

A. 增加100万元　　B. 减少100万元

C. 增加300万元　　D. 减少300万元

【答案】 C 资产＝权益。

【2007年下半年多选】复式记账法的优点包括（ ）。

A. 能够全面反映经济业务内容和资金运动的来龙去脉

B. 能够进行试算平衡，检查账户记录是否正确

C. 能够直观展示资金的增减变化

D. 能够防止会计舞弊行为

【答案】 ABC 答案D错误。

◈ 考点二：借贷记账法的记账规则、方法和特点

【2004年下半年单选】账户的“借方”表示增加，还是“贷方”表示增加，取决于账户的(　　)。

A. 性质　　B. 结构

C. 形式　　D. 需要

【答案】 A

【2007年下半年单选】借贷记账法的理论依据是(　　)。

A. 资产＝负债＋所有者权益

B. 收入－费用＝利润

C. 借方发生额＝贷方发生额

D. 期初余额＋本期增加数－本期减少数＝期末余额

【答案】 A

【2006年上半年多选】在借贷记账法下，借方登记的内容包括(　　)。

A. 资产增加　　B. 所有者权益减少

C. 收入增加　　D. 负债增加

【答案】 AB 答案CD是贷方登记的内容。

【2006年下半年单选】与资产类账户记账方向相同的账户是(　　)。

A. 收入类账户　　B. 费用类账户

C. 利润类账户　　D. 权益类账户

【答案】 B

◇ 考点三：试算平衡的定义、方法及注意事项

【2005年上半年判断】运用余额试算平衡法时，既要对余额试算，也要对发生额试算。（　）

【答案】 √

【2006年上半年判断】如果发生额和余额均试算平衡，说明账户记录一定正确无误。（　）

【答案】 × 不一定，因为有5种情况会掩盖错误。

【2007年上半年多选】属于借贷记账法试算平衡内容的有（　）。

A. 借方发生额试算平衡

B. 贷方发生额试算平衡

C. 期初余额试算平衡

D. 期末余额试算平衡

【答案】 CD 答案AB错误，无此说法。

【2006年下半年多选】不会引起借贷不平衡的错误有（　）。

A. 遗漏一张记账凭证未登记入账

B. 记录赊购业务的记账凭证中，仅将应付账款登记入账

C. 存货被高估3 000元，管理费用同时被低估3 000元

D. 从银行提取现金的记账凭证被重复登记两次

【答案】 ACD 答案A是漏记，C是同时多记，D是重记均不会影响平衡关系。

【2007年下半年多选】某企业月末编制的试算平衡表借方余额合计为150 000元,贷方余额合计为180 000元。经认真检查,漏计了一个账户的余额。漏计的账户(　　)。

A. 为借方余额　　B. 为贷方余额

C. 余额为15 000元　　D. 余额为30 000元

【答案】　AD　借贷应该相等。

◇ 考点四:会计分录的定义和种类

【2003年下半年多选】会计分录的要素包括(　　)。

A. 账户名称　　B. 记账方向

C. 金额　　D. 对应关系

E. 记账时间

【答案】　ABC　答案DE错误。

【2003年下半年判断】复合会计分录由简单会计分录复合而成。为简化会计核算工作,会计人员可将任何简单会计分录并为复合会计分录。(　　)

【答案】　×

【2004年下半年判断】会计分录可以分为一借一贷的简单会计分录和多借一贷的复合会计分录。(　　)

【答案】　×

【2005年下半年单选】存在应借应贷关系的账户称之为(　　)。

A. 联系账户　　B. 对等账户

C. 对应账户　　D. 平衡账户

【答案】 C

◈ 考点五：总账与明细账户的平行登记

【2003年下半年判断】总分类账户与所属明细分类账户，登记的原始依据和详细程度不同。（ ）

【答案】 × 依据必须相同。

【2006年下半年单选】平行登记是同时在（ ）之间登记同一项经济业务的方法。

A. 总账及所属明细账

B. 汇总凭证与有关账户

C. 各有关总分类账户

D. 各有关明细分类账户

【答案】 A 总账及所属明细账之间要进行平行登记。

【2007年下半年多选】总分类账户和明细分类账户平行登记的要点包括（ ）。

A. 登记的次数相同 B. 登记的会计期间相同

C. 登记的方向相同 D. 登记的金额相等

【答案】 BCD 答案A错误。

【2006年下半年单选】某公司“应收账款”账户所属甲、乙、丙三个明细账户的期末余额分别为300元（借方）、2 200元（贷方）和3 000元（借方），则“应收账款”总账账户期末余额为（ ）。

A. 1 100（借方） B. 2 200（贷方）

C. 3 000（借方） D. 5 500（贷方）

【答案】 A

迎考知识点再拓展

企业资金筹集业务的核算：

(1) 企业接受投资者投入资本：

实收资本是指企业实际收到投资者的投入资本，在一般情况下无需偿还，企业可以长期周转使用。实收资本按投入主体不同分为国家投入资本、法人投入资本、个人投入资本和外方投入资本等。投入资本按物质形态不同又可分为货币投资、实物投资、债券投资、无形资产投资等。

会计分录如下：

借：银行存款、原材料或固定资产等

　贷：实收资本

(2) 企业向金融机构等借入资金

借：银行存款

　贷：短期借款或长期借款等

本章复习与应考攻略

本章的考题多以选择、判断为主，但也曾与第七章结合考查过总账与明细账的平行登记。考生要理解复式记账法下资金增减变化情况，尤其要注意会计基本等式中某个会计要素内部增减的特例。另外，借贷记账法两类不同性质账户的记账方法是编写会计分录的基础，极为重要。

本章考点实战训练题

一、单项选择题

1. 复式记账法是以(　　)为依据建立起来的一种科学记账方法。
   A. 收入－费用＝利润
   B. 本期借方发生额＝本期贷方发生额
   C. 资产＝负债＋所有者权益
   D. 期初余额＋本期增加数＝本期减少数＋期末余额
2. 目前国际上通用的记账方法是(　　)。
   A. 收付记账法　　B. 增减记账法
   C. 单式记账法　　D. 借贷记账法
3. 下列项目中，能同时影响资产和负债发生变化的是(　　)。
   A. 投入设备
   B. 收到欠款存入银行
   C. 用现金购买办公用品
   D. 赊购原材料
4. 购进材料一批，货款暂欠，企业资产的变化是(　　)。
   A. 一项资产增加，一项负债增加

B. 一项资产增加,另一项资产减少

C. 一项资产减少,一项负债减少

D. 一项资产减少,另一项资产增加

5. 某企业原有资产50万元,本期投资者投入10万元存入银行,以银行存款归还借款2万元,收回应收账款4万元存入银行,购入材料3万元货款未付,则该企业期末的资产总额为(　　)。

A. 50万元　　B. 58万元

C. 60万元　　D. 61万元

6. 借贷记账法产生于(　　)。

A. 中国　　B. 希腊

C. 意大利　　D. 埃及

7. 在借贷记账法中,账户的哪一方记增加数,哪一方记减少数是由(　　)决定的。

A. 记账规则　　B. 账户性质

C. 业务性质　　D. 账户结构

8. 费用、成本类账户结构与(　　)账户结构类同。

A. 资产类　　B. 负债类

C. 收益类　　D. 所有者权益类

9. 下列账户中,一般月末无余额的是(　　)。

A. 应收账款　　B. 应付账款

C. 实收资本　　D. 制造费用

10. 借贷记账法的记账规则是(　　)。

A. 有增必有减,增减必相等

B. 有借必有贷,借贷必相等

C. 有收必有付,收付必相等

D. 用相等的金额同时登记

11. 借贷记账法的共同性账户,是由(　　)来判断账户的性质。

A. 经济业务的内容　　B. 账户的期末余额方向

C. 本期的发生额　　D. 以上都不对

12. 复合会计分录是指涉及(　　)账户的会计分录。

A. 两个　　B. 三个或三个以上

C. 四个或四个以上　　D. 两个或两个以上

13. "原材料"账户的期初余额为 2 000 元,本期借方发生额为 5 000 元,本期贷方发生额为 4 500 元。该账户的期末余额为(　　)元。

A. 1 500　　B. 5 000

C. 3 500　　D. 2 500

14. "待摊费用"账户,是指(　　)。

A. 先预提,后计入成本费用

B. 先支付,后计入成本费用

C. 先计入成本,后支付费用

D. 先预收,后计入成本费用

15. 制造产品直接耗用的材料,在会计处理上应以增加(　　)来处理。

A. 生产成本　　B. 制造费用

C. 管理费用　　D. 库存商品

二、多项选择题

1. 复式记账法可分为(　　)。

A. 收付记账法　　B. 增减记账法
C. 单式记账法　　D. 借贷记账法

2. 经济业务的类型包括(　　)。
A. 资产与权益同时增加或同时减少
B. 资产增加、权益减少,总额不变
C. 资产内部项目有增有减,总额不变
D. 权益内部项目有增有减,总额不变

3. 在借贷记账法下,贷方记录的内容是(　　)。
A. 资产的增加
B. 资产的减少
C. 负债及所有者权益的增加
D. 收入的增加及费用的减少

4. 下列各项经济业务中,会引起资产总额变化的有(　　)。
A. 收到投资者投入的现金
B. 向银行借入款项
C. 以银行存款偿还所欠的货款
D. 收到购货单位的前欠货款

5. 借贷记账法的试算平衡包括(　　)。
A. 发生额试算平衡法　　B. 增加额试算平衡法
C. 差额试算平衡法　　D. 余额试算平衡法

6. 试算平衡的理论依据是(　　)。
A. 借贷记账法的记账规则
B. 经济业务的内容
C. 资产=负债+所有者权益

D. 收入－费用＝利润

7. 下列哪些错误，不会影响借贷双方的平衡关系是（　　）。

A. 漏记某些经济业务

B. 某项经济业务账户记错

C. 重记某项经济业务

D. 颠倒借贷方向

8. 借贷记账法的主要特点是（　　）。

A. 以“借”、“贷”为记账的符号

B. “有借必有贷，借贷必相等”作为记账规则

C. 发生额、余额保持借贷平衡关系

D. 可设置共同性账户

9. 会计分录的三要素是（　　）。

A. 业务内容　　B. 账户名称

C. 记账方向　　D. 金额

10. 总账与明细账平行登记的基本要点是（　　）。

A. 依据相同　　B. 期间相同

C. 方向相同　　D. 金额相等

11. 在产品销售业务的核算中，期末结转后，下列账户应无余额的有（　　）。

A. 主营业务收入　　B. 主营业务成本

C. 销售费用　　D. 应交税金

12. 以下关于会计科目和会计账户的关系中，理解正确的有（　　）。

A. 二者名称一致

B. 会计账户是设置会计科目的依据
C. 会计科目是账户的名称，而账户有具体结构
D. 二者反映的经济内容一致

13. 下列(　　)不影响企业的试算平衡。
A. 某项经济业务账户借贷金额不相等
B. 某项经济业务重复记账
C. 某项业务账户借贷方向颠倒
D. 某项经济业务未记账

14. 损益类账户一般具有以下特点(　　)。
A. 收益类账户的增加额记借方
B. 费用类账户期末余额在借方
C. 月末均要转入"本年利润"账户
D. 费用类账户的增加额记借方

15. 关于会计分录，下列说法正确的是(　　)。
A. 复合会计分录即多借多贷的会计分录
B. 简单会计分录就是一借一贷的会计分录
C. 不能为了方便，把不相干的简单会计分录拼凑成复合会计分录
D. 编制分录时要"先借后贷，下借上贷，借贷错开，金额相等"

三、判断题

1. 单式记账法是只记一个账户，复式记账法是同时登记两个账户。(　　)
2. 负债是企业现在的交易或事项所引起的现有义务。(　　)

3. 借贷记账法,借方表示增加,贷方表示减少,余额在借方。 ( )
4. 在借贷记账法下,任何账户都具有“期末余额＝期初余额＋本期借方发生额－本期贷方发生额”的基本关系。 ( )
5. 复式记账法的记账规则是有借必有贷,借贷必相等。 ( )
6. 试算平衡可以检查账户记录是否正确,如果试算平衡,说明记账绝对正确,试算不平衡,说明记账肯定有错。 ( )
7. 采用借贷记账法,并不要求对所有账户进行固定分类。 ( )
8. 应收账款和预收账款都是企业的债权。 ( )
9. 企业已经预付,但应由本期和以后各期分别负担的费用成为预提费用。 ( )
10. 管理费用是一种期间费用,应该采用一定的方法分配计入产品制造成本。 ( )

四、综合题(不定项选择题)

1. 具有双重性质的结算账户,到底属于资产类还是负债类,可根据( )的方向来判断。

A. 平均发生额　　B. 借方发生额

C. 贷方发生额　　D. 期末余额

2. 在借贷记账法下,所有账户的结构均分为两个部分。即( )。

A. 本期发生额和期末余额

B. 期初余额和期末余额

C. 借方余额和贷方余额

D. 借方和贷方

3. 下列属于“营业外支出”账户核算内容的是(　　)。

A. 罚没利得　　B. 捐赠支出

C. 非常损失　　D. 盘亏利得

4. 下列应当记入企业制造费用账户的是(　　)。

A. 车间发生的日常办公费

B. 制造产品直接耗用的专用材料

C. 车间制造耗用的一般材料

D. 制造产品支付的水电费

5. 企业发生费用可能会引起(　　)。

A. 资产的增加　　B. 资产的减少

C. 负债的减少　　D. 负债的增加

6. 制造费用期末一般结转至(　　)账户。

A. 本年利润　　B. 库存商品

C. 生产成本　　D. 管理费用

7. 期末结转损益类科目，可能贷记下列账户的是(　　)。

A. 主营业务收入　　B. 主营业务成本

C. 销售费用　　D. 本年利润

8. “预收账款”账户的期初贷方余额为 4 000 元，本期贷方发生额为 6 000 元，期末贷方余额为 3 000 元，则该账户本期借方发生额为(　　)元。

A. 5 000　　B. 7 000　　C. 1 000　　D. 2 000

9. 奋进公司对原材料账户进行明细核算，明细账户有3个，即“原材料——主要材料”、“原材料——辅助材料”和“原材料——其他材料”。2008年12月初账户余额为80万元，其中“原材料——主要材料”账户余额为50万元，“原材料——其他材料”账户期末余额为5万元。当月发生原材料发生业务如下：

(1) 购入辅料已入库，金额为8万元；

(2) 购入主要材料50千克，金额为15万元，货款暂欠；

(3) 本月生产车间领主要材料30万元，辅助材料5万元，其他材料3万元用于生产。

试问：

(1) 明细账和总账的关系是(　　)。

A. 相互联系、相互制约

B. 总账对所属明细账进行统辖和控制

C. 明细账是总账的细分，对总账进行补充和说明

D. 都是对同一交易或事项进行核算

(2) 反映该企业主要材料收发结存详细情况的账户是(　　)。

A. “原材料——其他材料”

B. “原材料”

C. “原材料——辅助材料”

D. “原材料——主要材料”

(3) “原材料——辅助材料”账户的期初余额是

(　　)。

A. 80 万元　　B. 5 万元

C. 25 万元　　D. 55 万元

(4) 本月财务人员记账时在原材料总账和明细账中都进行登记,这就是(　　)。

A. 对应账户　　B. 平行登记

C. 试算平衡　　D. 期末对账

(5) 原材料总账本月借方发生额和期末余额分别是(　　)。

A. 借方发生额 23 万元

B. 借方发生额 15 万元

C. 期末余额 65 万元

D. 期末余额 56 万元

10. 企业把资产区分为固定资产与低值易耗品是基于(　　)的要求。

A. 实质重于形式　　B. 谨慎性

C. 重要性　　D. 及时性

五、计算分析与业务处理题

1. A 企业由甲、乙两个投资者设立,假设该公司注册资本为 100 万元,其中甲乙各投资现金 50 万元。一年后,丙与甲、乙达成协议以现金 80 万元投入企业,并与甲、乙两投资者享有同等的权利。试进行会计处理。

2. 海浪公司相关资料如下:

(1) 2008 年 1 月月初会计科目的余额:

海浪公司试算平衡表

2008 年 1 月 1 日　　　　单位：元

会计科目	借方余额	贷方余额
库存现金	5 000	
银行存款	30 000	
应收账款	50 000	
原材料	60 000	
短期借款		50 000
应付账款		45 000
实收资本		50 000
合　　计	145 000	145 000

(2) 1 月发生如下业务：

① 收回应收账款 30 000 元并存入银行。

② 用银行存款 10 000 元购入原材料(假定不考虑增值税，材料采用实际成本进行日常核算)。原材料已验收入库。

③ 用银行存款偿还短期借款 20 000 元。

④ 从银行借入短期借款 10 000 元直接偿还应付账款。

⑤ 收到投资方的投资款 50 000 元并存入银行

（假定全部为实收资本）。

⑥ 购入原材料，货款 30 000 元（假定不考虑增值税，材料采用实际成本进行日常核算），原材料已验收入库，货款尚未支付。

⑦ 开具现金支票提取现金 3 000 元。

要求：

(1) 编制上述业务的会计分录。

(2) 编制海浪公司 1 月 31 日的试算平衡表。（答案中的金额单位用元表示）

(3) 试问海浪公司期初资产总额和期末负债总额各是多少？

考点实战训练题答案

一、单项选择题

1. C 2. D 3. D 4. A 5. D 6. C 7. B 8. A 9. D 10. B 11. B 12. B 13. D 14. B 15. A

二、多项选择题

1. ABD 2. ACD 3. BCD 4. ABC 5. AD 6. AC 7. ABCD 8. ABCD 9. BCD 10. ABCD 11. ABC 12. ACD 13. BCD 14. CD 15. BC

三、判断题

1. × 2. × 3. × 4. × 5. × 6. × 7. √ 8. × 9. × 10. ×

四、综合题（不定项选择题）

1. D 2. D 3. BC 4. ACD 5. BD 6. C 7. BCD

8. B 9. (1) ABCD (2) D (3) C (4) B (5) AC 10. C

五、计算分析与业务处理题

1. 借：银行存款 1 000 000
   贷：实收资本——甲 500 000
   ——乙 500 000

收到丙投入的现金存入银行时，

借：银行存款 800 000
   贷：实收资本——丙 500 000
   资本公积——资本溢价 300 000

2. (1) 会计分录如下：

① 收回应收账款

借：银行存款 30 000
   贷：应收账款 30 000

② 购入原材料

借：原材料 10 000
   贷：银行存款 10 000

③ 偿还短期借款

借：短期借款 20 000
   贷：银行存款 20 000

④ 借入短期借款直接偿还应付账款。

借：应付账款 10 000
   贷：短期借款 10 000

⑤ 收到投资方的投资款 50 000 元存入银行(假定全部为实收资本)。

借：银行存款 50 000
   贷：实收资本 50 000

⑥ 购入原材料

借：原材料　　30 000

　贷：应付账款　　30 000

⑦ 提现。

借：库存现金　　3 000

　贷：银行存款　　3 000

(2) 编制 1 月 31 日的试算平衡表

试 算 平 衡 表

2008 年 1 月 31 日　　单位：元

会计科目	期初余额		本期发生额		期末余额	
	借方	贷方	借方	贷方	借方	贷方
库存现金	5 000		3 000		8 000	
银行存款	30 000		80 000	33 000	77 000	
应收账款	50 000			30 000	20 000	
原材料	60 000		40 000		100 000	
短期借款		50 000	20 000	10 000		40 000
应付账款		45 000	10 000	30 000		65 000
实收资本		50 000		50 000		100 000
合　　计	145 000	145 000	153 000	153 000	205 000	205 000

(3) 期初资产总额＝5 000＋30 000＋50 000＋60 000＝145 000(元)

期末负债总额＝40 000＋65 000＝105 000(元)

第四章　借贷记账法的应用

考点归纳与真题解析

考点	具体识记内容
货币资金的定义和分类	定义：是以货币形态存在的资产，是流动性最强的资产。
	分为库存现金、银行存款和其他货币资金。
库存现金的管理和核算	库存现金使用有8条规定(集体与个人之间，向个人采购农副产品等、差旅费和1 000元以下零星支出)；企业库存现金由开户银行确定最高存放限额；日常管理中现金收入应当日送存；非特殊情况不得坐支；不得私设小金库和白条抵库等。
	企业应设置库存现金日记账，由出纳根据现收、现付和银付凭证记账，做到日清月结。另外企业还需要定期或不定期地采用实地盘点法对库存现金进行清查。账实不符时可用除2法(借贷方向记反)，除9法(邻数颠倒或错位差错)、顺差、逆差、详查与抽查等方法查找错账。
	“库存现金”的核算：(企业内部周转使用的备用金，不在该账户核算)① 取得现金收入时，应借“库存现

续　表

考点	具体识记内容
库存现金的管理和核算	金”账户，贷有关账户。② 支付现金时，应借有关账户，贷“库存现金”账户。③ 长款时分两步处理：批准前，借“库存现金”，贷“待处理财产损溢——待处理流动资产损溢”；批准后，借“待处理财产损溢——待处理流动资产损溢”，贷“其他应付款”（属于应付未付时）或“营业外收入——现金溢余”（无法查明原因时）。④ 现金清查短款时，分两步处理：批准前借“待处理财产损溢——待处理流动资产损溢”，贷“库存现金”；批准后，借“其他应收款”（由责任人赔偿）或“管理费用”（原因不明），贷“待处理财产损溢——待处理流动资产损溢”。
银行存款的管理和核算	定义：是企业存入银行或其他金融机构的货币资金。
	结算方式主要有支票、银行汇票、商业汇票、银行本票、汇兑、托收承付、委托收款、信用卡和信用证等 9 种方式。每种方式都有其适用范围和使用规定，企业可根据经济业务需要合理选择。
	企业要设置“银行存款”日记账，由出纳根据银收、银付和现付凭证来登记。银行存款增加时借记银行存款，减少时则贷记银行存款。
	银行存款的清查一般在月末进行，除了把银行日记账与银行存款总账核对外，银行日记账和“银行对账单”要进行核对，必要时还须编制“银行存款余额调节表”。

续　表

考点	具体识记内容
其他货币资金的内容和核算	属于货币资金的范畴，也是企业可以作为支付手段的货币。主要包括外埠存款、银行汇票存款、银行本票存款、信用证保证金存款、信用卡存款和存出投资款等。
	"其他货币资金"科目借方核算企业委托银行将款项汇往外地开立采购专户，为取得银行汇票、银行本票、信用卡和开立信用证而存入银行的款项；以及为进行投资而专设的证券账户的款项等；贷方核算支用或收回等而减少的其他货币资金；期末余额在借方，反映企业实际持有的其他货币资金。
	具体核算： ① 取得时，借：其他货币资金——XX　贷：银行存款；② 使用时，借：有关科目　贷：其他货币资金——XX；③ 划回时，借：银行存款　贷：其他货币资金——XX。
企业应收账款的会计核算	应收账款核算与企业营业活动有直接关系的各种应收未收款及代垫费用。若经济业务与销售产品、提供劳务等关系不密切，则应通过"其他应收款"核算。
	应收账款的入账价值包括销售货物或提供劳务的价款、增值税以及代购方垫付的包装费、运杂费等。
	两类折扣：① 商业折扣是促销行为，直接影响销售收入和应收账款的入账价值；② 现金折扣是促使资金回笼的手段，只影响企业应收账款的实收数额，现金折扣要计入"财务费用"。

续 表

考点	具体识记内容
企业应收账款的会计核算	“应收账款”账户借方登记应收账款的增加，贷方登记应收账款的收回及确认的坏账损失，余额一般在借方，表示尚未收回的应收账款。企业发生应收款项时，应借记“应收账款”，贷记有关科目，收回款项时，则借记“银行存款”等账户，贷记“应收账款”。
企业预付款项的会计核算	属于企业的流动资产，是企业的短期债权，与应收账款不同的是支付预付款的目的是为了获取货物或劳务。
	“预付账款”借方登记预付的款项和补付款，贷方登记收货后发票金额和因多付而退回的款项。另外，企业可不设“预付账款”账户，而通过“应付账款”来核算有预付性质的经济事项。
	预付款项环节：借记“预付账款”，贷记“银行存款”等。收取货物环节：则借记有关科目，贷记“预付账款”(按发票金额)；同时多退少补，补付时分录同预付；收到退回预付款：则借记“银行存款”等，贷记“预付账款”。
企业其他应收款的核算	核算内容： ① 应收的赔款；② 应收的罚款；③ 存出保证金；④ 备用金；⑤ 应收为职工垫付的款项；⑥ 不符合预付款性质而转入的预付账款；⑦ 其他应收暂付。
	增加时借记“其他应收款”，贷记相关账户；减少时则借记相关账户，贷记“其他应收款”。

续　表

考点	具体识记内容
企业其他应收款的核算	备用金主要供单位内部周转使用，若通过“其他应收款——备用金”核算，则分定额制和非定额制两种。两种情况下账务处理的区别在于报销时所用贷方科目不同。非定额制实报实销，报销时必须贷“其他应收款——备用金”；定额制报销则直接贷“库存现金”。
企业存货的定义和分类	定义：主要指的是已完工待出售的产成品或商品，或还处于加工中的在产品及将要用于生产经营并会被耗用的材物料等。
	存货不是会计科目，存货必须与企业生产经营有直接关系；如工程物资就不属于企业存货。
	按经济内容分为原材料、半成品、产成品、商品、低值易耗品等；按存放地点分为库存存货、在途存货和加工中存货。
企业存货入账价值的确认	存货的入账一般以历史成本为主，存货成本包括采购成本、加工成本和其他成本。
	外购存货的采购成本一般包括采购价格、进口关税和其他税金、运输费、装卸费、保险费以及其他可直接归属于存货采购的费用。
	存货的加工成本是指企业在进一步加工存货的过程中发生的追加费用，包括直接人工以及按照一定方法分配的制造费用。
	接受投资者投入的存货按协议约定入账，盘盈的存货应按照同类或类似存货的市场价格作为实际成本。

续 表

考点	具体识记内容
企业存货发出的计价	方法包括：先进先出法、全月一次加权平均法、移动加权平均法和个别计价法。
	① 先进先出法按照先进先出的原则计算，最终得出当期发出成本和结存金额，其优点是物价上涨（下跌）时，期末库存存货成本接近市价。② 月末一次加权平均法要根据公式先计算当月加权平均单价，每月发出结存均采用一个价格。③ 移动加权平均法适用于品种简单、前后进价相差幅度大的企业，只要进价与原来不同就需要重新计算平均单价，工作量很大。④ 个别计价法计算结果比较准确，但需要企业能分清批次，对企业管理水平要求高。
原材料按实际成本计价的会计核算	按实际成本进行存货核算的企业，一般可设置“在途物资”和“原材料”账户。
	会计处理分为“单到料到”型、“料到单未到”型和“单到料未到”型。若是“单到料到”，则借记“原材料”等，贷记“银行存款”等账户。若是“单到料未到”，则先借记“在途物资”等，贷记有关科目，等料到时，再借记“原材料”，贷记“在途物资”。若为“料到单未到”，月中不用处理，月底时须要暂估入账，借记“原材料”，贷记“应付账款”；下月初冲回，等结算单据收到后再入账。
	接受投资的存货，按协议价格贷记“实收资本”，若有差额，记入“资本公积”。
	材料发出的核算遵循按照“谁耗用、谁负担”原则。直接用于制造产品的专用材料计入“生产成本”，间接或一般耗用的材料计入“制造费用”，管理部门、销售部门领用则计入“管理费用”和“销售费用”。

续　表

考点	具体识记内容
固定资产概念和分类	固定资产属于企业重要的非流动资产。固定资产具备2大特征：① 为生产商品、提供劳务、出租或经营管理而持有；② 使用寿命超过一个会计年度。
	注意固定资产的综合分类。
固定资产的计价	计价方法有两种，即按原始价值计价（最基本计价标准）和按净值计价（盘盈、盘亏和毁损）。
	外购固定资产入账价值包括买价、各种税费（不含可以抵扣的增值税）和所有可直接归属的如运输安装等费用。
	投资者投入的应按协议价确认。自行建造固定资产则是为了建成使用而耗费的所有合理支出。
	盘盈的固定资产，须按同类或类似固定资产的重置价值减去估计损耗费用后，确认为入账价值。
	购买硬件设备附带的未单独的计价的软件，一并作为规定资产管理，单独计价则应计入无形资产。
固定资产增加的会计核算	企业应设置“在建工程”、“工程物资”、“固定资产”和“累计折旧”等账户来核算固定资产。
	① 接受投入的固定资产，借记“固定资产”，贷记“实收资本”；② 购入不需安装的固定资产，借记“固定资产”，贷记相关科目；③ 购入需要安装的固定资产，则先要借记“在建工程”；等调试可用时，再借记“固定资产”，贷记“在建工程”；④ 若自行营建，则要按工程备

续 表

考点	具体识记内容
固定资产增加的会计核算	料、工程领料、工程建造和完工交付的程序进行具体核算。注意：涉及的可抵扣的增值税应当记入“应交税费——应交增值税(进项税额)”。
固定资产折旧的规定、计算和处理	按规定对固定资产计提折旧，当月增加固定资产，当月不提，从下月起计提；当月减少，当月照提，从下月起不提；提足折旧后不能再提，提前报废的固定资产，不可补提。
	应提的折旧总额＝固定资产原值－预计残值＋预计清理费用 当月固定资产应计提的折旧额＝上月固定资产计提的折旧额＋上月增加固定资产应计提的折旧额－上月减少固定资产应计提的折旧额
	折旧费用应按资产使用用途，计入“管理费用”、“销售费用”、“制造费用”等科目，贷记“累计折旧”。“累计折旧”科目属于资产类，但余额一般在贷方，且该账户不进行明细分类核算。
无形资产的概念和会计核算	概念：指企业拥有或控制的、没有实物形态的可辨认非货币性资产，包括专利权、非专利技术、商标权、著作权、土地使用权、特许权等。商誉不属于无形资产。
	初始计量：① 外购无形资产的成本，包括购买价款、相关税费，以及直接归属于使该项资产达到预定可使用状态所发生的其他支出。② 自行开发无形资

续　表

考点	具体识记内容
无形资产的概念和会计核算	产的成本，研究阶段的有关支出在发生时应当费用化计入当期管理费用；开发阶段的有关支出可以资本化计入无形资产成本。③ 接受投资投入的无形资产的成本，按协议价值确定。
	增加的会计核算：① 外购时，借：无形资产　贷：有关科目；② 接受投资投入时，借：无形资产　贷：实收资本；③ 自行研究开发时，借：研发支出——费用化支出/资本化支出　贷：有关科目；借：管理费用/无形资产　贷：研发支出——费用化支出/资本化支出。
	后续计量：① 使用寿命有限的无形资产应当在摊销期进行摊销，借：管理费用/其他业务成本/制造费用　贷：累计摊销；② 使用寿命不确定的，不用摊销。无形资产每年都应当进行减值测试，必要时计提减值准备。
交易性金融资产的会计核算	概念：指企业为了近期内出售而持有的金融资产。
	常用科目："交易性金融资产——成本/公允价值变动"、"投资收益"、"公允价值变动损益"。
	会计核算：① 取得时，借：交易性金融资产——成本　贷：有关科目；支付手续费时，借：投资收益　贷：相关科目；② 涉及利息或股利时，(宣告发放时)借：应收股利(利息)　贷：投资收益；(收到时)借：银行存款等　贷：应收股利(利息)；③ 期末计量处理，(公允价值高于账面价值时)借：交易性金融资产——公允价值变动　贷：公允价值变动损益；(公允价值低

续 表

考点	具体识记内容
交易性金融资产的会计核算	于账面价值时）借：公允价值变动损益　贷：交易性金融资产——公允价值变动；④ 处置时，实际收到的价款与其账面价值的差额，应作投资损益处理，借记或贷记"投资收益"账户；同时，应结转原计入该交易性金融资产的公允价值变动，借记或贷记"公允价值变动损益"账户，贷记或借记"投资收益"账户。
长期股权投资的会计核算	包括对子公司、联营企业和合营企业的投资；投资企业对被投资企业在重大影响以下、在活跃市场中没有报价权、公允价值无法可靠计量的权益性投资。
	非企业合并情况下的初始计量与核算：取得长期股权投资时，借：长期股权投资　贷：银行存款；其中以宣告未发放的现金股利列入应收股利借方。
	后续计量与核算：收到投资成本中包含的已宣告但尚未发放的现金股利或利润时，借：银行存款等　贷：应收股利；此外，持有期间，收益和损失的确认应分别采用成本法和权益法进行核算。
短期借款的定义与核算	定义：指企业为了满足其生产经营活动对资金的临时需要而向银行或其他金融机构等借入的偿还期限在1年以内（含1年）的各种借款。
	短期借款必须按期归还本金并按时支付利息。借款利息计算公式是短期借款利息＝借款本金×利率×计息期限。

续　表

考点	具体识记内容
短期借款的定义与核算	会计处理： 企业应当设置“短期借款”和“应付利息”科目核算短期借款。① 取得借款本金时，借：银行存款　贷：短期借款；② 计算确认利息时，借：财务费用　贷：应付利息；③ 偿还本金、利息时，借：短期借款/应付利息　贷：银行存款。
应付职工薪酬的会计核算	概念：指企业为获得职工提供的服务而给予的各种形式的报酬以及其他相关支出。“应付职工薪酬”属于企业的流动负债。
	内容包括：① 工资、奖金、津贴和补贴；② 职工福利费；③ 社会保险费；④ 住房公积金；⑤ 工会经费和职工教育经费；⑥ 非货币性福利；⑦ 辞退福利。
	企业负担职工福利方面的义务而发生的支出，所需费用直接作为成本（费用）列支，不再提取职工福利费。
	职工的劳动报酬应通过“应付职工薪酬”账户来核算。工资支出在日常会计工作中主要涉及发放和分配两个方面。
	工资发放前，企业要根据“工资结算汇总表”中的实发数提现，① 发放时借“应付职工薪酬——工资”，贷“库存现金”账户。② 支付工会经费和职工教育经费时，借“应付职工薪酬——工会经费（或职工教育经费）”，贷“银行存款”等。③ 对于应从工资中扣还和代扣的款项则须借“应付职工薪酬——工资”，贷“其他应收款”、“其他应付款”和“应交税费——应交个人所得税”。

续　表

考点	具体识记内容
应付职工薪酬的会计核算	应付职工薪酬的确认(分配)一般按应发数根据受益对象进行。① 生产产品、提供劳务人员的职工薪酬借计“生产成本”和“劳务成本”;② 车间管理人员的职工薪酬借记“制造费用”;③ 企业工程人员和研发人员的职工薪酬借记“在建工程”和“研发支出”;④ 行政管理和销售部门人员的职工薪酬借记“管理费用”和“销售费用”。
	企业将自有住房等资产无偿提供职工使用时,借:管理费用/生产成本/制造费用(关键看职工的身份)　贷:应付职工薪酬——非货币性福利;同时借:应付职工薪酬——非货币性福利　贷:累计折旧
	企业将自产产品拟发给职工作为福利时,应借:管理费用/生产成本/制造费用(关键看职工的身份)　贷:应付职工薪酬——非货币性福利;实际发出后借:应付职工薪酬——非货币性福利　贷:主营业务收入/应交税费——应交增值税(销项税额);同时借:主营业务成本　贷:库存商品。
应付账款的会计核算	应付账款核算与企业主业有关的应付未付款,恰好与应收账款相对应,其入账时间是商品货物的所有权发生转移的时间。
	借方登记已偿还的应付款或开出商业汇票抵付应付账款的款项,或冲销无法支付的应付账款;贷方登记应付而未付的款项。
	应付账款增加记贷方,减少则应借记“应付账款”,贷记有关科目。因债权人原因,企业无法支付的应付账款,应计入“营业外收入”。

续　表

考点	具体识记内容
预收账款的会计核算	属于负债类，与应付账款不同，而是要以货物偿付。
	贷方登记预收货款的数额和购货单位补付货款的数额，借方登记企业向购货方发货后冲销的预收货款数额和退回购货方多付货款的数额。若预收货款业务不多，则企业可通过“应收账款”来核算。
	核算分为预收货款和交付货物、多退少补 2 个步骤。收到预收款时，应借记“银行存款”，贷记“预收账款”账户；交付货物时则应借记“预收账款”，贷记有关收入科目；收到补付款应借记“银行存款”，贷记“预收账款”，退回时则作相反分录。
其他应付款的会计核算	“其他应付款”账户用来核算与企业购销业务没有直接关系的各种应付暂收款项，主要包括应付租金、收取的押金、职工未按期领取的工资等。增加时记贷方，减少时则记借方。
增值税的会计核算	增值税属于流转税类，是一种价外税，是就货物和应税劳务的增值额征收的一种税。增值税纳税人分为小规模和一般纳税人两种。一般纳税人企业应设置“应交税费——应交增值税（专栏）”对增值税进行核算。专栏的内容有“进项税额”、“销项税额”、“进项税额转出”等。
	一般纳税人企业的会计处理： （1）一般购销业务： ① 购进货物、接受劳务，若取得增值税发票，增值税应单列，借记“应交税费——应交增值税（进项税额）”，

续 表

考点	具 体 识 记 内 容
增值税的会计核算	贷记其他账户。购货退回,则作相反处理。 ② 销售货物等取得收入,则须贷记"应交税费——应交增值税(销项税额)",其金额是不含税销售额与税率之积。销售退回,则作相反处理。 (2) 购入免税产品业务: ① 购入免税农产品,应当按买价的13%,借记"应交税费——应交增值税(进项税额)",其余87%乘以买价的金额记入"原材料"等账户。 ② 收购废旧物资,应当按收购价的10%,借记"应交税费——应交增值税(进项税额)",按买价或收购价贷记"银行存款"等账户。 (3) 视同销售的会计处理: ① 视同销售的业务有:将自产或委托加工的货物用于集体福利或个人消费、无偿赠送他人,作为投资,分配给股东或投资者,用于非应税项目以及代销、寄销等。 ② 会计上要以货物公允价格为基础,一般以市场价格为准计算销项税额,贷记"应交税费——应交增值税(销项税额)"。 (4) 不予抵扣项目的会计处理: 不予抵扣的情况包括制度规定购入时不得抵扣和将来因无销项税额的发生而不能抵扣两种;对后者,会计处理上是把原来记入的进项税额通过贷记"应交税费——应交增值税(进项税额转出)"来核算。 (5) 转出多交和未交增值税的会计核算: 本月应交而未交增值税额=本月销项税额+本月进项税额转出额-月初结转的尚未抵扣的进项税

续　表

考点	具体识记内容
增值税的会计核算	额－本月进项税额－本月已交本月的增值税额 结算结果大于0,企业要借记“应交税费——应交增值税(转出未交增值税)”,贷记“应交税费——未交增值税”;计算结果小于0采用预缴方式的企业应借记“应交税费——未交增值税”,贷记“应交税费——应交增值税(转出多交增值税)”。不采用预缴方式的企业不进行会计处理。 (6)应纳增值税的核算: ①企业缴纳上月应交而未交的增值税,应当借记“应交税费——未交增值税”账户。 ②企业缴纳当月应交的增值税,应当借记“应交税费——应交增值税(已交税金)”账户。
长期借款的会计核算	长期借款、应付债券和长期应付款等都属于非流动负债,非流动负债是指偿还期在1年以上或超过1年的一个营业周期以上的债务,主要包括长期借款、应付债券、长期应付款等。
	其贷方登记长期借款的增加数(包括本金和各期计算出来的应计利息);借方登记长期借款的减少数(偿还的借款本金和利息);期末余额在贷方,表示尚未偿还的长期借款本息额。
实收资本的会计核算	实收资本指企业投资者按照企业章程或合同、协议的约定,实际投入企业的资本金。
	我国目前实行的是注册资本制度,要求企业的实收资本应与注册资本相一致。企业在经营过程中实现的收入、发生的费用,以及在财产清查中发现的盘盈、

续 表

考点	具 体 识 记 内 容
实收资本的会计核算	盘亏等都不得直接增减投入资本。投入资本应按照实际收到的投资额入账。
	该账户属于所有者权益类,用来核算所有者投入企业的资本金,其贷方登记所有者投入企业资本金的增加或以资本公积、盈余公积转增资本数额,其借方登记所有者投入企业资本金的减少,期末余额在贷方,表示企业资本金的实有额。
资本公积的会计核算	资本公积指投资者投入企业的资金金额超过其拥有的资本金份额的部分。
	主要来源是所有者投入资本中超过法定资本份额的部分形成的资本溢价。主要用途是用于转增资本,即在办理增资手续后用资本公积转增实收资本,按所有者原有投资比例增加投资人的实收资本。
	该账户属于所有者权益类账户,其贷方登记从不同渠道取得的资本公积即资本公积的增加数,借方登记用资本公积转增资本等资本公积的减少数,期末余额在贷方,表示资本公积的期末结存数。该账户应设置“资本溢价”和“其他资本公积”两个明细账户。
盈余公积的概念和会计核算	是指定用途的留存收益,未分配利润为未指定用途的留存收益。盈余公积包括法定盈余公积(公司制企业按净利润的10%提取,累计金额达到注册资本的50%时,可不再提取。)和任意盈余公积。
	会计处理:① 提取时,借:利润分配——提取法定盈余公积/提取任意盈余公积 贷:盈余公积——法定

续　表

考点	具体识记内容
盈余公积的概念和会计核算	盈余公积/任意盈余公积;② 使用时,(弥补亏损)借:盈余公积——法定盈余公积/任意盈余公积　贷:利润分配——盈余公积补亏;(转增资本)借:盈余公积——法定盈余公积/任意盈余公积　贷:实收资本。
未分配利润的概念和会计核算	概念:是指企业已经实现但尚未分配或留待以后年度分配的利润,其金额为企业可供分配利润在提取了盈余公积和支付了股东股利以后的余额。
	从数量上看,未分配利润是期初未分配利润,加上本期实现的税后利润,减去提取的各种盈余公积和分出利润后的余额。
	作用:供以后年度分配利润、弥补亏损、分派股利。
	企业未分配的利润(或未弥补的亏损)应当在资产负债表中的"未分配利润"项目反映。未分配利润不是会计科目,只是利润分配科目的明细科目。
	会计处理:① 结转本年利润,年度终了应将"本年利润"账户的余额转入"利润分配——未分配利润"账户。② 年终应将"利润分配"账户除"未分配利润"明细账户外的其他明细账户的余额转入"利润分配——为分配利润"明细账户。③ "利润分配——未分配利润"有贷方余额,表示累计的未分配利润;否则为累计的未弥补亏损。

◈ 考点一：货币资金的定义和分类

【2004 年上半年财经法规单选】(　　)是流动性最强的资产，是企业内部控制的关键。

A. 固定资产　　B. 应收款项

C. 货币资金　　D. 长期投资

【答案】 C

◈ 考点二：库存现金的管理与核算

【2003 年上半年单选】属于确实无法查明原因的现金溢余，经批准后应(　　)。

A. 计入营业外收入　　B. 冲减管理费用

C. 冲减财务费用　　D. 计入资本公积

【答案】 A　属于确实无法查明原因的现金溢余，经批准后应计入营业外收入。

【2006 年上半年单选】库存现金清查应采用的方法是(　　)。

A. 核对账目　　B. 核对凭证

C. 实地盘点　　D. 技术推算

【答案】 C

【2007 年上半年单选】下列表述中不正确的是(　　)。

A. 开户单位收入的现金一般应于当日送存开户银行

B. 开户单位支付现金，一般情况下不可以坐支

C. 到外地采购大额货物时，不得直接支付现金

D. 不得“白条抵库”

【答案】 C　到外地采购大额货物时，可以通过现金进行结算。

◈ 考点三：银行存款的管理与核算

【2006年上半年单选】根据《支付结算办法》的规定，有明确金额起点的支付结算方式是（　　）。

A. 支票　　B. 银行汇票

C. 银行本票　　D. 托收承付

【答案】 D　托收承付结算起点金额是10 000元。

【2007年下半年单选】利嘉公司2007年10月25日签发一张票面金额为18 000元的空头支票给A单位。根据规定，利嘉公司应向银行支付罚款并向A单位支付赔偿金共计（　　）元。

A. 1 360　　B. 1 260

C. 900　　D. 1 000

【答案】 A　此次罚款为1 000元，赔偿金为360元，共计1 360元。

【2008年上半年判断】托收承付结算方式可用于同城结算。（　　）

【答案】 ×　托收承付结算方式只适用于异地结算。

◈ 考点四：其他货币资金的内容和核算

◈ 考点五：企业应收账款的会计核算

【2003 年下半年判断】企业代购货单位垫付包装费、运杂费时，应借记“其他应收款”账户。（　　）

【答案】 × 应借记“应收账款”，贷记“银行存款”。

【2006 年上半年单选】应计入财务费用的是（　　）。

A. 商业折扣　　B. 现金折扣

C. 销售折让　　D. 销售退回

【答案】 B

【2006 年上半年多选】甲企业向乙企业销售产品一批，货款 10 000 元（不含增值税），增值税税率 17%，同时用银行存款代垫运杂费 300 元，款项尚未收到。甲企业所作会计分录的贷方应包括（　　）。

A. 主营业务收入——乙企业　　10 000

B. 应交税费——应交增值税（销项税额）　　1 700

C. 应收账款——乙企业　　300

D. 银行存款　　300

【答案】ABD

【2007 年上半年单选】本期计算确认的坏账准备账户余额小于坏账准备原账面余额的差额，应贷记的账户是（　　）。

A. 坏账准备　　B. 资产减值损失

C. 管理费用　　D. 应收账款

【答案】 B 说明坏账准备多提了，应该冲减。

【2008 年上半年多选】应通过“应收账款”科目核算

的有（　　）。

A. 销售产品尚未收到的货款

B. 销售产品时代客户垫付的运杂费

C. 预付给供货单位的购货款

D. 销售产品时应向客户收取的增值税

【答案】ABD

【2008年上半年判断】在收入确认前发生的销售折让，应计入财务费用。（　　）

【答案】 ×

◈ 考点六：预付账款和其他应收款的会计核算

【2003年下半年单选】预付货款不多的企业可以不设置“预付账款”科目，将预付账款并入（　　）科目核算。

A. 预收账款　　　　B. 应付票据

C. 应收账款　　　　D. 应付账款

【答案】 D

【2004年上半年单选】以下各项经济业务，不属于“其他应收款”科目核算内容的是（　　）。

A. 发生火灾应向保险公司收取的损失赔偿

B. 车间领用的备用金

C. 采购原材料预付的货款

D. 为职工垫付的水电费

【答案】 C　该选项应为“预付账款”。

【2006年下半年单选】A公司对甲生产车间采取定额备用金管理制度。该车间报销日常管理费用支出时，

正确的会计分录是(　　)。

A. 借：其他应收款
　　贷：库存现金

B. 借：制造费用
　　贷：库存现金

C. 借：制造费用
　　贷：其他应收款

D. 借：库存现金
　　贷：其他应收款

【答案】 B

【2008 年下半年判断】企业预付的货款实质上也是企业的一项资产。(　　)

【答案】 √

◈ 考点七：企业存货的定义、种类、发出计价和会计核算

【2003 年上半年多选】商品流通企业的物资采购成本包括(　　)。

A. 采购价格　　B. 运输费
C. 进口关税　　D. 装卸费和保险费
E. 其他税金

【答案】 ACE　商品流通企业物资采购发生的运输、装卸等费用计入销售费用。

【2006 年下半年单选】B 公司采用移动平均法计算发出存货的成本。2006 年 9 月 1 日存货 100 件，每件 23

元；10 日购入 400 件，每件 22.50 元；20 日购入 200 件，每件 22 元；30 日购入 333 件，每件 20 元；12 日发出 300 件，25 日发出 300 件。9 月末库存存货的成本为（　）。

A. 13 470 元　　B. 13 650 元

C. 8 890 元　　D. 6 660 元

【答案】 C

【2007 年上半年多选】属于存货的有（　）。

A. 已采购但尚未入库的低值易耗品

B. 委托外单位加工而发出的包装物

C. 已销售但客户尚未提货的产成品

D. 制造产品剩余的下脚料

【答案】 ABD　已销售的产成品所有权已经发生转移，故不属于企业存货。

【2007 年上半年判断】在物价上涨时，如果使用加权平均法计算发出存货的成本，当月发出存货的单位成本必定等于月末结存存货的单位成本。（　）

【答案】 √

【2007 年下半年单选】甲公司为一般纳税人，2007 年 10 月 29 日从外地购入 A 材料 23 吨，货款 20 000 元，增值税款 3 400 元，并以现金支付运费 1 500 元。假定运费可以按照 7%的扣除率计算进项税额，则 A 材料的采购成本为（　）元。

A. 20 000　　B. 21 500

C. 21 395　　D. 23 400

【答案】 C

【2008 年上半年多选】领用原材料的会计分录通常涉及的借方科目有(　　)。

A. 生产成本　　B. 管理费用

C. 制造费用　　D. 财务费用

【答案】 ABC

【2008 年下半年单选】丁公司对发出存货采用月末一次加权平均法计价。10 月初库存不锈钢 40 吨,单价为 3 100 元/吨;10 月份一次购入不锈钢 60 吨,单价为 3 000 元/吨,则本月发出不锈钢的单价为(　　)。

A. 3 060 元/吨　　B. 3 040 元/吨

C. 3 100 元/吨　　D. 3 050 元/吨

【答案】 B

【2008 年下半年多选】我国会计准则允许采用的存货计价方法有(　　)。

A. 先进先出法　　B. 后进后出法

C. 加权平均法　　D. 个别计价法

【答案】 ACD

考点八:固定资产的定义、计价、折旧计算与会计核算

【2003 年下半年多选】下列可作为固定资产计价标准的有(　　)。

A. 重置价值　　B. 原始价值

C. 可收回金额　　D. 净值

E. 可变现净值

【答案】 BD　A为盘盈时考虑，CE为期末计提减值准备时考虑。

【2004年上半年判断】企业购置计算机硬件所附带的软件，应与所购置的计算机硬件一并作为固定资产管理。（　　）

【答案】 ×　企业购置计算机硬件所附带的软件，未单独计价的，应与所购置的计算机硬件一并作为固定资产管理。

【2006年下半年判断】累计折旧账户属于资产类账户，所以其期末余额在借方。（　　）

【答案】 ×　累计折旧账户余额一般在贷方。

【2006年下半年单选】固定资产应提折旧总额等于（　　）。

A. 固定资产原值－清理费用

B. 固定资产原值＋清理费用

C. 固定资产原值＋预计净残值

D. 固定资产原值－预计净残值

【答案】 D

【2007年上半年单选】企业因购买运输设备而交纳的增值税和车辆购置税，应分别计入（　　）科目。

A. 固定资产和应交税费

B. 应交税费和应交税费

C. 固定资产和管理费用

D. 固定资产和固定资产

【答案】 D 购置固定资产发生的税费应该记入其购置成本。

【2007 年下半年单选】企业接受投资者投入设备一台，价值 5 万元，会计分录中的贷方科目是(　　)。

A. 固定资产　　B. 实收资本

C. 资本公积　　D. 应付账款

【答案】 B

【2008 年上半年单选】乙公司购入小汽车一辆供管理部门使用，增值税专用发票中注明货款为 300 000 元，增值税为 51 000 元，款项已用银行存款支付。此项业务的正确会计分录是(　　)。

A. 借：库存商品　　300 000

应交税费——应交增值税(进项税额)　　51 000

贷：银行存款　　351 000

B. 借：固定资产　　300 000

应交税费——应交增值税(进项税额)　　51 000

贷：银行存款　　351 000

C. 借：材料采购　　300 000

应交税费——应交增值税(进项税额)　　51 000

贷：银行存款　　351 000

D. 借：固定资产　　351 000

贷：银行存款　　351 000

【答案】 D 注意：从今年起增值税可以抵扣，故答案应当选B。

【2008年上半年判断】当月增加的固定资产当月不提折旧，当月减少的固定资产当月照提折旧。（ ）

【答案】 √

【2008年下半年单选】按月计提固定资产折旧时，应贷记的会计科目是（ ）。

A. 管理费用　　B. 固定资产

C. 制造费用　　D. 累计折旧

【答案】 D

【2008年下半年单选】丙公司以银行存款购入需要安装的设备一台，支付设备价款8 000元，增值税1 360元，另支付设备安装费1 200元。该设备的入账价值为（ ）元。

A. 8 000　　B. 9 360

C. 9 200　　D. 10 560

【答案】 D 注意在2009年1月1日前，购买固定资产的增值税不得抵扣。

◇ 考点九：无形资产的概念和会计核算

【2007年上半年判断】商誉属于流动资产。（ ）

【答案】 × 属于非流动资产，而且不是无形资产。

◇ 考点十：交易性金融资产的概念和会计核算

◈ 考点十一：长期股权投资的概念和会计核算

【2008年上半年单选】不属于流动资产的是（　　）。

A. 存货　　B. 现金

C. 应收账款　　D. 长期股权投资

【答案】 D

◈ 考点十二：短期借款的定义与核算

【2008年上半年单选】短期借款应按（　　）设置明细账。

A. 借款性质　　B. 借款数额

C. 债权人　　D. 债务人

【答案】 C

【2008年下半年多选】属于流动负债的是（　　）。

A. 短期借款　　B. 应付职工薪酬

C. 专项应付款　　D. 预付账款

【答案】 AB

◈ 考点十三：应付职工薪酬的会计核算

【2004年上半年单选】职工在规定期限内未领取的工资应贷记（　　）科目。

A. 其他应收款　　B. 其他应付款

C. 应付工资　　D. 营业外收入

【答案】 B　借记“库存现金”，贷记“其他应付款”。

【2005年上半年单选】应计入产品成本的工资支出

是(　　)。

A. 行政管理人员工资

B. 医务人员工资

C. 车间生产人员工资

D. 专设销售机构人员工资

【答案】 C　A、D均记入当期的管理和销售费用,B属于应付职工薪酬开支。

【2006年下半年单选】丙企业2006年9月份的“工资结算单”显示：应发工资500 000元,津贴20 000元。补贴10 000元,奖金300 000元,代发福利补助费20 000元,各项代扣款项50 000元,实发金额800 000元。丙企业2006年9月份的“应付职工薪酬——工资”总额为(　　)元。

A. 780 000　B. 830 000　C. 850 000　D. 800 000

【答案】 B　要分清楚实发数和应发数,另外代发福利补助费属于福利费。应通过“应付职工薪酬——职工福利”进行核算。

【2008年上半年判断】加班工资也应计入工资总额。(　　)

【答案】 √

【2008年上半年单选】直接参加产品生产工人的职工薪酬应计入(　　)科目。

A. 生产成本　　B. 制造费用

C. 管理费用　　D. 生产费用

【答案】 A

【2008 年下半年单选】在进行工资分配时,“应付职工薪酬——工资”科目的贷方发生额应等于(　　)。

A. 实发工资总数

B. 应发工资总数

C. 应发工资总数扣除各种代垫、代扣款项后的余额

D. 应发工资总数加上代发款项后的总额

【答案】 B

◇ 考点十四:应付账款的会计核算

【2003 年下半年单选】在下列项目中,不通过应付账款核算的是(　　)。

A. 购进货物负担的进项税额

B. 购进货物的采购价款

C. 应付销货企业代垫的运杂费

D. 应付租金

【答案】 D 其余选项均为“应付账款”核算内容。

【2008 年下半年单选】“应付账款”账户的期初贷方余额为 8 000 元,本期借方发生额为 12 000 元,期末贷方余额为 6 000 元,则本期贷方发生额为(　　)元。

A. 10 000　　B. 4 000　　C. 2 000　　D. 14 000

【答案】 A

◇ 考点十五:预收账款的会计核算

【2004 年下半年多选】与“预收账款”科目借方相对应的贷方科目可能是(　　)。

A. 银行存款　　B. 应交税费

C. 预付账款　　D. 主营业务收入

E. 主营业务成本

【答案】 ABD　A为退回多收的预收账款,BD均为发货后按发票冲记。CD不符合题意。

【2004年上半年判断】预收账款是企业的一项负债,这项负债要以货币资金来偿付。(　　)

【答案】 ×　预收账款是企业的一项负债,这项负债要以货物来偿付。

考点十六:其他应付款的会计核算

【2007年下半年单选】不属于其他应付款核算范围的是(　　)。

A. 暂收其他单位的款项

B. 经营租入固定资产的应付租金

C. 出借包装物收取的押金

D. 购入固定资产的应付款项

【答案】 D　该选项应通过"应付账款"来核算。

【2004年上半年多选】"其他应付款"科目核算的内容有(　　)。

A. 经营租入固定资产的租金

B. 收取的存入保证金

C. 支付的存出保证金

D. 代扣的工会经费

E. 应付的原材料采购费用

【答案】 ABD C为“其他应收款”,E为“应付账款”。

考点十七:应交增值税的会计核算

【2005年上半年单选】可以从销项税额中抵扣的进项税额是(　　)。

A. 购入免税农业产品按买价和规定的扣除率计算的进项税额

B. 用于免税项目的购进货物的进项税额

C. 非正常损失的购进货物的进项税额

D. 用于集体福利的购进货物的进项税额

【答案】 A 按增值税法规定,一般纳税企业购入的免税农产品,收购废旧物资等,可以按买价(或收购金额)和规定的扣除率计算进项税额,并准予从销项税额中抵扣。

【2006年上半年单选】A公司被核定为一般纳税人,适用的增值税税率为17%。A公司为B公司加工零部件10 000个,每个收取加工费70.20元(含税价)。对于该笔业务,A公司应确认的“应交税费——应交增值税(销项税额)”为(　　)元。

A. 10 200　B. 11 934　C. 119 340　D. 102 000

【答案】 D 计算方法是70.20×10 000/(1+17%)×17%=102 000元。

【2006年下半年多选】下列会计分录中,属于一般纳税人交纳增值税的有(　　)。

A. 借:应交税费——应交增值税(已交税金)

贷：银行存款

B. 借：应交税费——未交增值税（已交税金）

贷：银行存款

C. 借：应交税费——应交增值税

贷：银行存款

D. 借：应交税费——未交增值税

贷：银行存款

【答案】AD

【2006 年下半年判断】小规模纳税企业“应交税费”账户所属的“应交增值税”明细账户，应设置专栏、采用三栏式账页。（ ）

【答案】× 小规模纳税人企业不需要设置专栏。

【2008 年下半年判断】企业在建工程领用本企业生产的应交纳增值税的产成品，应视同销售，按计税价格计算确认销项税额。（ ）

【答案】√

【2008 年下半年判断】企业对于购入的免税农产品，可以按照买价和规定的扣除率计算进项税额，并将计算的进项税额从其购买价格中扣除，其余额即为购入农产品的采购成本。（ ）

【答案】√

◇ 考点十八：非流动负债及长期借款的概念和会计核算

【2008 年上半年单选】丁公司向银行借入为期 14 个

月的借款,应贷记(　　)科目。

A. 短期借款　　B. 长期借款

C. 银行存款　　D. 长期应付款

【答案】 B

【2008 年上半年多选】核算长期借款利息涉及的会计科目可能有(　　)。

A. 管理费用　　B. 财务费用

C. 在建工程　　D. 长期借款

【答案】 BCD

【2008 年下半年单选】不属于非流动负债的是(　　)。

A. 长期应付款　　B. 长期借款

C. 应付账款　　D. 应付债券

【答案】 C

考点十九:实收资本的概念和会计核算

【2007 年下半年单选】企业接受投资者投入设备一台,价值 5 万元,会计分录中的贷方科目是(　　)。

A. 固定资产　　B. 实收资本

C. 资本公积　　D. 应付账款

【答案】 B

考点二十:资本公积的概念和会计核算

【2008 年上半年单选】当新投资者加入有限责任公司时,其出资额大于按约定比例计算的、在注册资本中所

占的份额部分，应计入（　　）。

A. 实收资本　　B. 营业外收入

C. 资本公积　　D. 盈余公积

【答案】 C

◇ 考点二十一：盈余公积的概念和会计核算

【2008年上半年多选】不必进行会计处理的经济业务有（　　）。

A. 用盈余公积转增资本　　B. 分配股票股利

C. 用税前利润弥补亏损　　D. 用税后利润弥补亏损

【答案】 BCD

【2008年下半年多选】由利润形成的所有者权益包括（　　）。

A. 实收资本　　B. 资本公积

C. 盈余公积　　D. 未分配利润

【答案】 CD

◇ 考点二十二：未分配利润的概念和会计核算

迎考知识点再拓展

1. 应收和应付票据核算介绍：

"应收票据"和"应付票据"中所指的票据仅是商业汇票，支票、银行汇票和银行本票不通过这两个科目核算。

（1）应收票据的核算：

① 收到商业票据,借:应收票据

贷:主营业务收入等

② 应收票据背书转让,借:原材料等

应交税费——应交增值税

(进项税额)

贷:应收票据

③ 应收票据到期,若对方偿付,借:银行存款

贷:应收票据

④ 应收票据到期,若对方无力偿付,借:应收账款

贷:应收票据

票据分为带息和不带息票据 2 种,不带息票据的到期值就是其面值,带息票据的到期值等于其面值加上利息。另外持有票据的企业,可以在票据未到期前贴现。

【2006 年下半年单选】企业贴现应收票据,所得额必定(　　)。

A. 小于票据的到期值　　B. 小于票据的面值

C. 大于票据的到期值　　D. 大于票据的面值

【答案】 A　贴现是将尚未到期的票据便宜转卖给银行,故所得额必然小于到期值。

(2) 应付票据的核算:

① 开出商业票据,借:原材料等

应交税费——应交增值税(进项税额)

贷:应付票据

② 应付票据到期,借:应付票据

贷:银行存款

③ 银行承兑汇票到期,若无力支付票款,借:应付票据

贷:短期借款

2. 坏账准备的计提与会计核算:

企业有应收账款,就有可能产生坏账。依据谨慎性要求,企业至少要在每年年末对坏账进行估计,计提坏账准备。计提方法主要有:余额百分比法、账龄分析法和销售额百分比法。运用余额百分比法计提和补提时,应借记"资产减值损失",贷记"坏账准备";冲减时则做相反分录;确认坏账损失时则借记"坏账准备",贷记"应收账款";坏账重新收回时,则再做相反会计分录。

3. 企业外购存货成本的计算:

(1) 工业制造企业:

① 小规模纳税人企业存货外购成本包括采购价、各种税费(含增值税)及运输、仓储等费用;② 一般纳税人企业存货外购成本包括采购价、各种税费(不含增值税)以及运输、仓储、装卸等费用。增值税应当另行核算,计入进项税额。

(2) 商品流通企业:

在采购中发生的运输、装卸、保险、仓储等费用均须单独计入销售费用,不必计入存货外购成本。① 小规模纳税人企业存货外购成本包括采购价、各种税费(含增值税);② 一般纳税人企业存货外购成本包括采购价、各种税费(不含增值税),增值税应当另行核算,计入进项

税额。

4. 原材料按计划成本核算知识介绍：

原材料除了用实际成本法核算外，还可采用计划成本计价。若采用计划成本计价的话，企业应当设置"材料采购"、"原材料"和"材料成本差异"等科目。计划成本计价的特点是原材料收、发均按计划成本计价，实际成本与计划成本之间的差额通过"材料成本差异"科目核算，期末要将原材料的计划成本调整为实际成本。材料购进的会计处理举例如下：

例：青花公司购入材料一批，取得增值税发票上注明价款为 50 000 元，进项税额 8 500 元，材料已入库，款项用银行存款付清。该材料的计划成本为 50 300元，则

借：材料采购　　50 000

　　应交税费——应交增值税(进项税额)

　　　　8 500

　贷：银行存款　　58 500

借：原材料　　50 300

　贷：材料采购　　50 000

　　　材料成本差异　　300(节约差)

承上例，若该材料的计划成本为 48 000 元，则

借：材料采购　　50 000

　　应交税费——应交增值税(进项税额)

　　　　8 500

　贷：银行存款　　58 500

借：原材料　　48 000
　　材料成本差异　　2 000（超支差）
　贷：材料采购　　50 000

本章复习与应考攻略

本章是《会计基础》的重点和难点，在历年考试中所占比重最大，几乎每次考试该章分值平均都在50分左右。尤其是像应收账款、固定资产、应付职工薪酬和增值税核算历来都是重点和考试热点。而本次新教材与以往相比，本章的变化幅度非常大，新增了"无形资产"，"交易性金融资产"、"长期股权投资"、"短期借款"、"长期借款"和所有者权益等内容，学习难度明显加大，故希望学员引起足够重视，把各个知识点理解并掌握。

本章考点实战训练题

一、单项选择题

1.《现金管理暂行条例》由（　　）颁布，该法明确界定了企业的现金使用范围。

A. 人民银行总行　　B. 财政部
C. 国务院　　D. 审计总署

2. 企业库存现金的限额是指企业日常持有的现金的（　　）限额。

A. 最高　　B. 最低

C. 平均　　　　D. 以上都不对

3. 对于现金溢余，属于应支付给有关人员或单位的应计入(　　)。

A. 其他应收款　　　　B. 其他应付款

C. 营业外收入　　　　D. 其他业务收入

4. 企业的银行实存数为 5 000 元，而签发一张支票金额为 15 000 元，该企业将要支付的赔偿金是(　　)元。

A. 1 000　　　　B. 750

C. 500　　　　D. 300

5. 企业日初现金日记账余额为 2 800 元，当日收到现金收入 1 500 元即存入银行；出差人员回来报销差旅费 1 600 元，结清预支款 1 500 元，现金补付差额 100 元；上月现金短缺 100 元，领导批准后当日予以转入“管理费用”；办公室人员零星报销交通费现金支付 150 元，则企业当日终了现金日记账余额为(　　)元。

A. 2 550　　　　B. 2 450

C. 2 050　　　　D. 1 050

6. 将单位收入的现金以个人名义存储，私自截留保留账外公款，就是俗称的(　　)。

A. 打白条　　　　B. 套现

C. 坐支　　　　D. 私设“小金库”

7. 企业银行日记账期初余额为 480 000 元，当月取得销售收入 150 000 元，其中收到支票 50 000 元，收到银行汇票 100 000 元，均解入银行；当月开出支票

20 000 元支付购料款；开出银行承兑汇票 50 000 元支付上月的购货款；当月向开户银行申请办理了面值为 30 000 元的银行汇票已交付采购员；则该企业月末银行存款账户余额为(　　)元。

A. 480 000　　B. 520 000

C. 580 000　　D. 610 000

8. 下列各项，不通过“其他货币资金”科目核算的是(　　)。

A. 信用证保证金存款　　B. 备用金

C. 存出投资款　　D. 银行本票存款

9. 库存现金清查应采用的方法是(　　)。

A. 核对账目法　　B. 核对凭证法

C. 技术推算法　　D. 实地盘点法

10. 对现金日记账的登记，下列理解不正确的是(　　)。

A. 出纳管钱，因此不得登账

B. 又称现金序时账

C. 记账依据是现收、现付和银付凭证

D. 要做到日清月结

11. 若企业签发空头支票，银行除退票外还将按票面金额的(　　)处以罚款。

A. 2%但不低于 1 000 元

B. 5%但不低于 1 000 元

C. 2%但不低于 10 000 元

D. 5%但不低于 10 000 元

12. 信用卡透支额，金卡最高不得超过(　　)元，普通卡最高不得超过(　　)元。

A. 10 000　5 000　　B. 1 000　50 000

C. 10 000　50 000　　D. 1 000　5 000

13. 某企业收到面值为 10 000 元,出票日为 4 月 20 日,3 个月后到期的商业汇票一张,请问到期日是(　　)。

A. 7 月 20 日　　B. 7 月 19 日

C. 7 月 21 日　　D. 7 月 18 日

14. 企业在采用总价法核算的情况下,发生的现金折扣应当作为(　　)处理。

A. 营业收入　　B. 销售费用

C. 财务费用　　D. 管理费用

15. 某厂为增值税一般纳税企业,适用增值税率 17%;当月赊销一批产品价格 300 000 元,增值税 51 000 元;由于是成批销售,与购货方签订的合同约定给予购货方 20%的商业折扣和 2/10—1/20—N/30 的现金折扣;购货方于收货后第 15 天支付全部款项;则甲企业记入“财务费用”的金额为(　　)元。

A. 3 510　　B. 2 808

C. 5 616　　D. 1 404

16. 企业对一车间实行定额备用金制度核算,拨付的定额备用金,应通过(　　)。

A. “其他应收款”账户核算

B. “制造费用”账户核算

C. “其他应付款”账户核算

D. “预付账款”账户核算

17. 应收账款入账时，应当考虑的折扣是(　　)。

A. 商业折扣　　B. 总价折扣

C. 净价折扣　　D. 现金折扣

18. 不属于其他应收款核算内容的是(　　)。

A. 备用金

B. 不符合预付款性质而按规定转入的预付账款

C. 存出保证金

D. 租出包装物暂收的押金

19. 预付货款业务不多的企业，可以不设置“预付账款”账户，而将预付货款直接计入(　　)科目。

A. 应收账款　　B. 其他应收款

C. 应付账款　　D. 其他应付款

20. A公司向B公司采购材料，收到B公司发来的材料，B公司开出的增值税发票注明的货款300 000元，增值税51 000元；该材料款A公司上月已预付了货款的50%，收料后一个月开出支票补付余款。A公司在收料时，应(　　)元。

A. 贷记“预付账款”351 000

B. 借记“预付账款”351 000

C. 贷记“银行存款”201 000

D. 借记“预付账款”201 000

21. 某厂为增值税一般纳税企业，当月赊销产品一批，开出的增值税发票注明销售价10 000元，增值税1 700元，另以银行存款代购货方垫付运杂费500元。其“应收账款”的入账价值为(　　)元。

A. 10 000　　B. 11 700
C. 10 500　　D. 12 200

22. 预付账款无法收回时,应转入(　　)科目。
A. 应付账款　　B. 应收账款
C. 其他应收款　　D. 其他应付款

23. 某企业向B公司销售一批产品,原销售价格计234 000元(含税),适用增值税税率为17%。由于是成批销售,给予B公司10%的商业折扣。该企业销售实现时应确认的销售收入为(　　)元。
A. 234 000　　B. 210 600
C. 200 000　　D. 180 000

24. 在按应收账款年末余额百分比法计提坏账准备的情况下,已确认的坏账又收回时,应当借记(　　)。
A. 应收账款　　B. 坏账损失
C. 坏账准备　　D. 营业外收入

25. 在我国会计实务当中,企业应按(　　)提取坏账准备。
A. 月末应收账款余额
B. 季末应收账款余额
C. 半年末应收账款余额
D. 年末应收账款余额

26. 存货范围的确认依据是(　　)。
A. 法定产权　　B. 用途
C. 存放地点　　D. 取得的途径

27. 某企业某日现金日记账的日初余额为560元,当天收到销售废旧报纸收入 100 元，当日已经解存开户银行；收到职工退回差旅费余款 40 元；支付办公用品费 75 元；支付修理费 80 元。临下班时发现账面记载为 805 元，而盘点发现实存金额为 445 元。试问引起账实不符的可能是(　　)错记。

A. 收到销售废旧报纸收入 100 元，当日已经解存开户银行

B. 收到职工退回差旅费余款 40 元

C. 支付办公用品费 75 元

D. 支付修理费 80 元

28. 盘盈的存货按(　　)作为实际成本。

A. 同类或类似存货的市价

B. 历史成本

C. 可变现净值

D. 现值

29. 某企业为增值税一般纳税人，购入材料一批，增值税专用发票上标明的价款为 25 万元，增值税为 4.25 万元，另支付材料的保险费 2 万元、包装物押金 2 万元。该批材料的采购成本为(　　)万元。

A. 27　　B. 29

C. 29.25　　D. 31.25

30. 先进先出法在物价上涨或下跌时，期末库存存货的成本(　　)市价。

A. 等于　　B. 不等于

C. 接近　　D. 远离

31. 某企业期初存货无余额，10 月 6 日购入原材料 300 件，单价 5 元；10 日购入 400 件，单价 6 元；26 日发出材料 400 件；若采用先进先出法，则发出存货的成本为(　　)元。

A. 2 000　　B. 2 100

C. 2 400　　D. 2 200

32. 某企业期初存货 200 件，单价 4.8 元；本月 6 日购入原材料 300 件，单价 5 元；本月 10 日购入 400 件，单价 6 元；本月发出材料共两次，分别为 8 日发出 250 件，15 日发出 300 件。若采用加权平均法，则本月发出成本单价为(　　)元。

A. 4.8　　B. 5　　C. 5.4　　D. 6

33. 按实际成本计价，采用(　　)对企业领用或发出的存货计算较简单。

A. 先进先出法　　B. 加权平均法

C. 个别计价法　　D. 移动加权平均法

34. (　　)是便于逐笔结转发出存货成本，计算比较准确，但工作量较大，适用于进货批次少，发货时能分清批次的存货。

A. 先进先出法　　B. 加权平均法

C. 个别计价法　　D. 移动加权平均法

35. 原材料已验收入库，月末尚未收到结算凭证的，入库材料按合同价格暂估入账时，除了借记“原材料”账户外，还应贷记(　　)账户。

A. 在途物资　　B. 应付账款

C. 原材料　　D. 银行存款

36. 某工业企业为一般纳税人，购入一批原材料，价款400 000 元，进项税额 68 000 元。为采购该批材料发生运输费 2 000 元及包装物押金 1 000 元；材料已验收入库；该批材料的入库价值为(　　)元。

A. 403 000　　B. 401 860

C. 402 000　　D. 468 000

37. 投资者投入的存货，按照(　　)，作为实际成本。

A. 投资合同或协议约定的价值，但合同或协议约定的价值不公允的除外

B. 可变现净值

C. 同类市场价值

D. 投资合同或协议约定的价值

38. 某小规模企业，购入原材料一批，取得的增值税发票注明材料价款 50 000 元，增值税 8 500 元，同时发生运输费 500 元，包装费 300 元，该批材料的入账价值为(　　)元。

A. 59 300　　B. 58 500

C. 50 800　　D. 50 000

39. 结转已销售产品的生产成本，应从(　　)账户转入"主营业务成本"账户。

A. 库存商品　　B. 生产成本

C. 制造费用　　D. 原材料

40. 某一般纳税人工业企业，外购原材料取得增值税发票，材料总价 100 000 元，增值税费 17 000 元，入库前

发生运输费 2 000 元，挑选整理费 1 000 元，则该批材料的采购成本为(   )元。

A. 120 000　　B. 102 000

C. 103 000　　D. 100 000

41. 企业已投入使用但尚未办理移交手续的固定资产，可先按(   )入账，待确定实际价值后再进行调整。

A. 计划成本　　B. 重置成本

C. 市场价格　　D. 估计价值

42. 主要用于确定盘盈、盘亏、损毁固定资产的溢余或损失的计价标准是(   )。

A. 重置价值计价　　B. 净值计价

C. 原始价值计价　　D. 可变现净值计价

43. 下列不应计入固定资产价值的项目是(   )。

A. 购置固定资产发生的运杂费

B. 购置固定资产发生的出差人员差旅费

C. 购置固定资产发生的包装费

D. 购置固定资产发生的应分摊的借款利息

44. 某企业购置一台需要安装的设备，取得的增值税专用发票上注明的设备买价为 1 000 000 元，增值税为 170 000 元，支付的运杂费为 20 000 元。设备安装时领用工程用材料物资 2 000 元，购进该批物资时支付的增值税为 340 元，设备安装时支付有关人员的工资费用3 000元，该固定资产的入账价值为(   )元。

A. 1 175 000　　B. 1 177 340

C. 1 025 000　　D. 1 180 075

45. 下列各项，在年末资产负债表和年度利润分配表中均有项目反映并且年末金额相等的是（　　）。

A. 净利润　　B. 资本公积

C. 盈余公积　　D. 未分配利润

46. B企业以一台账面原价 200 000 元，已提折旧 20 000 元的设备对 A 企业投资，双方同意按该固定资产的净值确认投资额。A 企业收到该设备时的账务处理应为（　　）。

A. 借：固定资产　200 000
　　贷：实收资本　200 000

B. 借：固定资产　200 000
　　贷：实收资本　180 000
　　　　累计折旧　20 000

C. 借：固定资产　180 000
　　贷：实收资本　180 000

D. 借：固定资产　200 000
　　贷：实收资本　180 000
　　　　资本公积　20 000

47. 某企业对一座建筑物进行改建。该建筑物的原价为 100 万元，已提折旧为 60 万元。改建过程中发生支出 30 万元。被替换部分固定资产的账面价值为 5 万元。该建筑物改建后的入账价值为（　　）万元。

A. 65　　B. 70

C. 125　　D. 130

48. 某企业购入计算机五台，收到销售方开具的发票注明总价值 58 500 元，并随机附带不单独计价的软件，按其现行市场价为 8 500 元，该批计算机入账的价值应为（　　）元。

A. 50 000　　B. 58 500

C. 58 000　　D. 67 000

49. 某企业于 2008 年 3 月 31 日购入不需要安装的固定资产，则该企业应（　　）。

A. 自 2008 年 3 月起开始计提折旧

B. 自 2008 年 4 月起开始计提折旧

C. 自 2008 年 5 月起开始计提折旧

D. 自 2009 年 1 月起开始计提折旧

50. 某企业 6 月份固定资产计提折旧额为 30 000 元，6 月份增加固定资产原价 100 000 元，应计提的折旧额为 5 000 元，6 月份减少的固定资产原价 80 000 元，应计提的折旧额为 4 000 元，7 月份增加固定资产原价 50 000 元，应计提的折旧额为 2 500 元，则该企业 7 月份应计提的折旧额为（　　）元。

A. 33 500　　B. 32 500

C. 32 000　　D. 31 000

51. 以下关于折旧的说法不正确的是（　　）。

A. 当月增加的固定资产当月不计折旧

B. 当月减少的固定资产当月仍计折旧

C. 当月增加的固定资产下月起计折旧

D. 当月减少的固定资产下月仍计折旧

52. 工业企业计提固定资产折旧时不可能借记的科目是

(　　)。

A. 生产成本　　B. 制造费用

C. 管理费用　　D. 其他业务支出

53. “固定资产”账户是用来反映固定资产的(　　)。

A. 磨损价值　　B. 净值

C. 原始价值　　D. 累计折旧

54. 本月生产车间的固定资产折旧费应当记入(　　)。

A. 制造费用　　B. 销售费用

C. 管理费用　　D. 生产成本

55. 购入固定资产时与固定资产价款一起支付的增值税税额应计入(　　)。

A. 管理费用

B. 应交税费——应交增值税(进项税额)

C. 应交税费——应交增值税(进项税额转出)

D. 固定资产

56. 某企业年初所有者权益总额 160 万元,当年以其中的资本公积转增资本 50 万元。当年实现净利润 300 万元,提取盈余公积 30 万元,向投资者分配利润 20 万元。该企业年末所有者权益总额为(　　)万元。

A. 360　　B. 410

C. 440　　D. 460

57. 下列不属于无形资产核算内容的是(　　)。

A. 商誉　　B. 非专利技术

C. 商标权　　D. 土地使用权

58. A 公司于 2007 年 4 月 5 日从证券市场上购入 B 公司

发行在外的股票200万股作为交易性金融资产，每股支付价款4元(含已宣告但尚未发放的现金股利0.5元)，另支付相关费用3万元，A公司交易性金融资产取得时的入账价值为(   )万元。

A. 800　　B. 700

C. 803　　D. 703

59. 企业取得交易性金融资产时发生的相关交易费用应(   )。

A. 计入相关金融资产的入账价值

B. 冲减当期利息

C. 计入其他应付款

D. 计入当期损益

60. 下列投资中，不应作为长期股权投资核算的是(   )。

A. 对子公司的投资

B. 对联营企业和合营企业的投资

C. 在活跃市场中没有报价、公允价值无法可靠计量的没有控制、共同控制或重大影响的权益性投资

D. 在活跃市场中有报价、公允价值能可靠计量的没有控制、共同控制或重大影响的权益性投资

61. A公司于2007年11月5日从证券市场上购入B公司发行在外的股票200万股作为交易性金融资产，每股支付价款5元，另支付相关费用20万元，2007年12月31日，这部分股票的公允价值为1 050万元，A公司2007年12月31日应确认的公允价值变

动损益为(　　)万元。

A. 损失 50　　B. 收益 50

C. 收益 30　　D. 损失 30

62. 核算短期借款利息时,不会涉及的会计科目是(　　)。

A. 应付利息　　B. 财务费用

C. 短期借款　　D. 银行存款

63. 某公司向银行借入一笔借款 600 万元,期限为 3 个月,到期一次还本付息。合同约定年利率为 5%,则到期利息支出总额是(　　)。

A. 2.5 万元　　B. 5 万元

C. 8.5 万元　　D. 7.5 万元

64. 企业收取包装物押金及其他各种暂收款项时,应贷记(　　)科目。

A. 营业外收入　　B. 其他业务收入

C. 其他应付款　　D. 其他应收款

65. 企业分配确认工资薪金费用时,不会涉及的账户是(　　)。

A. 生产成本　　B. 制造费用

C. 销售费用　　D. 预提费用

66. A 公司被核定为一般纳税人,适用的增值税税率为 17%。A 公司为 B 公司加工零部件 10 000 个,每个收取加工费 70.20 元(含税价)。对于该笔业务,A 公司应确认的“应交税费——应交增值税(销项税额)”为(　　)元。

A. 10 200　　B. 102 000

C. 119 340　　D. 11 934

67. 企业支付给职工的辞退福利应当计入(　　)。

A. 管理费用　　B. 生产成本

C. 营业外支出　　D. 制造费用

68. 一般纳税企业缴纳上月增值税的会计分录应为(　　)。

A. 借：应交税费——应交增值税(已交税金)
　　贷：银行存款

B. 借：应交税费——未交增值税(已交税金)
　　贷：银行存款

C. 借：应交税费——未交增值税
　　贷：银行存款

D. 借：应交税费——应交增值税
　　贷：银行存款

69. 企业应付票据到期，因无款支付而转为应付账款。此项业务属于(　　)的变化业务。

A. 资产项目间此增彼减

B. 负债项目间此增彼减

C. 资产项目和负债项目同时增加

D. 资产项目和负债项目同时减少

70. 某企业购入 W 上市公司股票 180 万股，并划分为交易性金融资产，共支付款项 2 830 万元，其中包括已宣告但尚未发放的现金股利 126 万元。另外，支付相关交易费用 4 万元。该项交易性金融资产的入账价值为(　　)万元。

A. 2 804　　B. 2 830

C. 2 700　　D. 2 704

71. 某一般纳税人企业,对外捐赠产成品一批,其成本是100 000元,市场价为120 000元,则"营业外支出"账户的入账金额是(　　)。

A. 100 000　　B. 120 000

C. 120 400　　D. 117 000

72. 某企业所有者权益情况如下:实收资本300万元,资本公积27万元,盈余公积38万元,未分配利润32万元。则该企业留存收益为(　　)万元。

A. 32　　B. 38　　C. 70　　D. 87

73. 能够引起所有者权益总额变化的是(　　)。

A. 以盈余公积转增资本

B. 增发新股

C. 向股东支付已宣告分派的现金股利

D. 以盈余公积弥补亏损

74. 某企业年初所有者权益总额1 600 000元,当年以其中的资本公积转增资本500 000元。当年实现净利润3 000 000元,提取盈余公积300 000元,向投资者分配利润200 000元。该企业年末所有者权益总额为(　　)元。

A. 4 600 000　　B. 4 400 000

C. 4 100 000　　D. 3 600 000

75. 企业收购免税农产品用于加工,以现金支付的买价

50 000 元，农产品已入库，增值税扣除率 13%，则原材料的入账价值是(　　)。

A. 43 500　　B. 50 000

C. 56 500　　D. 6 500

76. 企业建造职工浴室，领用原材料一批，价款为 1 000 元，则其增值税应为(　　)。

A. 贷记“应交税费——应交增值税(进项税额)”

B. 借记“应交税费——应交增值税(进项税额)”

C. 贷记“应交税费——应交增值税(进项税额转出)”

D. 借记“应交税费——应交增值税(销项税额)”

77. 某公司 6 月份计算应发放职工工资 15 000 元，其中：销售人员工资 10 000 元，管理人员工资 5 000 元，其会计分录为(　　)。

A. 借：销售费用　　10 000
　　　管理费用　　5 000
　　贷：应付职工薪酬——工资　　15 000

B. 借：销售费用　　15 000
　　贷：应付职工薪酬——工资　　15 000

C. 借：管理费用　　15 000
　　贷：银行存款　　15 000

D. 借：营业成本　　15 000
　　贷：银行存款　　15 000

78. 企业基本生产车间工人的工资应计入(　　)。

A. 生产成本　　B. 制造费用

C. 销售费用　　D. 管理费用

79. 汽车制造厂生产的汽车对该厂来讲属于(　　)。

A. 固定资产　　B. 长期资产

C. 流动资产　　D. 货币资金

80. 企业支付的税款滞纳金应当计入(　　)。

A. 财务费用　　B. 管理费用

C. 销售费用　　D. 营业外支出

二、多项选择题

1. 对支票理解不正确的是(　　)。

A. 适用于异地结算

B. 划线支票可以提现,未划线支票只能转账

C. 支票的透支期 10 日内

D. 支票的日期、金额和收款人不得更改,否则无效

2. 下列属于其他货币资金的有(　　)。

A. 银行汇票存款　　B. 银行本票存款

C. 商业汇票　　D. 信用卡存款

3. 下列各项,可以采用除 9 法查找到错误的有(　　)。

A. 将"应收账款"科目借方的 5 000 元误记入贷方

B. 将"应收账款"科目借方的 5 000 元误记为 500 元

C. 漏记了一笔"应收账款"科目借方 5 000 元

D. 将"库存现金"科目借方的 76 元误记为 67 元

4. 现金收支的日常管理规定(　　)。

A. 不得"坐支现金"　　B. 不得"白条抵库"

C. 不得公款私存　　D. 不得签发空头支票

5. "现金"总分类账可以依据(　　)直接登记。

A. 现金收款凭证　　B. 银行存款收款凭证

C. 现金付款凭证　　D. 银行存款付款凭证

6. 下列说法中正确的有(　　)。

A. 企业不得变相发行代币券

B. 银行汇票有效期 2 个月

C. 为了应对突发事件,企业可以保留部分账外公款

D. 汇兑适用于异地结算

7. 以下属于查找错账方法的是(　　)。

A. 顺差法　　B. 逆差法

C. 除 2 法　　D. 实地盘点法

8. 下列(　　)票据同城、异地均可使用。

A. 委托收款　　B. 银行汇票

C. 商业汇票　　D. 银行本票

9. (　　)商品的款项,不得办理托收承付结算。

A. 代销　　B. 赊销

C. 寄销　　D. 直销

10. 下列说法正确的是(　　)。

A. 划线支票就是在普通支票的右上角划两条平行线

B. 银行汇票是由银行开具和付款的票据

C. 代销、寄销和赊销商品不得办理托收承付

D. 我国信用证是可撤销、不可转让的跟单信用证

11. 企业办理以下(　　)业务须经开户银行批准。

A. 要求变更库存现金限额

B. 职工出差预借差旅费

C. 企业坐支现金

D. 设置小金库

12. 有关信用卡的表述错误的是(　　)。

A. 信用卡按信誉等级分为单位卡和个人卡

B. 为了加强管理，每个单位限领 1 张单位卡

C. 单位卡一律不得支取现金

D. 信用卡透支期限最长为 30 天

13. 下列属于见票即付票据的是(　　)。

A. 银行承兑汇票　　B. 银行汇票

C. 支票　　D. 银行本票

14. 下列各项中，能引起资产与负债同减的有(　　)。

A. 支付现金股利

B. 取得短期借款

C. 盈余公积补亏

D. 以现金支付职工工资

15. 登记“银行存款”总分类账户的依据有(　　)。

A. 现金收款凭证

B. 银行存款付款凭证

C. 现金付款凭证

D. 银行存款收款凭证

16. 应计提坏账准备的项目包括(　　)。

A. 预付账款　　B. 应收账款

C. 应收票据　　D. 其他应收款

17. 企业销售产品或材料等发生应收款项时，可能贷记的账户有(　　)。

A. 应交税费——应交增值税(销项税额)

B. 其他业务收入

C. 主营业务收入

D. 营业外收入

18. 可能导致其他应收款减少的经济业务事项包括(　　)。

A. 职工出差归来报销差旅费

B. 从应付工资总扣回本单位职工应付的赔款

C. 收到保险公司的赔款

D. 收回本单位付出的包装物押金

19. 应收款项是流动资产的重要组成部分,主要包括(　　)等。

A. 应收票据　　B. 应收账款

C. 预收账款　　D. 其他应收款

20. 企业在年末计提坏账准备时,可能涉及的会计分录为(　　)。

A. 借: 资产减值损失
　　贷: 坏账准备

B. 借: 坏账准备
　　贷: 资产减值损失

C. 借: 管理费用
　　贷: 应收账款

D. 借: 资产减值损失
　　贷: 应收账款

21. 应收账款的贷方登记(　　)。

A. 应收账款的增加　　B. 应收账款的收回

C. 确认的坏账损失　　　D. 尚未收回的应收账款

22. 关于所有者权益，下列说法中正确的有（　　）。
A. 所有者权益是指企业资产扣除负债后由所有者享有的剩余权益
B. 直接计入所有者权益的利得和损失属于所有者权益
C. 所有者权益金额取决于资产和负债的计量
D. 所有者权益项目应当列入利润表

23. "预付账款"账户，贷方登记的内容有（　　）。
A. 按合同约定预付货款时
B. 补付不足部分款项
C. 收到采购货物时按发票金额冲销的预付账款数
D. 因多预付货款而退回的款项

24. 其他应收款核算的主要内容包括（　　）。
A. 应收取的各种赔款
B. 应收的各种罚款
C. 租入包装物暂付的押金
D. 为职工垫付的水电费

25. 不符合预付款性质而按规定转出的预付账款，涉及的账户有（　　）。
A. 预付账款　　　B. 预收账款
C. 其他应付款　　　D. 其他应收款

26. 企业以现金方式代职工垫付水电费时，涉及的账户有（　　）。
A. 其他应收款　　　B. 预收账款

C. 库存现金　　　　D. 预付账款

27. 下列对预付账款理解有误的是(　　)。

A. 属于企业的流动负债

B. 目的是为了获取等价货物或劳务

C. 补付和预付的会计分录相同

D. 补付和预付的会计分录相异

28. 企业应收账款的入账价值包括(　　)。

A. 销售货物的价款

B. 销售货物的增值税

C. 销售货物的运杂费

D. 代购货方垫付的包装费

29. 以下(　　)属于企业以预付方式购买原材料所要用的会计账户。

A. 预付账款

B. 银行存款

C. 原材料

D. 应交税费——应交增值税(销项税额)

30. 办公室职工王刚出差归来，报销差旅费 950 元，原来预借 1 000 元，退回现金 50 元，需要记入账户借方的是(　　)。

A. 其他应收款　　　　B. 银行存款

C. 库存现金　　　　D. 管理费用

31. 下列属于企业存货的是(　　)。

A. 企业库存的办公用品

B. 加工中的下脚料

C. 兄弟单位暂存的产成品

D. 企业已售但客户未提走的商品

32. 企业会计准则规定,企业领用或发出存货按实际成本核算,可采用(　　)来确定其实际成本。

A. 先进先出法　　B. 后进先出法

C. 加权平均法　　D. 个别计价法

33. 对于已经开出商业承兑汇票,但材料尚未验收入库的业务,根据发票账单,可以通过以下账户的是(　　)。

A. 在途物资　　B. 应交税费

C. 银行存款　　D. 应付票据

34. 采用预付货款方式采购材料,在预付货款、收到材料和补付余款时,可做的会计分录是(　　)。

A. 借:预付账款

　　贷:银行存款

B. 借:原材料

　　　应交税费——应交增值税(进项税额)

　　贷:预付账款

C. 借:应付账款

　　贷:银行存款

D. 借:原材料

　　　应交税费——应交增值税(进项税额)

　　贷:预付账款

　　　　应付账款

35. 企业在接受材料投资时,可能与下列账户产生对应账户的是(　　)。

A. 应交税费　　B. 实收资本

C. 银行存款　　D. 资本公积

36. 企业各生产单位及有关部门领用原材料,为了简化核算,可以在月末根据(　　)中的有关领料的单位、部门等加以归类,编制“发料凭证汇总表”据以编制记账凭证,登记入账。

A. 领料单　　B. 成本计算单

C. 限额领料单　　D. 结算单

37. 存货是指企业在正常生产经营过程中(　　)。

A. 持有以备出售的产成品或商品

B. 将在工程项目中耗用的工程材料

C. 将在生产过程或提供劳务过程中耗用的材料、物料

D. 仍然处在生产过程中的在产品

38. 企业对使寿命有限的无形资产进行摊销时,其摊销额应根据不同情况分别计入(　　)。

A. 管理费用　　B. 制造费用

C. 财务费用　　D. 其他业务成本

39. “在途物资”账户主要用于核算(　　)。

A. 库存材料的收入、发出和结存

B. 企业已经购入但尚未到达的材料物资成本

C. 尚未入库的材料物资成本

D. 以上都对

40. 企业的会计人员误将当月发生的增值税进项税额计

入材料采购成本，其结果会有(　　)。

A. 月末资产增加　　B. 月末利润增加
C. 月末负债增加　　D. 月末应交税费增加

41. 在材料采购业务核算中，“在途物资”账户的对应账户一般有(　　)。

A. 应付账款
B. 应付票据
C. 银行存款
D. 应交税费——应交增值税

42. 下列(　　)业务产生的收入应在“其他业务收入”中核算。

A. 出售固定资产收入　　B. 出售材料收入
C. 出租固定资产收入　　D. 罚款收入

43. 关于“制造费用”账户下列说法正确的是(　　)。

A. 属于费用类科目
B. 贷方登记分配转入产品成本的制造费用
C. 期末一般无余额
D. 一般耗用原材料应计入其借方

44. 企业为扩大销售市场发生的业务招待费，不应记入(　　)。

A. 管理费用　　B. 应收账款
C. 营业外支出　　D. 销售费用

45. 企业存货入账价值的基础是存货取得时的(　　)。

A. 公允价值　　B. 实际成本
C. 重置成本　　D. 历史成本

46. 固定资产按经济用途分，可分为(　　)。

A. 生产经营用固定资产

B. 不需用固定资产

C. 非生产经营用固定资产

D. 未使用固定资产

47. 下列项目中，属于职工薪酬的有(　　)。

A. 工伤保险费　　B. 住房公积金

C. 职工教育经费　　D. 工会经费

48. 企业固定资产盘亏处理时，可能涉及的借方科目是(　　)。

A. 待处理财产损益　　B. 固定资产

C. 累计折旧　　D. 应交税费

49. 下列支出可以记入固定资产的原始价值的是(　　)。

A. 支付的固定资产的价款

B. 采购固定资产时发生的运输费

C. 安装固定资产所支付的安装费

D. 分摊因购置固定资产而产生的借款利息

50. 下列构成一般纳税人企业固定资产价值的有(　　)。

A. 支付的增值税

B. 支付的耕地占用税

C. 支付的关税

D. 建造期间发生的借款利息

51. 具有(　　)特征的有形资产就是固定资产。

A. 以出售为目的

B. 为生产商品、提供劳务、出租或经营管理而持有

C. 使用寿命超过一个会计年度

D. 单位价值 1 000 元以上

52. 关于固定资产折旧计提下列说法错误的是（　　）。

A. 计提要以月初可提取折旧的固定资产账面原值为依据

B. 提前报废的固定资产，要补提折旧

C. 当月增加和当月减少的固定资产，当月都不计提，从下月开始计提

D. 提足折旧后，若固定资产还在使用，必须再计提折旧

53. 下列属于企业固定资产增加的来源的是（　　）。

A. 购入固定资产　　B. 建造固定资产

C. 盘亏固定资产　　D. 捐出固定资产

54. 交易性金融资产科目借方登记的内容有（　　）。

A. 交易性金融资产的取得成本

B. 资产负债表日其公允价值高于账面余额的差额

C. 取得交易性金融资产所发生的相关交易费用

D. 资产负债表日其公允价值低于账面余额的差额

55. 不需要企业计提折旧的固定资产有（　　）。

A. 经营租入的固定资产

B. 融资租入的固定资产

C. 提足折旧的固定资产

D. 经营租出的固定资产

56. 发放工资时，从应付工资中扣还或代扣的各种款项应计入(　　)科目的贷方。

A. 应付职工薪酬　　B. 其他应收款

C. 其他应付款　　D. 应交税费

57. 企业对使用寿命有限的无形资产进行摊销时，其摊销额应根据不同情况分别计入(　　)。

A. 管理费用　　B. 制造费用

C. 财务费用　　D. 其他业务成本

58. 下列项目中可以计入“其他应付款”账户的有(　　)。

A. 租入包装物支付的押金

B. 应付租入包装物的租金

C. 融资性租入固定资产应付租金

D. 经营性租入固定资产的应付租金

59. 应付账款账户的借方可以登记(　　)事项。

A. 企业应付的各种赔款

B. 冲销无法支付的应付账款

C. 开出商业汇票抵付应付款项的款项

D. 已偿还的应付账款

60. 《中华人民共和国增值税暂行条例实施细则》规定，下列(　　)行为纳入视同销售行为。

A. 企业将自产货物用于集体福利

B. 企业将购进的原材料用于在建工程

C. 企业将自产货物用于个人消费

D. 企业将委托加工的货物无偿赠送他人

61. 下列(　　)项目的进项税额不得从销项税额中抵扣。

A. 企业因非常损失的购进货物

B. 企业将购进的原材料用于在建工程

C. 企业在购进货物时未取得增值税专用发票

D. 企业用于免税项目的购进货物

62. “应交增值税”明细账户内,应分别设置(　　)等专栏,并采用多栏式账式记账。

A. 进项税额和销项税额　B. 进项税额转出

C. 出口退税　D. 已交税费

63. 企业用银行存款购入不需要安装的设备一台,取得增值税发票,编制会计分录可能用到的账户有(　　)。

A. 固定资产

B. 应交税费——应交增值税(进项税额)

C. 在建工程

D. 银行存款

64. 下列各项,属于企业留存收益的有(　　)。

A. 法定盈余公积　B. 任意盈余公积

C. 资本公积　D. 未分配利润

65. 下列原始凭证,可作为一般纳税人企业抵扣进项税额的有(　　)。

A. 海关出具的已纳税完税凭证

B. 增值税专用发票

C. 上海市商业企业统一发票

D. 符合规定的运输结算发票

66. 下列属于企业非流动负债科目的有(　　)。

A. 应付职工薪酬　　B. 长期应付款

C. 长期借款　　D. 未确认融资费用

67. 长期股权投资的核算方法包括(　　)。

A. 成本法　　B. 重置成本法

C. 平行登记法　　D. 权益法

68. 对“应付职工薪酬”科目理解正确的是(　　)。

A. 属于企业的流动负债

B. 是企业需要支付给全体职工的货币性报酬

C. 发放前提取现金的依据是“应发数”总额

D. 不论是否在当月支付,都要在该账户核算

69. 下列各项中,能引起资产与负债同减的有(　　)。

A. 支付现金股利　　B. 取得短期借款

C. 盈余公积补亏　　D. 以现金支付职工工资

70. 下列对长期借款利息费用的会计处理,正确的有(　　)。

A. 筹建期间的借款利息计入管理费用

B. 筹建期间的借款利息计入长期待摊费用

C. 日常生产经营活动的借款利息计入财务费用

D. 符合资本化条件的借款利息计入相关资产成本

三、判断题

1. 企业内部各部门、各单位从财会部门领走的供周转使用的现金应在“库存现金”科目中核算。(　　)

2. 企业现金收入必须于当日送存人民银行。(　　)

3. 出纳员在每日终了，应根据“现金日记账”的发生数与实际库存现金数进行核对，做到账款相符。（　　）
4. 在特殊情况下，经单位负责人批准同意，企业可以保留小部分账外公款。（　　）
5. 出票日为 4 月 30 日的 6 个月商业汇票，其到期日为 10 月 30 日。（　　）
6. 为了简化现金存取手续，企业可用收入的现金直接支付有关款项。（　　）
7. 现金清查一般采用实地盘点法，清查时出纳人员必须在场。（　　）
8. 支票是由银行签发的，由其在见票时无条件支付确定的金额给收款人的票据。（　　）
9. 信用卡按使用对象分为单位卡和个人卡，其中单位卡一律不得支取现金。（　　）
10. 1 000 元以下的差旅费才可以使用现金。（　　）
11. 除 2 法适用于邻数颠倒和位数差错造成的错账。（　　）
12. 应收账款与预付账款均属于债权，都存在发生坏账损失的风险，因此都应该计提坏账准备。（　　）
13. 退还租入包装物收回押金时，应借记“其他应收款”科目。（　　）
14. 企业可以持未到期的银行汇票向银行申请贴现。（　　）
15. 年末计提坏账准备时，应借记“资产减值损失”，贷记“应收账款”。（　　）

16. 由于商业折扣在销售时即已发生,企业应按扣除商业折扣后的净额确认销售收入和应收账款。( )
17. 我国会计准则规定以总价法核算应收账款。( )
18. 有应收账款,就一定会产生坏账。( )
19. 预付账款必须以购销双方签订的购销合同为条件,按照规定的程序和方法进行核算。( )
20. 预付货款业务不多的企业,可以不设置“预付账款”账户,而将预付货款并入“应收账款”账户核算。( )
21. 为促使资金回笼而给予客户的债务扣除就是商业折扣。( )
22. 其他应收款核算的是指除应收票据、应收账款、预付账款以外的其他各种应收款项。( )
23. 不符合预付款性质的预付账款应当转入应收账款核算。( )
24. 存货是指已经完成全部生产过程并验收入库可以对外销售的产品。( )
25. 采用加权平均法计算存货价值时,发出存货成本较为均衡,与市价基本无差距。( )
26. 移动平均法是加权平均法的一种,是指在每次收货以后就计算出新的平均单位成本的一种方法。( )
27. 移动加权平均法一般适用于品种简单,前后进价相差幅度小的存货。( )
28. 原材料按实际成本计价核算时,反映不出材料成本是节约还是超支,因而不能反映物资采购业务的经

营成果。（　）

29. 生产车间领用材料投入产品生产的业务，应借记“制造费用”账户，贷记“原材料”账户。（　）
30. 材料采购成本是由材料买价加采购费用组成，产品销售成本就是产品生产成本。（　）
31. 企业代为保管的物资也属于本企业的存货。（　）
32. 企业用支票支付购货款时，应当贷记“应付票据”账户。（　）
33. 存入保证金属于其他应收款的核算内容。（　）
34. 企业接受投资者投入的存货应按照存货的实际成本计价。（　）
35. 对于发票账单未到，材料已验收入库的业务，月份内可以暂不进行账务处理。（　）
36. 委托代销商品对委托和受托方来说均归属于存货范畴。（　）
37. 以一笔款项购入多项没有单独标价的固定资产，按各项固定资产公允价值比例对总成本进行分配，分别确认各项固定资产的成本。（　）
38. 安装完工的固定资产交付使用，应将其从“在建工程”的贷方转入“固定资产”贷方。（　）
39. 提前报废的固定资产，经单位领导批准后，可以补计折旧。（　）
40. 融资租入的固定资产，在租赁期内，视同自有固定资产进行管理。（　）
41. 自营建造的固定资产，领用库存原材料时应视同销

售,计算增值税销项税额。 ( )

42. 企业出租的固定资产由于其他企业在用,故其固定资产折旧应由租赁企业计提。 ( )

43. “累计折旧”账户属于资产类账户,期末余额一般在借方。 ( )

44. 企业外购存货的成本,均包括增值税、关税和消费税。 ( )

45. 企业生产用固定资产计提折旧时应直接计入生产成本账户。 ( )

46. 为购建固定资产向金融机构借款应支付的利息通过“财务费用”核算。 ( )

47. 应提的折旧总额就等于固定资产原值减去预计残值后的余额。 ( )

48. 投资者投入的固定资产应当按照固定资产的净值确认入账成本。 ( )

49. 作为固定资产的土地一般是指过去经估价单独入账的土地。 ( )

50. “工程物资”账户核算的是用于在建工程的各种物资的实际成本,但不包括待安装设备的实际成本。 ( )

51. “预提费用”科目的余额可能在贷方,也可能在借方。 ( )

52. 应付账款的入账时间应为商品货物的所有权发生转移的时间。 ( )

53. 预收账款作为企业的负债,其偿付的对象应该是货

物,而非货币。 (　)

54. 企业应收的各种赔款、应付的存出保证金都应在“其他应付款”账户中进行核算。 (　)

55. 车间管理人员的工资属于直接工资,因而将其计入产品成本,而不计入期间费用。 (　)

56. 企业在购进免税农产品或收购废旧物资时只有取得专用收购凭证,进项税才可以从销项税中予以抵扣。 (　)

57. 所有企业都应在“应交税费——应交增值税”账户下设置“未交税金”。 (　)

58. 企业缴纳的增值税应在“主营业务税金及附加”账户核算。 (　)

59. 长期股权投资在成本法核算下,只要被投资单位宣告现金股利就应确认投资收益。 (　)

60. 工业企业工程施工人员的工资应计入“管理费用”。 (　)

61. 在采用预收货款方式销售产品的情况下,应当在收到货款时确认收入的实现。 (　)

62. 企业被确认为小规模纳税人,其采购货物支付的增值税,无论是否在发票上单独列明,一律计入所购货物的采购成本。 (　)

63. 为了均衡各期成本,凡是数额较大的费用,均应计入待摊费用,在以后各期摊销。 (　)

64. 企业自产或委托加工的货物用于非应税项目,由于不是销售,所以不必计算缴纳增值税。 (　)

65. 企业出售无形资产取得的收入应在“其他业务收入”账户核算。（ ）

四、综合题(不定项选择题)

（一）运用掌握的“货币资金”的有关知识，选择正确答案。

1. 企业对库存现金的管理要自觉接受（ ）的监督，而开户银行涉及的现金活动要自觉接受（ ）监督。

A. 当地财政部门 B. 人民银行

C. 开户银行 D. 当地政府

2. 开户银行给开户单位确定库存现金限额应当综合考虑开户单位（ ）。

A. 距离银行的远近

B. 单位规模的大小

C. 开户单位 3—5 天日常零星支出

D. 以上都对

3. 企业从开户银行提取现金，应当写明用途，由（ ）签章，经开户银行审核后，予以支付现金。

A. 本单位负责人

B. 本单位财会部门负责人

C. 本单位的上级负责人

D. 本单位预算负责人

4. 下列各项经济业务中，可以用现金进行结算的有（ ）。

A. 购买机器设备 B. 个人劳务报酬

C. 职工差旅费　　D. 困难补助金

5. 不符合制度的凭证顶替库存现金,称为(　　)。

A. 小金库　　B. 账外公款

C. 白条抵库　　D. 套取现金

6. 下列属于企业结算票据的是(　　)。

A. 商业汇票　　B. 商业发票

C. 银行汇票　　D. 银行本票

7. 企业现金清查的主要内容是检查(　　)。

A. 是否存在挪用

B. 是否账款相符

C. 是否存在白条抵库

D. 是否存在超限额留存现金

8. 与借记"库存现金"相对应的贷方科目可能是下列的(　　)。

A. 主营业务收入　　B. 营业外支出

C. 银行存款　　D. 备用金

9. 下列属于"其他货币资金"核算内容的是(　　)。

A. 库存人民币　　B. 库存外币

C. 在途货币资金　　D. 银行存款

10. 关于信用证下列说法不正确的是(　　)。

A. 适用于国际结算

B. 开证行承担第一位付款责任

C. 我国的信用证为可撤销、可以转让的信用证

D. 办理信用证时,应该向开证行缴纳保证金

(二) 运用掌握的"应收账款"的有关知识,选择正确

答案。

M公司规定客户购买10万元以上的商品可给予商业折扣10%的优惠，现金折扣条件则为：2/10，1/20，N/30(计算折扣时不需要包含增值税)。N客户所购买的商品折扣前售价为12万元，增值税税率17%。

1. 在总价法下，该公司应收账款是(　　)元，主营业务收入是(　　)元，客户在第7天付款，则发生的现金折扣是(　　)元。

   A. 18 360　　B. 126 360

   C. 2 160　　D. 108 000

2. 按照现行会计制度规定，销售企业应当作为财务费用处理的是(　　)。

   A. 购货方获得的现金折扣

   B. 购货方获得的商业折扣

   C. 购货方获得的销售折扣

   D. 购货方放弃的现金折扣

3. 下列应该包含在销货方“应收账款”金额中的内容有(　　)。

   A. 销货款　　B. 增值税进项税额

   C. 增值税销项税额　　D. 商业折扣

4. 销货企业为了鼓励客户提前偿付货款而给予客户的债务扣除是(　　)。

   A. 商业折扣　　B. 信誉折扣

   C. 现金折扣　　D. 付款折扣

5. 企业收回代购货方垫付的包装费、运杂费时，应贷记

(　　)账户。

A. 银行存款　　　　B. 其他应收款

C. 应收账款　　　　D. 其他企业收入

（三）运用掌握的“存货”的有关知识，选择正确答案。

1. 下列不属于企业存货的是(　　)。

A. 原材料　　　　B. 半成品

C. 包装物　　　　D. 工程物资

2. 工业企业外购存货的成本一般包括运杂费、装卸费和(　　)等。

A. 采购价格　　　　B. 进口关税

C. 增值税　　　　D. 保险费

3. 某一般纳税人超市购进商品一批，发生运费 200 元，商品货款 10 000 元，增值税进项税额 1 700 元，保险费 300 元，则库存商品的入账价值是(　　)元。

A. 11 700　　　　B. 11 900

C. 10 000　　　　D. 12 100

4. 某增值税一般纳税人企业购入一批商品，进货价格为 80 万元，增值税进项税额为 13.60 万元。所购商品到达后验收发现商品短缺 30%，其中合理损耗 5%。另 25%的短缺尚待查明原因。该商品应计入存货的实际成本为(　　)万元。

A. 70　　B. 56　　C. 80　　D. 60

5. 原材料的计价方法主要有(　　)。

A. 实际成本法　　　　B. 计划成本法

C. 一次摊销法　　D. 五五摊销法

6. 材料按实际成本核算时，应该设置的账户有（　　）。

A. 原材料　　B. 库存材料

C. 在途物资　　D. 物资采购

7. 工业企业领用原材料，借方可能出现的科目有（　　）。

A. 原材料　　B. 管理费用

C. 生产成本　　D. 财务费用

8. 下列各项目中，应计入“制造费用”账户的是（　　）。

A. 生产产品耗用的材料　　B. 机器设备的折旧费

C. 生产工人的工资　　D. 行政管理人员的工资

9. 企业购入材料的实际成本大于计划成本的差异应当计入材料成本差异的（　　）。

A. 借方　　B. 贷方

C. 任何一方　　D. 以上都不对

10. 下列属于工业企业库存商品账务处理的是（　　）。

A. 借：库存商品
　　贷：原材料

B. 借：库存商品
　　贷：生产成本

C. 借：主营业务成本
　　贷：库存商品

D. 借：原材料
　　贷：在途物资

（四）运用掌握的“固定资产”有关知识，选择正确答案。

1. 以下属于固定资产基本计价标准的是(　　)。

A. 净值　　B. 重置价值

C. 现值　　D. 原始价值

2. 企业收到其他单位投资转入的固定资产,应编制分录(　　)。

A. 借:固定资产
　　贷:资本公积

B. 借:固定资产
　　贷:长期股权投资

C. 借:固定资产
　　贷:长期应付款

D. 借:固定资产
　　贷:实收资本

3. "固定资产清理"科目的借方核算的内容包括(　　)。

A. 转入清理的固定资产净值

B. 发生的清理费用

C. 结转的固定资产清理净损失

D. 结转的固定资产清理净收益

4. 企业计算固定资产折旧要考虑的因素主要有(　　)。

A. 固定资产原价

B. 固定资产预计使用年限

C. 固定资产预计清理费用

D. 固定资产预计残值

5. 某企业需要采购 A、B、C 三种型号的机床，询价后得知 A 机床 50 万元，B 机床 30 万元，C 机床 20 万元。经协商，该企业一次性同时购买这三种类型机床各一台，共支付价款 90 万元即可（销货方仅开具一张发票）。试问该企业购入的这三台机床 A、B、C 的入账价值是（　　）。

A. 50 万元、30 万元、20 万元

B. 50 万元、25 万元、25 万元

C. 45 万元、27 万元、18 万元

D. 30 万元、30 万元、30 万元

（五）2007 年 5 月 5 日，甲公司以 480 万元购入乙公司股票 60 万股作为交易性金融资产，另支付手续费 10 万元，2007 年 6 月 30 日该股票每股市价为 7.5 元，2007 年 8 月 10 日，乙公司宣告分派的现金股利，每股 0.20 元，8 月 20 日，甲公司收到分派的现金股利。至 12 月 31 日，甲公司仍持有该交易性金融资产，期末每股市价为 8.5 元，2008 年 1 月 3 日以 515 万元出售该交易性金融资产。假定甲公司每年 6 月 30 日和 12 月 31 日对外提供财务报告。

1. 2007 年 5 月 5 日，甲公司交易金融资产的入账价值是（　　）万元。

A. 470　　B. 480　　C. 490　　D. 500

2. 甲公司购入交易金融资产发生的 10 万元手续费应计入（　　）。

A. “投资收益”账户贷方

B. “交易性金融资产——成本”账户借方

C. “投资收益”账户借方

D. “交易性金融资产——成本”账户贷方

3. 2007 年 6 月 30 日所持股票每股市价为 7.5 元，则应把公允价值与账面金额的差异计入(　　)。

A. “公允价值变动损益”账户贷方

B. “公允价值变动损益”账户借方

C. “交易性金融资产——公允价值变动”账户借方

D. “交易性金融资产——公允价值变动”账户贷方

4. 对公允价值变动损益理解正确的是(　　)。

A. 属于损益类科目

B. 一般期末无余额

C. 交易性金融资产公允价值高于账面价值的差额计入其借方

D. 交易性金融资产公允价值低于账面价值的差额计入其贷方

5. 该交易性金融资产的累积损益是(　　)万元。

A. 60　　B. 30　　C. 35　　D. 37

(六) 运用掌握的“应付职工薪酬”知识，选择正确答案。

某电器生产企业，共有职工 200 名，其中企业行政管理人员 30 名，一线工人 150 名，另外 15 名为车间管理人员，5 名为企业在建工程工作人员。2008 年 12 月份该公司职工薪酬发放方面情况如下：

(1) 将自产电器作为福利发给员工每人一台，其制造成本 1 000 元,市场售价 1 200 元。

(2) 从本月起 10 名管理人员无偿享受公司提供的轿车服务,轿车每月按 1 000 元计提折旧。

(3) 公司 2 名副总由单位负担高级公寓租赁费,供他们使用,每套月租费 8 000 元。

(4) 工人王某因能力问题,单位拟辞退,经协商给予其经济补偿 2 000 元。

(5) 本月应付职工工资总额 90 万元,工资费用分配汇总表列示产品制造工人工资 50 万元,车间管理人员 10 万元,在建工程人员工资 5 万元,企业管理人员工资 25 万元。

(6) 结算本月工资,代扣个人所得税 15 万元,扣回公司代垫职工房租和家属医药费共计 5 万元,个人应负担的社保费用共 20 万元。

(7) 用银行存款上缴个人所得税 15 万元。

试问:

1. 下列属于职工薪酬内容的是(   )。

A. 职工生活困难补助　　B. 住房公积金

C. 辞退福利　　D. 业务招待费

2. 将自产电器作为福利发给员工,按照税法规定,这属于(   )。

A. 增值税不得抵扣行为

B. 增值税视同销售行为

C. 企业成本结转行为

D. 混合销售行为

3. 将自产电器作为福利发给员工，会计处理用到的会计科目有(　　)。
   A. 应付职工薪酬——非货币性福利
   B. 营业外收入
   C. 库存商品
   D. 应交税费——应交增值税(销项税额)
4. 管理人员无偿享受公司提供的轿车服务，计提折旧费涉及的科目是(　　)。
   A. 应付职工薪酬——非货币性福利
   B. 营业外收入
   C. 管理费用
   D. 累计折旧
5. 对职工王某的辞退福利发生后应当计入(　　)。
   A. 生产成本　　B. 制造费用
   C. 管理费用　　D. 营业外支出
6. 本月生产成本和制造费用应分配的金额是(　　)。
   A. 71.06 万元 和 12.106 万元
   B. 50.106 万元和 71.06 万元
   C. 71.06 万元和 50.106 万元
   D. 12.106 万元和 71.06 万元
7. 该公司发放工资，出纳人员到银行提现的金额应该是(　　)万元。
   A. 90　　B. 75　　C. 70　　D. 50
8. 结算本月工资时，扣回公司代垫款应当贷记(　　)账户。

A. 其他应付款

B. 其他应收款

C. 应收账款

D. 应付职工薪酬——工资

（七）运用掌握的增值税知识，选择正确答案。

沪宇公司为一般纳税企业，适用的增值税税率为17%，采用实际成本进行存货日常核算。该公司 2008 年 5 月份发生的相关经济业务如下：

（1）2 日，公司用银行承兑汇票购买原材料一批，增值税专用发票上注明价款为 600 000 元，增值税额为 102 000 元，材料当即验收入库。

（2）7 日，购入运输货车一辆，增值税专用发票列明价款 50 000 元，增值税 8 500 元，款项已用转账支票付讫，货车直接交车队使用。

（3）11 日，收购农产品一批，将用作生产材料，收购发票上注明的买价为 500 000 元，以库存现金支付，货已入库。

（4）19 日，在建工程领用原材料一批，该批原材料实际成本为 300 000 元，增值税进项税额为 51 000 元。

（5）20 日，购买原材料一批，增值税专用发票上注明价款为 400 000 元，增值税额为 68 000 元，货款尚未支付，材料已验收入库。

（6）22 日，将本公司生产的一批产品用于对外投资，其成本为 100 000 元，售价和计税价格均为 120 000 元，双方协议按售价作价。

(7) 23 日,本公司销售开具增值税发票,销项税额为 150 000 元。

(8) 假定该公司月初无未抵扣增值税进项税额,本月尚未预交增值税。

试问:

1. 公司用银行承兑汇票购买原材料一批,会计分录的贷方是(　　)。

A. 库存现金　702 000

B. 银行存款　702 000

C. 应付票据　702 000

D. 其他货币资金　702 000

2. 购入运输货车,会计处理会用到的会计科目有下列的(　　)。

A. 运输货车

B. 固定资产

C. 应交税费——应交增值税(进项税额)

D. 工程物资

3. 收购来的农产品的入账价值是(　　)。

A. 435 000 元　　B. 500 000 元

C. 585 000 元　　D. 535 000 元

4. 将本公司生产的一批产品用于对外投资,(　　)。

A. 属于视同销售行为

B. 增值税销项税额为 20 400 元

C. 成本结转价值为 100 000 元

D. 属于不得抵扣行为

5. 在建工程领用原材料，则应计入在建工程成本的金额是(　　)。

A. 300 000 元　　B. 535 000 元

C. 585 000 元　　D. 351 000 元

6. 该公司本月(　　)。

A. 无应交而未缴的增值税

B. 有应交而未缴的增值税

C. 有多交的增值税

D. 有尚未抵扣的增值税

7. 如果该公司当月存在多交增值税的现象，会计处理应当(　　)。

A. 借记应交税费——应交增值税(转出未交增值税)

B. 贷记应交税费——应交增值税(转出未交增值税)

C. 借记应交税费——未交增值税

D. 贷记应交税费——应交增值税(转出多交增值税)

8. 假如 6 月份该公司缴纳本月的应交税额，则借记(　　)。

A. 应交税费——未交增值税

B. 应交税费——应交增值税(转出未交增值税)

C. 应交税费——应交增值税(进项税额)

D. 应交税费——应交增值税(已交税金)

五、计算分析与业务处理题

1. 某企业发生如下经济业务：

(1) 从银行提取现金 2 000 元。

(2) 采购员李华预支差旅费 1 500 元。

(3) 销售产品取得货款 3 000 元,增值税 510 元,以现金收讫。

(4) 提取现金 20 000 元,准备发放工资。

(5) 厂部办公室报销办公用品 70 元,以现金支付。

(6) 采购员李华报销差旅费 1 300 元,多余款退回。

(7) 在现金清查后发现库存现金较账面余额多出 230 元。

(8) 经反复核查上述现金长款原因不明。

(9) 在现金清查中,发现库存现金较账面余额短缺 560 元。

(10) 经查,上述现金短缺中出纳员应赔偿 30 元,余额转作管理费用。

(11) 出纳员交来应赔偿的 30 元。

(12) 企业替职工李四代垫缴纳电费 100 元。

要求:根据上述资料编制会计分录。

2. 某公司 2009 年 1 月发生下列业务:

(1) 1 月 5 日,填送“银行汇票申请书”160 000 元,并将款项交存银行,取得了银行汇票。

(2) 1 月 8 日,使用银行汇票采购材料支付 152 100 元,材料入库,材料款 130 000 元,增值税 22 100 元。

(3) 1 月 10 日,收到开户银行转来的银行汇票第四栏(多余款收账通知),将 7 900 元余款收回。

要求:根据资料对上述业务进行会计处理。

3. 某厂为增值税一般纳税企业,2003 年 9 月销售产品一批给N公司，与N公司签订的销货合同约定合同价不含税300 000元，增值税率17%，由于是成批销售给予N公司20%的商业折扣，现金折扣为2/10—1/20—N/30；产品销售发出时以银行存款代垫运输费1 200元(不享受现金折扣条件)；增值税专用发票已开具。发出产品后的第8天通过银行已收到N公司按约支付的货款和运输费。

要求：根据上述资料，对该厂进行有关账务处理。

4. 某企业为一般纳税人，增值税税率17%。2006年5月份有关业务如下：

(1) 向B公司购入甲材料500千克，与B公司合同约定不含税单价100元，但需预付合同价50%，在合同签订后即开出支票25 000元预付货款。

(2) 收到B公司发来的甲材料500千克，验收入库。B公司开具的增值税发票注明材料价50 000元，增值税额8 500元，据此通过银行补付余款。

要求：根据上述资料编制相关会计分录。

5. 宏大公司2008年11月份甲材料期初、收发结存有关资料如下：

(1) 11月初，甲材料期初结存为300千克，单价1.30元；

(2) 11月2日，购入500千克，单价1.28元，总计640元；

(3) 11月8日，领用500千克；

(4) 11月12日，购入600千克，单价1.25元，总计

750 元；

(5) 11 月 17 日，领用 500 千克；

(6) 11 月 22 日，购入 600 千克，单价 1.30 元，总计 780 元；

(7) 11 月 29 日，领用 400 千克。

要求：

(1) 用先进先出法计算发出材料成本和期末库存成本。

(2) 用加权平均法计算 11 月份发出材料成本及期末库存成本。

6. B公司自行建造生产用厂房一座，购入为工程准备的物资价款 300 000 元，支付的增值税为 51 000 元，所购物资全部领用，另外还领用了企业自己用于生产的原材料一批，实际成本 46 800 元；该工程项目应负担建设人员的工资 42 200 元；2000 年 12 月 31 日工程交付使用。预计可使用 20 年，净残值率为 5%，采用直线法计提折旧。

2004 年 12 月 31 日，一场重大水灾发生导致厂房报废，清理时以银行存款支付费用 15 000 元，残料变卖收入为 25 000 元。另外，收到保险公司的赔偿清单，金额 70 000 元，款未到账。

要求：做出 B公司的账务处理。

7. 2007 年 5 月，甲公司以 480 万元购入乙公司股票 60 万股作为交易性金融资产，另支付手续费 10 万元，2007 年 6 月 30 日该股票每股市价为 7.5 元，2007 年

8月10日，乙公司宣告分派的现金股利，每股0.20元，8月20日，甲公司收到分派的现金股利。至12月31日，甲公司仍持有该交易性金融资产，期末每股市价为8.5元，2008年1月3日以515万元出售该交易性金融资产。假定甲公司每年6月30日和12月31日对外提供财务报告。

要求：

(1) 编制上述经济业务的会计分录。

(2) 计算该交易性金融资产的累积损益。

8. 阳光集团公司为增值税一般纳税企业，适用的增值税税率为17%，材料采用实际成本进行日常核算。2006年6月份发生如下涉及增值税的经济业务：

(1) 购入原材料，增值税专用发票上注明的价款为900 000元，增值税税率为17%。该批原材料已验收入库，货款已用商业汇票支付。

(2) 销售商品一批，增值税专用发票上注明的价款为300 000元，增值税税率为17%，提货单和增值税专用发票已交购货方，并收到购货方开出支票。

(3) 企业福利部门领用生产用库存原材料20 000元，由该原材料负担的增值税3 400元。

(4) 由于水灾盘亏原材料4 000元，该批材料增值税税率为17%。

(5) 收购免税农业产品，以支票支付的买价为60 000元，收购的农业产品已入库，增值税扣除率为13%。

(6) 购入不需要安装的设备一台，增值税专用发票上注明的价款 50 000 元，增值税税率为 17%，款项尚未支付。

(7) 用银行存款 4 000 元交纳增值税，其中包括上月未交增值税 3 000 元。

(8) 月末将本月应交未交或多交增值税转入未交增值税明细科目，并回答本月是否还需要交纳增值税。

要求：编制上述业务的分录（“应交税费”科目要求写出明细科目）。

考点实战训练题答案

一、单项选择题

1. C 2. A 3. B 4. D 5. A 6. D 7. C 8. B 9. D 10. A 11. B 12. A 13. A 14. C 15. B 16. A 17. A 18. D 19. C 20. A 21. D 22. C 23. D 24. A 25. D 26. A 27. B 28. A 29. A 30. C 31. B 32. C 33. B 34. C 35. B 36. C 37. A 38. A 39. A 40. C 41. D 42. B 43. B 44. C 45. D 46. C 47. A 48. B 49. B 50. D 51. D 52. A 53. C 54. A 55. B 56. C 57. A 58. B 59. D 60. D 61. B 62. C 63. D 64. C 65. D 66. B 67. A 68. C 69. B 70. D 71. C 72. C 73. B 74. B 75. A 76. C 77. A 78. A 79. C 80. D

二、多项选择题

1. ABC 2. ABD 3. BD 4. ABCD 5. ACD 6. AD 7. ABC 8. AC 9. ABC 10. BC 11. AC 12. ABD

13. BCD 14. AD 15. BCD 16. BD 17. ABC 18. ABCD
19. ABD 20. AB 21. BC 22. ABC 23. CD 24. ABCD
25. AD 26. AC 27. AD 28. ABD 29. ABC 30. CD
31. AB 32. ACD 33. ABD 34. AB 35. ABD 36. AC
37. ACD 38. ABD 39. BC 40. ACD 41. ABC 42. BC
43. BCD 44. BCD 45. BD 46. AC 47. ABCD 48. AC
49. ABCD 50. BCD 51. BC 52. BCD 53. AB 54. AB
55. AC 56. BCD 57. ABD 58. BD 59. BCD 60. ACD
61. ACD 62. ABCD 63. ABD 64. ABD 65. ABD
66. BCD 67. AD 68. AD 69. AD 70. ACD

三、判断题

1. × 2. × 3. × 4. × 5. √ 6. × 7. √ 8. ×
9. √ 10. × 11. × 12. × 13. × 14. × 15. ×
16. √ 17. √ 18. × 19. √ 20. × 21. × 22. ×
23. × 24. × 25. × 26. √ 27. × 28. √ 29. ×
30. × 31. × 32. × 33. × 34. × 35. √ 36. √
37. √ 38. × 39. × 40. √ 41. × 42. × 43. ×
44. × 45. × 46. × 47. × 48. × 49. √ 50. ×
51. √ 52. √ 53. √ 54. × 55. × 56. × 57. ×
58. × 59. × 60. × 61. × 62. √ 63. × 64. ×
65. ×

四、综合题(不定项选择题)

(一) 1. BC 2. ABCD 3. B 4. BCD 5. C 6. ACD
7. ABCD 8. ACD 9. C 10. C

(二) 1. BCD 2. A 3. ACD 4. C 5. C

(三) 1. D 2. ABD 3. C 4. D 5. AB 6. AC 7. BC
8. B 9. A 10. BC

(四) 1. D　2. D　3. ABD　4. ABCD　5. C

(五) 1. B　2. C　3. BD　4. AB　5. D

(六) 1. ABC　2. B　3. ACD　4. ACD　5. C　6. A　7. D　8. B

(七) 1. C　2. BC　3. A　4. ABC　5. D　6. B　7. CD　8. A

五、计算分析题

1. 答：

(1) 借：库存现金　2 000
　　贷：银行存款　2 000

(2) 借：其他应收款——李华　1 500
　　贷：库存现金　1 500

(3) 借：库存现金　3 510
　　贷：主营业务收入　3 000
　　　　应交税费——应交增值税(销项税额)　510

(4) 借：库存现金　20 000
　　贷：银行存款　20 000

(5) 借：管理费用　70
　　贷：库存现金　70

(6) 借：管理费用　1 300
　　　　库存现金　200
　　贷：其他应收款　1 500

(7) 借：库存现金　230
　　贷：待处理财产损溢——待处理流动资产损溢
　　　　230

(8) 借：待处理财产损溢——待处理流动资产损溢　230
　　贷：营业外收入　230

(9) 借：待处理财产损溢——待处理流动资产损溢　560
　　贷：库存现金　560

(10) 借：其他应收款 30
　　管理费用 530
　贷：待处理财产损溢——待处理流动资产损溢
　　560

(11) 借：库存现金 30
　贷：其他应收款 30

(12) 借：其他应收款——李四 100
　贷：库存现金 100

2. 答：

(1) 借：其他货币资金——银行汇票 160 000
　贷：银行存款 160 000

(2) 借：原材料 130 000
　　应交税费——应交增值税(进项税额) 22 100
　贷：其他货币资金——银行汇票 152 100

(3) 借：银行存款 7 900
　贷：其他货币资金——银行汇票 7 900

3. 答：

① 借：应收账款——N公司 282 000
　贷：主营业务收入 240 000
　　应交税费——应交增值税(销项税额) 40 800
　　银行存款 1 200

② 借：银行存款 276 384
　　财务费用 5 616
　贷：应收账款——N公司 282 000

4. 答：

(1) 预付货款时，借：预付账款——B公司 25 000
　　　　贷：银行存款 25 000

(2) 收料时，借：原材料——甲材料　　50 000
　　应交税费——应交增值税(进项税额)
　　8 500
　　贷：预付账款——B公司　　58 500
补付余款时，借：预付账款——B公司　　33 500
　　贷：银行存款　　33 500

5. 答：

(1) 先进先出法本期发出成本 = (300 × 1.30 + 200 × 1.28) + (300 × 1.28 + 200 × 1.25) + (400 × 1.25) = 646 + 634 + 500 = 1 780(元)

期末库存成本 = 600 × 1.30 = 780(元)

(2) 加权平均法单价 = (390 + 2 170)/(300 + 1 700) = 1.28(元 / 千克)

本月发出成本 = 1 400 × 1.28 = 1 792(元)

月末库存成本 = 600 × 1.28 = 768(元)

6. 答：

(1) 自行建造厂房，购入为工程准备的物资

借：工程物资　　300 000
　　应交税费——应交增值税(进项税额)　　51 000
　贷：银行存款　　351 000

工程领用物资

借：在建工程　　300 000
　贷：工程物资　　300 000

工程领用原材料

借：在建工程　　46 800
　贷：原材料　　46 800

支付工程人员工资

借：在建工程　　42 200

　贷：应付职工薪酬——工资　　42 200

工程完工交付

借：固定资产　　389 000

　贷：在建工程　　389 000

(2) 2001 年、2002 年、2003 年和 2004 年每年的折旧＝389 000×0.95/20＝18 477.5(元)

借：制造费用　　18 477.5

　贷：累计折旧　　18 477.5

截至 2004 年 12 月 31 日，固定资产的账面余额为 315 090 元。

(3) 报废时

借：固定资产清理　　315 090

　　累计折旧　　73 910

　贷：固定资产　　389 000

支付清理费用

借：固定资产清理　　15 000

　贷：银行存款　　15 000

残料变卖收入

借：银行存款　　25 000

　贷：固定资产清理　　25 000

得到保险公司的赔偿

借：其他应收款　　70 000

　贷：固定资产清理　　70 000

借：营业外支出　　235 090

　贷：固定资产清理　　235 090

7. 答：

(1) 编制上述经济业务的会计分录。

① 2007 年 5 月购入时

借：交易性金融资产——成本 480

投资收益 10

贷：银行存款 490

② 2007 年 6 月 30 日

借：公允价值变动损益 30(480－60×7.5)

贷：交易性金融资产——公允价值变动 30

③ 2007 年 8 月 10 日宣告分派时

借：应收股利 12(0.20×60)

贷：投资收益 12

④ 2007 年 8 月 20 日收到股利时

借：银行存款 12

贷：应收股利 12

⑤ 2007 年 12 月 31 日

借：交易性金融资产——公允价值变动

60(60×8.5－450)

贷：公允价值变动损益 60

⑥ 2008 年 1 月 3 日处置

借：银行存款 515

公允价值变动损益 30

贷：交易性金融资产——成本 480

交易性金融资产——公允价值变动 30

投资收益 35

(2) 计算该交易性金融资产的累积损益。

该交易性金融资产的累积损益 ＝－10－30＋12＋60－30＋35 ＝ 37(万元)。

8. 答：

(1) 借：原材料 900 000

应交税费——应交增值税(进项税额)

153 000

贷：应付票据 1 053 000

(2) 借：银行存款 351 000

贷：主营业务收入 300 000

应交税费——应交增值税(销项税额) 51 000

(3) 借：应付职工薪酬——职工福利 23 400

贷：原材料 20 000

应交税费——应交增值税(进项税额转出)

3 400

(4) 借：待处理财产损溢——待处理流动资产损溢

4 680

贷：原材料 4 000

应交税费——应交增值税(进项税额转出)

680

(5) 借：库存商品 52 200

应交税费——应交增值税(进项税额) 7 800

贷：银行存款 60 000

(6) 借：固定资产 50 000

应交税费——应交增值税(进项税额) 8 500

贷：应付账款 58 500

(7) 借：应交税费——应交增值税(已交税金) 1 000

——未交增值税 3 000

贷：银行存款 4 000

(8) 本月应交未交增值税额：51 000＋3 400＋680－153 000－7 800－8 500－1 000＝－115 220

借：应交税费——未交增值税　115 220

贷：应交税费——应交增值税(转出多交增值税)

115 220

由于本月应交未交增值税额小于零，故本月无需交纳增值税。

第五章 会 计 凭 证

考点归纳与真题解析

考点	具体识记内容
会计凭证定义及分类	定义：是记录经济业务事项发生或完成情况，明确经济责任的书面证明。
	意义：填审会计凭证是会计核算工作的起点和基本环节之一，会计凭证是登记会计账簿的依据。
	分类：按用途和填制程序可分为原始凭证和记账凭证。
原始凭证定义、内容、填制要求和审核	俗称单据，是在经济业务发生或完成时由经办人取得或填制的。原始凭证是填制记账凭证的依据。
	分类如下：① 按来源分为外来原始凭证和自制原始凭证；② 按用途分为通知凭证、执行凭证和计算凭证；③ 按填制手续及内容分为一次凭证、累计凭证和汇总凭证；④ 按格式分为通用原始凭证和专用原始凭证。
	原始凭证包含名称、日期和号码、接收单位或个人名称、经济业务内容、填制单位名称、部门人员签章等6项内容。

续表

考点	具体识记内容
原始凭证定义、内容、填制要求和审核	原始凭证要按规定填制：① 原始凭证须有签名或盖章，一式多联须用双面复写纸套写，作废凭证应加盖“作废”戳记，连同存根栏一并保存。销货退回不得以退货发票代替收据。② 原始凭证应在一个会计核算期内及时送交会计机构。③ 票据（汇、本、支票）出票日期必须使用中文大写，并按要求填列，小写银行的不予受理。④ 不得随意涂改；内容有错，应由开具单位重开或更正，并在更正处加盖印章；金额有误，只能重开，不得更正；开具单位有义务重开或更正自己曾开具有误的原始凭证，不得拒绝。⑤ 原始凭证除经办部门要审核外，会计部门还应当进行实质性的审核和形式上的审核。⑥ 对真实、合法、合理但内容不完整填写有误的应退给经办人，补充更正；对不真实、不合法的凭证有权不予接受，并向单位负责人报告。
记账凭证的定义、内容、填制要求和审核	记账凭证又称记账凭单，是由会计人员用专业语言根据原始凭证填制的，是登记会计账簿的直接依据。
	分类如下：① 按记载经济业务内容分为收款凭证（分现收和银收）、付款凭证（分现付和银付）和转账凭证；② 按用途分为分录凭证、汇总凭证和联合凭证；③ 按填制方法分为复式凭证和单式凭证。
	记账凭证包含名称、日期、编号、内容摘要、经济业务所涉及会计分录、记账标记、附件张数和有关人员签章8项内容。
	① 编制记账凭证可以根据一张原始凭证，或若干张原始凭证汇总、或原始凭证汇总表。② 除结账和更正

续 表

考点	具体识记内容
记账凭证的定义、内容、填制要求和审核	错误的可不附带原始凭证外，其他记账凭证须附有原始凭证。③ 两类货币资金间的划转业务，一般只编制付款凭证。
	要建立专人审核制度，对记账凭证从多方面来审核。
会计凭证的传递和保管	传递指从取得或填制到归档保管期间，凭证在单位内部的传送。企业可建立凭证交接签收制度，以明确责任。
	原始凭证不得外借，经单位负责人同意方可查阅或复制。
	会计凭证应加具封面装订后保管，一般应保管15年。

◈ 考点一：会计凭证的定义与分类

【2003年下半年单选】(　　)是记录经济业务、明确经济责任的书面证明，也是登记会计账簿的依据。

A. 收款凭证　　B. 付款凭证

C. 会计凭证　　D. 记账凭证

【答案】 C　选择会计凭证最为恰当。

【2005年上半年单选】将记账凭证分为收款凭证、付款凭证和转账凭证的依据是(　　)。

A. 用途不同

B. 填制手续不同

C. 记载经济业务内容不同

D. 格式不同

【答案】 C

◇ 考点二：原始凭证的定义、分类和内容、填制要求和审核

【2004 年上半年判断】外来原始凭证一般都属于一次凭证，如“购货合同”；累计凭证一般为自制原始凭证，如“发料凭证汇总表”。（　）

【答案】 × “购货合同”不属于原始凭证。

【2004 年上半年单选】华达公司于 2003 年 10 月 12 日开出一张现金支票，对出票日期正确的填写方法是（　）。

A. 贰零零叁年壹拾月拾贰日

B. 贰零零叁年零壹拾月壹拾贰日

C. 贰零零叁年拾月壹拾贰日

D. 贰零零叁年零拾月壹拾贰日

【答案】 B 票据的出票日期必须使用中文大写，月份为壹月、贰月、壹拾月的应在前加“零”，日期为壹日至玖日、壹拾日、贰拾日和叁拾日前加“零”。

【2006 年上半年多选】属于自制原始凭证的有（　）。

A. 收料单　　B. 领料单

C. 工资结算单　　D. 付款凭证

【答案】 ABC 付款凭证属于记账凭证。

【2007年上半年判断】原始凭证金额出现错误的，应当由开具单位更正，并在更正处加盖出具凭证单位的印章。( )

【答案】 ×

【2007年下半年单选】材料领用单属于( )。

A. 一次凭证　　B. 二次凭证

C. 累计凭证　　D. 汇总原始凭证

【答案】 A

【2008年上半年单选】经济业务发生或完成时取得或填制的凭证是( )。

A. 原始凭证　　B. 记账凭证

C. 收款凭证　　D. 付款凭证

【答案】 A

◈ 考点三：记账凭证的定义、分类、内容填制要求和审核

【2003年上半年判断】记账凭证按经济业务的类别不同，可分为收款凭证、付款凭证和转账凭证三种。( )

【答案】 √

【2004年下半年判断】根据第5笔企业业务所编制的转账的记账凭证有三张，则第二张凭证的编号为“转(字)5—3/2号”。( )

【答案】 × 应为“转(字)5—2/3号”。

【2005年上半年多选】记账凭证必须具备的基本内容有(　　)。

A. 单位负责人签名盖章

B. 所附原始凭证的张数

C. 填制记账凭证的日期

D. 发生经济业务的日期

【答案】 BC

【2006年上半年单选】某纺织厂购入棉花一批,经验收合格入库,但货款尚未支付,会计人员应根据有关原始凭证编制(　　)。

A. 收款凭证　　B. 转账凭证

C. 汇总凭证　　D. 付款凭证

【答案】 B　未付款填转账凭证。

【2008年上半年单选】记账凭证的主要作用是对原始凭证进行分类整理,按照复式记账的要求,运用会计科目,编制会计分录,据以(　　)。

A. 归纳汇总　　B. 详细审核

C. 登记账簿　　D. 金额计算

【答案】 C

【2008年上半年判断】付款凭证上的会计分录只能是一借一贷的简单会计分录或者一贷多借的复合会计分录。(　　)

【答案】 ×

【2008年下半年单选】涉及库存现金和银行存款之间的划转业务,一般只填制付款凭证,不填制收款凭证,

目的是(　　)。

A. 简化凭证填制手续

B. 简化账簿登记手续

C. 清晰反映科目对应关系

D. 避免凭证重复

【答案】 D

【2008 年下半年单选】不属于记账凭证审核内容的是(　　)。

A. 凭证所载内容是否符合有关的计划和预算

B. 会计科目使用是否正确

C. 凭证金额与所附原始凭证的金额是否一致

D. 凭证内容与所附原始凭证的内容是否一致

【答案】 A

◇ 考点四：会计凭证的传递、保管和其他要求

【2005 年上半年判断】原始凭证原则上不允许外借，其他单位如因特殊原因需外借时，经本单位领导批准后可以外借。(　　)

【答案】 × 原始凭证原则上不允许外借，其他单位如因特殊原因需外借时，经本单位领导批准后方可以复制。

【2007 年上半年多选】为便于事后查阅会计凭证，对装订成册的会计凭证应加具封面，并注明(　　)。

A. 单位名称　　B. 起讫日期

C. 起讫号码　　D. 总计册数

【答案】 ABCD

【2007 年下半年判断】各单位均应根据具体情况制定每一种凭证的传递程序和方法。（　）

【答案】 √

【2008 年上半年单选】出纳人员付出货币资金的依据是（　）。

A. 收款凭证　　B. 付款凭证

C. 转账凭证　　D. 原始凭证

【答案】 D

【2008 年下半年单选】原始凭证不得外借，其他单位如有特殊原因需要使用时，经本单位领导批准后方可（　）。

A. 外借　　B. 赠阅

C. 购买　　D. 复制

【答案】 D

迎考知识点再拓展

工业企业产品成本核算简要介绍：

产品生产是工业企业生产经营过程的中心环节。为了正确归集分配生产费用，计算产品成本，应当设置“生产成本”、“制造费用”和“库存商品”等账户。

1.“生产成本”账户。

该账户用来核算产品生产过程中所发生的一切费用，确定产品实际生产成本。借方核算因生产产品而发生的生产费用，贷方登记已完工的产品的实际生产成本，期末借方余额表示尚未完工的在产品的生产费用。为了具体核算各种产品的实际成本，还应按产品品种分别设置明细账，进行生产成本明细分类核算。常设的科目是“生产成本——基本生产成本——XX 产品”、“生产成本——辅助生产成本”。

2.“制造费用”账户。

该账户是用来归集和分配生产车间组织和管理生产而发生的各项间接费用的，如车间管理人员工资、福利费、办公费、折旧费等。借方登记实际发生的各项制造费用，贷方登记分配计入生产成本的制造费用，期末结转后一般没有余额。

3.“库存商品”账户。

制造企业的库存商品主要指产成品（已完工产品）。该科目借方核算企业增加的库存商品的实际成本；贷方核算企业减少的库存商品的实际成本；期末余额在借方，反映企业库存商品的实际成本。

4. 常用的会计处理：

(1) 应该计入产品成本的耗用材料

借：生产成本——基本生产成本——XX 产品

　贷：原材料

(2) 应该计入产品成本的直接生产工人工资

借：生产成本——基本生产成本——XX 产品

　贷：应付职工薪酬——工资

　　　　　　　　　——职工福利

(3) 企业发生的生产间接费用

借：制造费用

　贷：原材料

　或，累计折旧

　　银行存款等

(4) 制造费用分配结转

借：生产成本——基本生产成本——XX 产品

　贷：制造费用

(5) 完工产品验收入库

借：库存商品——XX 产品

　贷：生产成本——基本生产成本——XX 产品

本章复习与应考攻略

本章考题以概念性题目为主，偶有要求考生填制记账凭证的考题。对于此章请考生掌握原始凭证、记账凭证的概念、分类、内容、填制要求，学会填制收款、付款和转账凭证。

本章考点实战训练题

一、单项选择题

1. 原始凭证和记账凭证的相同点是(　　)。

　A. 反映经济业务的内容相同

　B. 编制时间相同

C. 应借应贷的会计科目相同

D. 经济责任的当事人相同

2. 所有会计凭证都要由(　　)审核无误后才能作为经济业务的证明和记账的依据。

A. 会计部门　　B. 生产部门

C. 企业领导　　D. 上级主管部门

3. (　　)既属于一次凭证,又是执行凭证,也是专用凭证。

A. 现金收据　　B. 罚款通知书

C. 原始凭证汇总表　　D. 限额领料单

4. 下列不属于原始凭证内容的是(　　)。

A. 填制和接受单位的名称

B. 填制单位的签章和有关人员签章

C. 原始凭证的名称

D. 应借应贷的会计科目

5. 既有原始凭证或原始凭证汇总表的内容,又具备记账凭证内容的凭证是(　　)。

A. 分录凭证　　B. 联合凭证

C. 汇总凭证　　D. 转账凭证

6. 第9笔经济业务需填制三张记账凭证,则其编号应依次为(　　)。

A. 9;10;11

B. 9—1;9—2;9—3

C. 1/9;2/9;3/9

D. 9—1/3;9—2/3;9—3/3

7. 会计凭证是(　　)的直接依据。
   A. 编制报表　　B. 设置账户
   C. 会计监督　　D. 登记账簿
8. 根据有关业务的原始凭证,用于记录不涉及货币资金业务的记账凭证是(　　)。
   A. 收款凭证　　B. 联合凭证
   C. 付款凭证　　D. 转账凭证
9. 向外地某公司购入原材料 100 000 元,增值税 17 000 元,货款以银行承兑汇票支付,应编制(　　)。
   A. 转账凭证　　B. 银行存款付款凭证
   C. 现金付款凭证　　D. 现金收款凭证
10. 下列不能作为记账凭证的附件是(　　)。
   A. 收料单　　B. 购销产品合同
   C. 发料单　　D. 产品销售发票
11. 原始凭证根据(　　)不同,可以分为通知凭证、执行凭证和计算凭证。
   A. 来源　　B. 用途
   C. 格式　　D. 填制手续
12. 记账凭证的填制是由(　　)完成的。
   A. 出纳人员　　B. 会计人员
   C. 经办人员　　D. 主管人员
13. 下列会计凭证,属于外来原始凭证的是(　　)。
   A. 职工出差的飞机票　　B. 限额领料单
   C. 折旧计算表　　D. 差旅费报销单
14. 记账凭证应附有原始凭证,除更正错误和(　　)的记账凭证,可以没有原始凭证外,其他记账凭证都必须附有原始凭证。

A. 银行转账　　B. 期末对账

C. 银行调账　　D. 期末结账

15. 会计凭证按其(　　)的不同,可分为原始凭证和记账凭证两类。

A. 填制方法　　B. 来源

C. 用途　　D. 用途和填制程序

二、多项选择题

1. 以下各项中,属于原始凭证所必须具备的基本内容是(　　)。

A. 原始凭证的名称、填制日期和编号

B. 经济业务内容摘要

C. 接受凭证单位的名称

D. 填制人员、经办人员的签字或盖章

2. 为了保证账簿记录的正确性,记账凭证必须具备(　　)等基本内容。

A. 记账凭证的名称、日期、编号

B. 填制单位的名称、所附原始凭证的张数

C. 经济业务的内容摘要

D. 应借、应贷的会计科目名称和金额

3. 收款凭证左上方的"借方科目"中可以填写的会计科目有(　　)。

A. 库存现金　　B. 主营业务收入

C. 原材料　　D. 银行存款

4. 记账凭证可以按（　　）进行分类。

A. 经济业务的内容　　B. 填制手续

C. 用途　　D. 填列方式

5. 企业收到的增值税专用发票属于（　　）。

A. 外来原始凭证　　B. 专用凭证

C. 一次凭证　　D. 自制原始凭证

6. 常见的自制原始凭证有（　　）。

A. 领料单　　B. 购货发票

C. 入库单　　D. 限额领料单

7. 下列科目可能是付款凭证借方科目的是（　　）。

A. 在途物资　　B. 应付账款

C. 银行存款　　D. 待摊费用

8. 从外单位取得的原始凭证遗失后，拟代作原始凭证的证明必须经（　　）批准。

A. 客户单位负责人

B. 本单位负责人

C. 会计主管人员

D. 本单位会计机构负责人

9. 关于会计档案保管和销毁，下列说法错误的是（　　）。

A. 会计档案的保管必须由企业会计部门实施

B. 在保管期间，会计档案不得外借，特殊原因经领导批准可以外借

C. 会计档案销毁一般由档案管理部门实施，会计机构可以不参与

D. 会计档案销毁前应当编制销毁清册，经财务部门负责人同意即可销毁

10. 下列关于记账凭证填制要求错误的是（ ）。

A. 记账凭证各项内容必须完整

B. 记账凭证必须根据每一张原始凭证来填制

C. 所有记账凭证必须附有原始凭证

D. 填制记账凭证上面的日期只需照抄原始凭证日期即可

11. 记账凭证的编号方法主要有（ ）。

A. 统一编号法 B. 分两类编号

C. 分三类编号 D. 分五类编号

12. 下列就记账凭证填制说法正确的是（ ）。

A. 对凭证上的空行注销不得划S线注销

B. 在收、付记账凭证上至少应有两人（会计和出纳）签章

C. 收款凭证左上角只能填列“库存现金”或“银行存款”科目

D. 凡涉及现金和银行存款之间的划转业务，应填制收款凭证

13. 制定会计凭证的传递程序时要注意（ ）。

A. 制定科学合理的传递程序

B. 确定合理的停留处理时间

C. 建立凭证交接的签收制度

D. 确定凭证的归档存查制度

14. 限额领料单可属于（ ）。

A. 累计凭证　　B. 一次凭证

C. 汇总凭证　　D. 原始凭证

15. 某公司销售产品一批，产品已发出，发票已交给购货方，货款尚未收到，会计人员不可能编制的是（　）。

A. 收款凭证　　B. 付款凭证

C. 转账凭证　　D. 原始凭证

三、判断题

1. 对原始凭证记载内容或金额有错误的，应当由开具单位重开或更正，开具单位负有更正或重新开具的义务，不能拒绝。（　）
2. 各类原始凭证应由会计人员根据实际发生的经济业务如实填写，不得伪造、涂改。（　）
3. 原始凭证和记账凭证都是具有法律效力的证明文件。（　）
4. 年度财务决算报告属于企业的重要档案，因此至少应保管 25 年。（　）
5. 所有的记账凭证都必须附有原始凭证并注明附件张数。（　）
6. 原始凭证的填制不得使用圆珠笔填写。（　）
7. 联合凭证是既有原始凭证或原始凭证汇总表内容，同时又具备记账凭证内容的凭证。（　）
8. 采购员王某出差回来报销差旅费 450 元，交回现金 50 元，只需要编制现金收款凭证即可。（　）
9. 原始凭证是登记日记账、明细账的依据。（　）

10. 对原始凭证的审核，就是对原始凭证的合法性与合理性进行审核。 ( )
11. 没有原始凭证，就不能填制记账凭证。 ( )
12. 收款凭证、付款凭证和转账凭证通称为通用记账凭证。 ( )
13. 会计凭证登记入账后，经装订和归档，一年后可销毁。 ( )
14. 原始凭证在特定情况下，经单位领导或有关部门同意可以涂改或挖补。 ( )
15. 企业的工资结算表属于外来原始凭证。 ( )
16. 为了简化记账凭证的填制手续，对于转账业务，可以用自制的原始凭证或汇总原始凭证来代替记账凭证。 ( )
17. 附件张数必须用中文汉字大写，以防变造。 ( )
18. 业务比较单纯、业务量较少的单位可以采用通用记账凭证。 ( )
19. 记账凭证俗称单据，是根据原始凭证填制的。 ( )
20. 原始凭证应当从实质性和形式上两方面进行审核。 ( )
21. 记账凭证上的负数金额一般用红字表示。 ( )
22. 如果一张原始凭证所列支出需要几个单位共同负担的，应根据其他单位负担的部分开给对方原始凭证分割单进行结算。 ( )
23. 记账凭证的编号每月都要从“1”开始编号，不得跳号

和重号。 (　　)

24. 会计人员不可能填制原始凭证。 (　　)

25. 单式记账凭证是根据单式记账法编制的凭证。 (　　)

四、不定项选择题

1. 下列不属于自制原始凭证的是(　　)。
   A. 火车票　　B. 产品入库单
   C. 材料请购单　　D. 税收罚款通知书
2. 记账凭证上记账栏中的“√”记号表示(　　)。
   A. 此凭证编制正确　　B. 已经登记入账
   C. 此凭证作废　　D. 不需登记入账
3. “收料单”是(　　)。
   A. 外来原始凭证　　B. 自制原始凭证
   C. 一次凭证　　D. 累计凭证
4. 某企业“本年利润”账户 5 月末账面余额为 58 万,表示(　　)。
   A. 5 月份实现的利润总额
   B. 1—5 月份累计实现的营业利润
   C. 1—5 月份累计实现的净利润
   D. 1—5 月份累计实现的产品销售利润
5. 会计人员审核原始凭证时发现其金额有差错,应由(　　)。
   A. 原制单人员重开　　B. 经办人员更正
   C. 会计人员更正　　D. 审批人员更正
6. 会计凭证可以(　　)。

A. 记录经济业务　　　　B. 明确经济责任
C. 作为登记账簿的依据　D. 作为编制报表的依据

7. 某企业"库存商品"账户月初余额为 380 000 元，本月验收入库的库存商品共计 240 000 元，发出商品共计 320 000 元。该企业"库存商品"账户月末余额为(　　)。
A. 借方余额 460 000 元
B. 借方余额 300 000 元
C. 贷方余额 460 000 元
D. 贷方余额 300 000 元

8. 由于现金与银行存款之间相互收付的业务只填付款凭证，不填收款凭证，因而银行存款汇总收款凭证所汇总的银行存款收入金额不全。其中，将现金存入银行的业务，应在下列哪种凭证中汇总(　　)。
A. 现金付款汇总凭证
B. 银行存款付款汇总凭证
C. 银行存款收款汇总凭证
D. 现金收款汇总凭证

9. 原始凭证是(　　)。
A. 登记明细分类账的依据之一
B. 编制科目汇总表的依据
C. 填制记账凭证的依据
D. 编制会计报表的依据

10. 把一项经济业务所涉及的有关账户，分别按每个账户填制在一张记账凭证称为(　　)。

A. 一次凭证　　　　B. 单项记账凭证
C. 复式记账凭证　　D. 借贷记账凭证

11. 工业企业制造产品领用的原材料一般应该计入（　　）。
A. 生产成本——基本生产成本
B. 制造费用
C. 生产成本——辅助生产成本
D. 管理费用

12. 制造公司第一生产车间生产甲、乙两种产品，甲产品生产工人工时为 600 小时，乙产品生产工人工时为 400 小时，2008 年 10 月末按生产工人工时比例分配本月发生的制造费用 86 306 元。甲产品和乙产品应分担的制造费用是（　　）。
A. 甲产品和乙产品均是 43 153 元
B. 甲产品是 34 522 元，乙产品是 51 784 元
C. 甲产品是 51 784 元，乙产品是 34 522 元
D. 甲产品和乙产品均是 86 306 元

13. 下列费用应计入生产成本的有（　　）。
A. 财务费用　　　　B. 直接材料费用
C. 直接人工费用　　D. 管理费用

14. 在填制记账凭证时，以下做法中正确的有（　　）。
A. 将不同类型业务的原始凭证合并编制一份记账凭证
B. 更正错账的记账凭证可以不附原始凭证
C. 一个月内的记账凭证连续编号

D. 从银行提取现金时只填制现金收款凭证

15. 下列各项目中，应计入“制造费用”账户的是(　　)。

A. 生产产品耗用的材料

B. 机器设备的折旧费

C. 生产工人的工资

D. 行政管理人员的工资

五、计算分析与业务处理题

某公司 2008 年 12 月份发生下列业务：

1. 本月生产车间用于生产 A 产品的甲材料 1 500 千克，乙材料 1 000 千克。用于生产 B 产品的甲材料 1 200 千克，乙材料 800 千克。甲材料单价 10.5 元，乙材料单价 16.5 元。

2. 结算本月应付职工工资，按用途归集如下：

A 产品生产工人工资 50 000 元；B 产品生产工人工资 40 000 元

车间管理人员工资 20 000 元；企业管理部门人员工资 30 000 元

3. 按 14%比例计提职工福利费。（注：企业也可以不计提福利费）

4. 计提本月固定资产折旧，车间应计提的折旧为 6 000 元，管理部门使用固定资产应计提的折旧为 3 000 元。

5. 预提应由本月负担的车间修理费 2 000 元。

6. 车间报销办公费及其他零星开支 4 000 元，以现金支付。

7. 按生产工人工资的比例分摊本月制造费用。

8. 结算本月 A、B 两种产品的生产成本，假定全部完工。本月完工 A 产品 100 件，B 产品 80 件，并已验收入库。

要求：根据以上资料编制会计分录。

考点实战训练题答案

一、单项选择题

1. A　2. A　3. A　4. D　5. B　6. D　7. D　8. D　9. A　10. B　11. B　12. B　13. A　14. D　15. D

二、多项选择题

1. ABCD　2. ACD　3. AD　4. ACD　5. ABC　6. ACD　7. ABD　8. BCD　9. ABCD　10. BCD　11. ACD　12. BC　13. ABC　14. AD　15. ABD

三、判断题

1. ×　2. ×　3. √　4. ×　5. ×　6. √　7. √　8. ×　9. ×　10. ×　11. ×　12. ×　13. ×　14. ×　15. ×　16. √　17. ×　18. √　19. ×　20. √　21. √　22. √　23. √　24. ×　25. ×

四、不定项选择题

1. ACD　2. B　3. BC　4. C　5. A　6. ABC　7. B　8. A　9. AC　10. B　11. ABC　12. C　13. BC　14. BC　15. B

五、业务分析题

1. 借：生产成本——A 产品　　32 250
　　　　　　　——B 产品　　25 800
　　贷：原材料——甲材料　　　28 350
　　　　　　　——乙材料　　　29 700

2. 借：生产成本——A 产品　50 000
　　　　　　——B 产品　40 000
　　制造费用　20 000
　　管理费用　30 000
　贷：应付职工薪酬——工资　140 000

3. 借：生产成本——A 产品　7 000
　　　　　　——B 产品　5 600
　　制造费用　2 800
　　管理费用　4 200
　贷：应付职工薪酬——职工福利　19 600

4. 借：制造费用　6 000
　　管理费用　3 000
　贷：累计折旧　9 000

5. 借：制造费用　2 000
　贷：预提费用　2 000

6. 借：制造费用　4 000
　贷：库存现金　4 000

7. 借：生产成本——A 产品　19 333
　　　　　　——B 产品　15 467
　贷：制造费用　34 800

8. 借：库存商品——A 产品　108 583
　　　　　　——B 产品　86 867
　贷：生产成本——A 产品　108 583
　　　　　　——B 产品　86 867

第六章　会 计 账 簿

考点归纳与真题解析

考点	具 体 识 记 内 容
会计账簿的定义与作用	定义：是以经过审核的会计凭证为依据，由专门格式相互联结的账页所组成，对全部经济业务用来全面、系统、连续记录各项经济业务的簿籍。
	作用：会计账簿可为企业管理提供会计信息，可为编制报表提供资料，也是考核企业成果，加强核算的重要依据。
	登记账簿是会计核算工作的中心环节，在日常会计核算中起着承前启后的作用。
会计账簿的种类	① 按用途分为日记账、分类账和备查账；日记账再可分为普通日记账和特种日记账。分类账分为总账和明细账。② 按账页格式分为三栏式账簿、多栏式账簿、数量金额式账簿和平行式账簿（横线登记式）。③ 按外表形式分为订本式账簿，活页式账簿和卡片式账簿。

续　表

考点	具体识记内容
会计账簿间的区别	① 日记账又称序时账,需逐日逐笔登记。现金、银行存款日记账均属于特种日记账;② 分类账是会计账簿的主体,是编制报表的主要依据;③ 备查账又称辅助账,它与日记账、分类账间不存在勾稽关系;④ 小企业可将日记账与分类账合并登记,称为联合账簿。此外还有借贷两栏式账簿。
设账的知识要点	① 订本式账簿适用于总账、现金及银行日记账,且应使用三栏式账页。② 各种明细账采用活页式账簿,卡片式账簿我国仅用于核算固定资产明细。③ 收入、费用明细账采用多栏式账页组成的活页式账簿,须核算数量的如原材料、产成品明细账则应采用数量金额式账页活页式账簿。④ 其他应收款和在途物资明细账一般采用平行式账页的活页式账簿。
登(记)账的知识要点	现金、银行存款日记账均由出纳人员负责登记。现金日记账的依据是现金收款凭证、现金付款凭证和银行存款付款凭证。账簿内容均转抄记账凭证,应做到日清月结。银行存款日记账的记账依据是银行存款收款凭证、银行存款付款凭证和现金付款凭证。
	总账可依据记账凭证逐笔登记,也可根据汇总记账凭证分次或一次汇总登记。
	登(记)账应按记账规则规定进行。注意:① 书写不能满格,应占行宽的 1/2;② 不得使用圆珠笔或铅笔登账;③ 可以使用红色墨水的情况包括冲销错误记录,登记减少数、表示负数余额等;④ 没有余额的账户应在借或贷栏写“平”,余额栏写“0”;⑤ 不得跳行隔页,要遵循“承前过次”规定。

续 表

考点	具 体 识 记 内 容
对账的知　识要点	是指对账簿记录进行核对，对账工作至少每年进行一次。
	包括账证核对、账账核对、账实核对三个方面。需要格外注意账账和账实的内容，两者不可混淆。
错账更正的知识要点	登记账簿应按照规定进行，若发生错误，则须分情况进行更正。
	更正的常用方法有划线更正法、红字更正法和补充登记法三种。
	划线更正法适用于凭证无误，账簿登记有误（即笔误）的情况，应直接在账簿上更正；红字更正法适用于记账后发现凭证科目有误或所记大于应记的情况；补充登记法则适用于记账后发现所记小于应记的情况。
结账的知识要点	按结账程序计算本期发生额和期末余额的工作即为结账。
	结账程序包括：① 检查本期内发生的经济业务是否已经全部登记入账；② 按权责发生制要求，编制账项调整和期末转账的凭证入账；③ 编制记账凭证，结转损益类账户本期发生额，计算确认本期的财务成果；④ 结算出本期发生额和期末余额，逢年末结账还要把余额结转下年。
	结账采用划线的方法进行；月、季、半年度用单红线，年度结账则要划双红线。月度结账须在“本月合计”行的上下划通栏单红线。

续　表

考点	具 体 识 记 内 容
账簿的启用、更换和保管的知识要点	会计账簿的基本内容包括封面和封底、扉页与账页。其中账页是账簿的主要部分,具体又包括账户名称、登账日期栏、凭证种类和号数栏、摘要栏、金额栏、总页次和分户页次。
	“账簿启用及交接表”和“账户目录”位于扉页之上。“账簿启用及交接表”的内容包括:单位名称、编号、册数、页数、启用日期、单位公章和经管人员(企业负责人、主管会计、复核和记账人员)。若交接事宜发生也应记录交接日期和人员姓名。
	活页式账簿在账簿未登完前不装订,1个会计年度结束后则要装订、加具封面、连续编号、制作目录、盖章。
	年度结账后,必须按规定更换新账。更换新账时,应将各账户的年末余额过入下一年度新账簿,注意无须填制凭证。
	一些财产物资明细账(如固定资产明细账)和债权债务明细账(如应收账款明细账)以及备查账可以跨年度使用,不需要更换。
	会计账簿一般保管15年,现金、银行存款日记账须保管25年;固定资产卡片账应该在固定资产报废清理后再保管5年。

◇ 考点一：会计账簿的含义、作用和分类

【2006年上半年判断】现金日记账和银行存款日记账均属于特种日记账。（ ）

【答案】√

【2007年上半年单选】下列账簿中，属于会计账簿主体而且是编制会计报表主要依据的是（ ）。

A. 日记账　　B. 分类账

C. 备查账　　D. 订本账

【答案】B 分类账是会计账簿的主体，也是编制会计报表的主要依据。

【2007年下半年单选】与其他账簿之间不存在相互依存和勾稽关系的账簿是（ ）。

A. 应收票据登记簿　　B. 应付账款明细账

C. 银行存款日记账　　D. 实收资本总账

【答案】A 应该在辅助账簿登记，辅助账与其他账簿不存在勾稽关系。

◇ 考点二：会计账簿的设置知识要点

【2003年上半年单选】银行存款日记账的格式一般采用三栏式，并必须是（ ）。

A. 卡片账　　B. 订本账

C. 汇总账　　D. 活页账

【答案】B 日记账和总账必须使用订本式账簿。

【2008年上半年单选】固定资产明细账一般采用

(　　)。

A. 平行式账簿　　B. 活页式账簿

C. 订本式账簿　　D. 卡片式账簿

【答案】 D

【2008 年下半年判断】原材料明细分类账应采用平行式明细分类账。(　　)

【答案】 ×

◈ 考点三：会计账簿的登记知识要点

【2004 年上半年多选】账簿中可以使用红色墨水记账的有(　　)。

A. 冲销账簿记录中的多记金额

B. 摘要中"转次页"字样

C. 摘要中"承前页"字样

D. 在三栏式账户的余额栏前，如未印明余额方向，在余额栏内登记负数余额

E. 结账划线

【答案】 ADE　BC 均不需要用红色墨水记账。

【2005 年上半年单选】关于现金日记账的登记处理，不正确的做法是(　　)。

A. 由出纳人员登记　　B. 逐日逐笔顺序登记

C. 每日结出余额　　D. 根据原始凭证登记

【答案】 D　出纳员应根据现收凭证、现付凭证和银行付款凭证。

【2007 年上半年单选】关于银行存款日记账，下列说

明中不正确的是( )。

A. 按不同银行分别设置

B. 按业务发生时间先后次序逐日逐笔登记

C. 根据审核无误的银行收、付款凭证及现金收、付款凭证登记

D. 应定期与银行对账单核对

【答案】 C 登账依据是银收、银付和现付凭证。

【2007 年上半年判断】每一账页登记完毕，应在账页的最末一行加计本页发生额及余额，并在摘要栏内注明“过次页”，同时在新账页的首行记入上页加计的发生额和余额，并在摘要栏内注明“承前页”。( )

【答案】 √

【2008 年下半年单选】账簿中书写的文字和数字应占格距的( )。

A. 二分之一 B. 三分之二

C. 三分之一 D. 四分之一

【答案】 A

◈ 考点四：会计账簿的对账知识要点

【2003 年上半年多选】下列属于账账核对的有( )。

A. 日记账余额与有关总分类账余额的核对

B. 各种库存商品明细账余额合计数与库存商品总分类账余额的核对

C. 各种应收、应付款项明细账的余额合计数与有关债务人、债权人相应的账面余额核对

D. 全部总分类账户的期末借方余额合计数与全部总分类账户的期末贷方余额合计数核对

E. 银行存款日记账的账面余额与银行对账单核对

【答案】 ABD 答案C和E均为账实核对。

【2006年上半年多选】在会计期末,为结算出所有账户的本期发生额和期末余额,应( )。

A. 检查本期发生的经济业务是否全部登记入账

B. 编制有关账项调整的记账凭证并登记入账

C. 月末办理的有关转账业务编制记账凭证,并登记入账

D. 编制记账凭证,结清本期收人和费用账户,并登记入账

【答案】 ABCD

【2007年上半年单选】不属于账账核对的是( )。

A. 总账各账户余额之间的核对

B. 总账与明细账之间的核对

C. 总账与备查账之间的核对

D. 总账与日记账之间的核对

【答案】 C 备查账原本就和总账不存在勾稽关系,无法核对。

◈ 考点五:会计账簿错账更正知识要点

【2005年上半年多选】红字更正法适用于( )。

A. 记账凭证中应记科目、借贷方向或金额错误

B. 登记账簿后发现的记账凭证后应记科目、借贷方

向或金额错误

C. 登记账簿后发现的记账凭证后应记科目、借贷方向正确,但所记金额大于应记金额

D. 登记账簿后发现的记账凭证后应记科目、借贷方向正确,但所记金额小于应记金额

【答案】 BC A未说明是否已登记入账,D适用补充登记。

【2007年下半年单选】如果原始凭证金额有错误,正确的更正方法是( )。

A. 红字更正法　　B. 划线更正法

C. 蓝字更正法　　D. 由出具单位重开

【答案】 D

【2007年下半年多选】某企业计提基本生产车间用固定资产折旧20 000元,编制记账凭证时误记入"管理费用"科目,但金额并没有错误。登记入账后,会计人员发现了此项记账差错,进行更正时应编制的会计分录包括( )。

A. 借:累计折旧　　20 000
　　贷:管理费用　　20 000

B. 借:制造费用　　20 000
　　贷:累计折旧　　20 000

C. 借:累计折旧　　20 000
　　贷:制造费用　　20 000

D. 借:管理费用　　[20 000]
　　贷:累计折旧　　[20 000]

【答案】 BD

【2008年上半年单选】错账的更正方法不包括(　　)。

A. 划线更正法　　B. 蓝字更正法

C. 红字更正法　　D. 补充登记法

【答案】 B

【2008年上半年判断】采用划线更正法时,应仅仅划去错误的文字或数字并更正为正确的文字或数字。(　　)

【答案】 × 全部划去后再修改。

◈ 考点六:会计账簿结账知识要点

【2003年上半年判断】年度终了结账时,对有余额的账户,必须编制转账凭证,并据此将其余额结转至下年度。(　　)

【答案】 × 年度终了时,年末有余额的账户,可将其余额直接转记入下一年度新账簿中的有关账户,不必填制记账凭证。

【2006年上半年判断】账户结账没有余额的,只在余额栏内写"0"即可。(　　)

【答案】 × 还需要在"借或贷"栏里面写"平"。

【2007年下半年判断】所谓结账,就是结出各账簿的期末余额。(　　)

【答案】 × 结账是求出各个账户的本期发生额和期末余额。

【2008年上半年单选】年末结账时,应在"本年累计"

行下划(　　)。

A. 通栏单红线　　B. 通栏双红线

C. 半栏单红线　　D. 半栏双红线

【答案】 B

【2008 年上半年判断】为及时编制会计报表,企业应在月末提前结账。(　　)

【答案】 ×

◇ 考点七：账簿的启用、更换和保管的知识要点

【2004 年上半年多选】下列不需永久保管的会计档案是(　　)。

A. 银行存款日记账　　B. 总账

C. 明细账　　D. 年度财务报告

【答案】 ABC　年度财务报告需永久保管。

【2004 年上半年单选】下列可以跨年度继续使用不需更换新账的是(　　)。

A. 没有变动的应收账款总账

B. 没有变动的固定资产明细账

C. 没有变动的银行存款日记账

D. 变动较多的存货明细账

【答案】 B

【2007 年上半年单选】无须在“账簿启用和经管人员一览表”上盖章的是(　　)。

A. 企业负责人　　B. 现金出纳

C. 财务主管　　D. 复核和记账人员

【答案】 B

【2007 年上半年判断】年度结账后,必须按规定将全部账册更换新账。( )

【答案】 ×

【2007 年下半年单选】年度结账后,无需更换新账的是( )。

A. 银行存款日记账　　B. 库存商品明细账

C. 生产成本明细账　　D. 固定资产明细账

【答案】 D

迎考知识点再拓展

待摊和预提费用账户的介绍:

(1)"待摊费用"账户,属于资产类科目。用来核算企业各种已预付而分期摊销、期限在一年以内的费用。如预付房屋保险费、固定资产修理费等。借方登记已经支付的各项待摊费用,贷方登记应由本期或以后各期分别负担的费用,期末借方余额表示尚未摊销的费用。设置运用"待摊费用"账户是权责发生制的需要。

常用会计分录:

举例:某企业在 12 月份预付下一年一季度办公房房租费 6 000 元,则

12 月份分录为,借:待摊费用——房租费　6 000

贷:银行存款等　6 000

第二年一季度每月都做一次此分录，进行摊销。

借：管理费用等　　2 000（金额为所付总金额的 1/3）

　贷：待摊费用——房租费　2 000

（2）“预提费用”账户，属于负债类科目。用来核算企业各种预先提取但尚未支付的费用，如预提借款利息、修理费、租金保险费等。贷方登记按一定标准预先提取，计入成本费用的数额，借方登记实际支付的各项费用，期末贷方余额表示已经预提但尚未支付的费用。设置运用“预提费用”账户也是权责发生制的需要。

常用会计分录：

举例：银行一般按季度计算贷款利息，但是企业必须按月核算贷款利息，计入财务费用。某企业在 1 月份按照惯例自行计算当月应负担的贷款利息为 2 000元，因没有银行扣款依据，只能自己预先计入本月费用。

1 月份预提分录为，借：财务费用　　　2 000

　　　　　　　　　贷：预提费用　　　2 000

2 月份假如还是预提了 2 000 元，则做法同上。

3 月份收到银行书面凭证列示 1 季度该企业应付贷款利息为 5 900 元。则 3 月份的分录是：

借：财务费用　　　　　　　1 900

　　预提费用　　　　　　　4 000

　贷：银行存款　　　　　　　5 900

本章复习与应考攻略

本章多以概念性题目为主，除此外还会要求考生登记一些简单的账簿（页）。对于此章考生应以识记为主，了解和掌握账簿的分类、各类账簿不同的适用范围和登账的要求。请大家按照设账、登账、对账、更正错账、结账和账簿保管这个脉络仔细掌握众多细小的考点。

本章考点实战训练题

一、单项选择题

1. 期末根据账簿记录，计算并记录出各账户的本期发生额和期末余额，在会计上称为（　　）。

   A. 对账　　B. 结账

   C. 调账　　D. 查账

2. 会计登账时，在账簿上将 100 元误记为 1 000 元，应采用（　　）进行更正。

   A. 除 9 法　　B. 划线更正法

   C. 红字更正法　　D. 除 2 法

3. 下列支出属于资本性支出的有（　　）。

   A. 支付职工工资　　B. 支付当月水电费

   C. 支付本季度房租　　D. 支付固定资产买价

4. “原材料”明细分类账一般采用的账页格式是（　　）。

A. 两栏式　　B. 三栏式

C. 多栏式　　D. 数量金额式

5. “管理费用”明细账一般采用的账页格式是(　　)。

A. 三栏式　　B. 借方多栏式

C. 贷方多栏式　　D. 数量金额式

6. 登记账簿时如果出现跳行,正确的处理方法是(　　)。

A. 用蓝色墨水划线注销

B. 用红色墨水注销

C. 用红色墨水划线,注明“此行空白”

D. 用红色墨水划线,注明“此行空白”,并由记账人员盖章

7. 多栏式明细账适用于(　　)业务的核算。

A. 资本　　B. 收入

C. 债权　　D. 存货

8. “应收账款”下设“A公司”和“B公司”两个账户,其总账账户本月借方发生额是4 300元,其中:A公司明细账户的本月借方发生额为零,贷方发生额为1 600元,则B公司明细账户的本月(　　)。

A. 贷方发生额4 000元　　B. 贷方发生额4 300元

C. 借方发生额4 300元　　D. 借方发生额4 000元

9. 登记账簿的依据是(　　)。

A. 会计凭证　　B. 经济合同

C. 会计报表　　D. 经济活动

10. 记账以后,如发现记账错误是由于记账凭证所列会

计科目有误引起的,应采用(　　)进行错账更正。

A. 划线更正法　　B. 补充登记法

C. 红字更正法　　D. 其他更正法

11. 某项经济业务的发生额为 9 674 元,在账簿中被误记为 9 764 元,其所依据的记账凭证无误,更正此账应采用的方法是(　　)。

A. 红字更正法　　B. 划线更正法

C. 补充登记法　　D. 重新编制记账凭证

12. 账簿(　　)分为序时账、分类账和备查账。

A. 按其用途　　B. 按外表形式

C. 按账页格式　　D. 按登记的方式

13. 在下列有关账项核对中,不属于账账核对的内容是(　　)。

A. 银行存款日记账余额与银行对账单余额的核对

B. 银行存款日记账余额与其总账余额的核对

C. 总账账户借方发生额合计数与明细账借方发生额合计数的核对

D. 总账账户贷方余额合计数与其明细账贷方余额合计数的核对

14. 年度结账时,在最后一笔数字下结出本月借、贷方发生额和期末余额后,应在该行(　　)。

A. 上、下划通栏双红线

B. 上面划通栏双红线

C. 下面划通栏双红线

D. 上、下金额栏划双红线

15. 固定资产总账的外表形式一般是(　　)。

A. 三栏式　　B. 订本式

C. 多栏式　　D. 卡片式

16. (　　)不是根据会计科目设置的,与其他账簿之间不存在密切的依存关系。

A. 总分类账簿　　B. 明细分类账簿

C. 银行日记账　　D. 备查账簿

17. 下列不属于账页内容的是(　　)。

A. 账户名称　　B. 凭证种类和号数栏

C. 接受单位签章　　D. 金额栏

18. 必须逐日逐笔登记的账簿是(　　)。

A. 辅助账　　B. 备查账

C. 日记账　　D. 明细账

19. 各种应收、应付款项明细分类账的账面余额与有关债务人、债权人的相关账面金额核对,属于(　　)。

A. 试算平衡　　B. 账账核对

C. 账实核对　　D. 账证核对

20. "其他应收款"明细账一般应采用(　　)。

A. 横线登记式账簿　　B. 三栏式账簿

C. 多栏式账簿　　D. 订本式账簿

二、多项选择题

1. 对账工作应包括的内容有(　　)。

A. 账证核对　　B. 账账核对

C. 账实核对　　D. 账表核对

2. 用红色墨水登记账簿的情况有(　　)。

A. 在三栏式账户的余额栏前，如未印明余额方向，在余额栏内登记负数余额

B. 在只设借方或贷方专栏的账页中，登记减少数

C. 将借方发生额登记在贷方

D. 根据红字冲账的记账凭证，冲销错误记录

3. 多栏式明细账一般适用的账户有(　　)。

A. 制造费用　　B. 管理费用

C. 待摊费用　　D. 销售费用

4. 下列各项方法属于更正错账方法的有(　　)。

A. 划线更正法　　B. 补充登记法

C. 红字补充法　　D. 平行登记法

5. 平行式账簿一般适用于下列哪些账户的登记(　　)。

A. 原材料明细账　　B. 在途物资明细账

C. 其他应收款明细账　　D. 应收账款明细账

6. 现金日记账由出纳人员根据审核无误的(　　)逐日逐笔地进行登记。

A. 现金收款凭证　　B. 现金付款凭证

C. 银行存款付款凭证　　D. 银行存款收款凭证

7. 下列(　　)情况下，结账不用划双红线。

A. 半年度　B. 季度　C. 月度　D. 年度

8. 数量金额式明细分类账一般适用于下列(　　)账户的登记。

A. 应付账款　　B. 原材料

C. 库存商品　　D. 制造费用

9. 企业从银行提取现金 1 000 元,此项业务应在(　　)中登记。
   A. 现金日记账　　B. 银行存款日记账
   C. 总分类账　　D. 明细分类账
10. 应当通过备查账核算的是(　　)。
   A. 企业接受的固定资产捐赠
   B. 临时租入的固定资产
   C. 收到的商业汇票
   D. 无形资产

三、判断题

1. 现金日记账和银行存款日记账都属于特种日记账。(　　)
2. 分类账提供的核算信息是编制会计报表的主要依据。(　　)
3. 在经济业务比较简单的企业,日记账和分类账可以合并在一本账簿中登记,设置联合账簿。(　　)
4. 在我国,单位一般只对固定资产的核算采用活页账形式。(　　)
5. 由于记账凭证错误而造成的账簿记录错误,应采用划线更正法进行更正。(　　)
6. 登记账簿时,文字和数字一般只占格距的 1/3,不要写满格。(　　)
7. 期末财务人员如没有时间及时结账,可以先编制会计报表而后结账。(　　)
8. 年终结账时,有余额的账户,应将其余额直接计入新

账余额栏内,不需要编制记账凭证。（　）

9. 总账采用订本式账簿,账页格式为多栏式。（　）

10. 订本式账簿的优点是适用性强,便于汇总,可以根据需要开设,利于会计分工,提高工作效率。（　）

11. 会计账簿是整个会计核算的中心环节,因此会计对外提供信息的主要方式就是会计账簿。（　）

12. 记账凭证借贷科目用错,并已登记入账,可用划线更正法。（　）

13. 损益类账户月末结账后,借方和贷方发生额一定相等。（　）

14. 总分类账和明细分类账一律都是根据记账凭证登记的。（　）

15. 为了减轻会计登账工作量,企业可以用银行对账单代替日记账。（　）

16. 印花税票应当粘贴在账簿的左上角,并且划线注销。（　）

17. 对账工作至少每年进行 2 次。（　）

18. 账簿按外形形式可分为日记账、分类账和辅助账簿。（　）

19. 按照牵制制度,账钱应该分开管,所以现金日记账必须由会计来登记。（　）

20. 会计账簿的基本内容包括封面和封底、扉页与账页。（　）

四、不定项选择题

1. 企业经营性租入的固定资产,应在（　　）登记。

A. 明细分类账簿　　B. 备查账簿

C. 日记账簿　　D. 总分类账簿

2. “账簿启用和经管人员一览表”中需要签名盖章的是(　　)。

A. 出纳　　B. 企业负责人

C. 主管会计　　D. 复核和记账人员

3. 登记日记账的方式是按照经济业务发生的时间先后顺序进行(　　)。

A. 逐日逐笔登记　　B. 逐日汇总登记

C. 逐笔定期登记　　D. 定期汇总登记

4. 关于结账,下列说法正确的是(　　)。

A. 就是计算出各账户的期末余额

B. 结账时本期实现的各项收入要转入本年利润账户的贷方

C. 结账工作通常按月度、季度、半年度和年度进行

D. 为了及时编制报表,企业可以提前结账

5. 记账后发现记账凭证中科目正确,但所记金额小于应记的金额,应采用(　　)进行更正。

A. 平行登记法　　B. 划线更正法

C. 补充登记法　　D. 红字更正法

6. 库存现金、银行存款日记账的账页格式主要是(　　)。

A. 三栏式　　B. 平行式

C. 订本式　　D. 两栏式

7. 某企业 6 月份发生下列业务: ① 支付上个月水电费

2 400 元;② 预付下半年的房租 1 500 元;③ 预提本月借款利息 600 元;④ 计提本月折旧 480 元。则按权责发生制和收付实现制原则计算的本月费用分别为(　　)。

A. 4 980 元和 3 900 元　　B. 3 900 元和 2 580 元

C. 1 080 元和 3 900 元　　D. 3 480 元和 1 080 元

8. 企业会计期末结账时,应将本期发生的各类费用支出转入(　　)。

A. “本年利润”科目借方

B. “本年利润”科目贷方

C. “生产成本”科目借方

D. “生产成本”科目贷方

9. 以下不属于账账核对内容的是(　　)。

A. 账簿记录与会计凭证核对

B. 总账全部账户的期末借方余额与其贷方余额核对

C. 银行存款日记账和银行对账单核对

D. 总账期末余额与所属明细账期末余额的合计数核对

10. 会计工作中红色墨水可用于(　　)。

A. 对账　　B. 结账

C. 设账　　D. 冲账

五、计算分析与业务处理题

1. 某企业将账簿记录与记账凭证进行核对时,发现下列经济业务内容的账簿记录有误:

(1) 开出现金支票 600 元,支付企业管理部门的日常

开支。原编的记账凭证会计分录为:

借:管理费用 600

　贷:库存现金 600

(2) 签发转账支票 3 000 元预付本季度办公用房租金。原编的记账凭证会计分录为:

借:预提费用 3 000

　贷:银行存款 3 000

(3) 结转本月实际完工产品的生产成本 49 000 元,原编的记账凭证会计分录为:

借:库存商品 94 000

　贷:生产成本 94 000

(4) 结算本月应付职工工资,其中生产工人工资 14 000 元,管理人员工资 3 400 元,原编的记账凭证会计分录为:

借:生产成本 1 400

　　管理费用 340

　贷:应付工资 1 740

(5) 结转本月商品销售收入 48 000 元,原编的记账凭证会计分录为:

借:本年利润 45 000

　贷:主营业务收入 45 000

(6) 以现金支付采购人员差旅费 2 000 元,原编的记账凭证会计分录为:

借:其他应付款 1 000

　贷:库存现金 1 000

2. 某企业 2006 年 8 月 31 日银行存款日记账余额为 500 000 元；现金日记账的余额为 4 000 元。9 月上旬发生下列银行存款和现金收付业务：

(1) 1 日，投资者投入现金 35 000 元，存入银行（银收 801 号）。

(2) 1 日，以银行存款 9 000 元归还短期借款（银付 801 号）。

(3) 2 日，以银行存款 30 000 元偿付应付账款（银付 802 号）。

(4) 2 日，以现金 2 000 元存入银行（现付 801 号）。

(5) 3 日，用现金暂付职工差旅费 800 元（现付 802 号）。

(6) 3 日，从银行提取现金 2 000 元备用（银付 803 号）。

(7) 4 日，收到应收账款 45 000 元存入银行（银收 802 号）。

(8) 5 日，以银行存款 40 000 元支付购买材料款（银付 804 号）。

(9) 5 日，以银行存款 1 000 元支付购入材料运费（银付 805 号）。

(10) 6 日，从银行提取现金 18 000 元，准备发放工资（银付 806 号）。

(11) 6 日，用现金 18 000 元发放职工工资（现付 803 号）。

(12) 7 日，以银行存款支付本月电费 1 800 元（银付 807 号）。

(13) 8 日，销售产品一批，货款 23 400 元存入银行

（银收 803 号）。

(14) 9 日，用银行存款支付销售运费 580 元（银付 808 号）。

(15) 10 日，用银行存款上交销售税金 3 500 元（银付 809 号）。

要求：根据上述经济业务，登记银行存款日记账和现金日记账，并结出 9 月 10 日的银行存款日记账和现金日记账的累计余额。

银行存款日记账

2006 年		凭证		摘要	对方科目	收入	支出	余额
月	日	字	号					
9	1			期初余额				500 000

现金日记账

2006年		凭证		摘要	对方科目	收入	支出	余额
月	日	字	号					
9	1			期初余额				4 000

考点实战训练题答案

一、单项选择题

1. B 2. B 3. D 4. D 5. B 6. D 7. B 8. C 9. A 10. C 11. B 12. A 13. A 14. C 15. B 16. D 17. C 18. C 19. C 20. A

二、多项选择题

1. ABC 2. ABD 3. ABD 4. AB 5. BC 6. ABC 7. ABC 8. BC 9. ABC 10. BC

三、判断题

1. √ 2. × 3. √ 4. × 5. × 6. × 7. × 8. √ 9. × 10. × 11. × 12. × 13. √ 14. × 15. × 16. × 17. × 18. × 19. × 20. √

四、不定项选择题

1. B 2. BCD 3. A 4. BC 5. C 6. ABD 7. C 8. A 9. AC 10. BD

五、计算分析与业务处理题

1. 答：

(1) 用红字更正法

借：管理费用　　[600]

　贷：库存现金　　[600]

借：管理费用　　600

　贷：银行存款　　600

(2) 用红字更正法

借：预提费用　　[3 000]

　贷：银行存款　　[3 000]

借：待摊费用　　3 000

　贷：银行存款　　3 000

(3) 用红字更正法

借：库存商品　　[45 000]

　贷：生产成本　　[45 000]

(4) 用补充登记法

借：生产成本　　12 600

　　管理费用　　3 060

　贷：应付职工薪酬　　15 660

(5) 用红字更正法

借：本年利润　　[45 000]

　贷：主营业务收入　　[45 000]

借：主营业务收入　　48 000

　贷：本年利润　　48 000

(6) 用红字更正法

借：其他应付款　　1 000

　贷：库存现金　　1 000

借：其他应收款　　2 000

　贷：库存现金　　2 000

2. 答：

银行存款日记账

2006年		凭证		摘要	对方科目	收入	支出	金额
月	日	字	号					
9	1			期初余额				500 000
	1	银收	801	投入现金	实收资本	35 000		
	1	银付	801	归还短期借款	短期借款		9 000	526 000
	2	银付	802	偿还短期借款	应付账款		30 000	
	2	现付	801	存入现金	库存现金	2 000		498 000
	3	银付	803	提　现	库存现金		2 000	496 000
	4	银收	802	收回前欠销货款	应收账款	45 000		541 000
	5	银付	804	支付购料款	在途物资		40 000	
	5	银付	805	支付购料运费	在途物资		1 000	500 000
	6	银付	806	提　现	库存现金		18 000	482 000
	7	银付	807	支付电费	管理费用		1 800	480 200

续 表

2006年		凭证		摘要	对方科目	收入	支出	金额
月	日	字	号					
	8	银收	803	收到销售款	主营业务收入	23 400		503 600
	9	银付	808	支付销货运费	销售费用		580	503 020
	10	银付	809	交 税	应交税费		3 500	499 520
	10			本月合计		105 400	105 880	499 520

现金日记账

2006年		凭证		摘要	对方科目	收入	支出	金额
月	日	字	号					
9	1			期初余额				4 000
	2	现付	801	现金存入银行	银行存款		2 000	2 000
	3	现付	802	暂付款	其他应收款		800	
	3	银付	803	提 现	银行存款	2 000		3 200
	6	银付	806	提 现	银行存款	18 000		
	6	现付	803	支付工资	应付职工薪酬		18 000	3 200
	10			本日合计		20 000	20 800	3 200

第七章　账务处理程序

考点归纳与真题解析

考点	具体识记内容
账务处理程序的定义和种类	定义：即会计核算组织形式(程序)，是会计凭证、会计账簿和会计报表三者间的结合方式。
	种类：记账凭证账务处理程序、汇总记账凭证账务处理程序和科目汇总表账务处理程序。
三种账务处理程序的相同点	① 均根据原始凭证编制原始凭证汇总表；② 均根据原始凭证汇总表或原始凭证编制记账凭证；③ 均根据原始凭证、原始凭证汇总表和记账凭证登记各种明细账；④ 均根据收、付款凭证逐笔登记现金、银行存款日记账；⑤ 期末、日记账、明细账的余额与总账进行核对；⑥ 均根据总账和明细账的记录编制会计报表。
三种账务处理程序的不同点	登记总分类账的依据和方法不同。

续　表

考点	具体识记内容
三种账务处理程序的优缺点及适用范围	记账凭证账务处理程序,是基本的账务处理程序,登记总账的依据是记账凭证。优点是简单明了,易于理解,总账内容详细,便于查对账。缺点是登记总账工作量较大。它适用于规模小、业务少的单位。
	汇总记账凭证账务处理程序,登记总账的依据是汇总记账凭证(汇总收款、汇总付款、汇总转账)。该程序优点是减轻了登总账的工作量,便于了解账户间对应关系,但缺点不利于日常分工、工作量较大。它适用于规模较大、业务较多的单位。
	科目汇总表账务处理程序下登记总账的依据是科目汇总表。优点是减轻了工作量,可做到事先试算平衡、简单易学。缺点是不能反映账户对应关系,不便于查对账目。它也适用于规模较大、业务较多的单位。

◇ 考点一:账务处理程序的定义和种类

【2003 年下半年单选】最基本的账务处理程序是(　　)。

A. 科目汇总表账务处理程序

B. 记账凭证账务处理程序

C. 汇总记账凭证账务处理程序

D. 原始凭证账务处理程序

【答案】 B

【2005 年上半年多选】账务处理程序主要包括(　　)。

A. 科目汇总表账务处理程序

B. 试算平衡表账务处理程序

C. 汇总记账凭证账务处理程序

D. 记账凭证账务处理程序

【答案】 ACD

◈ 考点二：三种账务处理程序的相同点

【2003 年下半年单选】汇总记账凭证和科目汇总表两种核算组织程序的相同点是（　　）。

A. 登记明细分类账的依据相同

B. 汇总凭证的格式相同

C. 均需要编制科目汇总表

D. 记账凭证汇总方法相同

【答案】 A

【2005 年下半年判断】账务处理程序不同，登记现金日记账和银行存款日记账的依据也不相同。（　　）

【答案】 ×

【2006 年下半年判断】企业即使采用科目汇总表核算程序，明细分类账仍须根据记账凭证及所附原始凭证逐日逐笔登记。（　　）

【答案】 √

◈ 考点三：三种账务处理程序的不同点

【2004 年上半年判断】无论采用何种账务处理程序，企业的总分类账都应根据汇总记账凭证分次或一次汇总

登记。（　）

【答案】 ×

【2007 年上半年单选】各种账务处理程序最主要的差别是（　　）。

A. 编制会计凭证的依据和方法不同

B. 登记现金日记账和银行存款日记账的依据和方法不同

C. 登记各种明细分类账的依据和方法不同

D. 登记总账的依据和方法不同

【答案】 D

【2007 年下半年单选】在科目汇总表账务处理程序下，登记明细账的依据是（　　）。

A. 原始凭证　　B. 记账凭证

C. 原始凭证和记账凭证　　D. 科目汇总表

【答案】 C

【2008 年下半年判断】登记总分类账的直接依据只能是记账凭证。（　）

【答案】 ×

考点四：三种账务处理程序的优缺点及适用范围

【2003 年上半年单选】（　　）账务处理程序适用于规模小、业务简单、使用科目少的小型企业和单位。

A. 汇总记账凭证　　B. 多栏式日记账

C. 日记总账　　D. 记账凭证

【答案】 D

【2007年上半年单选】记账凭证账务处理程序的主要缺点是(　　)。

A. 不便于会计合理分工

B. 登记总账的工作量较大

C. 无法反映账户的对应关系

D. 方法不易掌握

【答案】 B

【2008年上半年判断】科目汇总表账务处理程序只适用于经济业务不太复杂的小型企业。

【答案】 ×

迎考知识点再拓展

“固定资产清理”账户介绍：

企业出售、转让、报废固定资产或发生固定资产毁损等情况，一般要通过“固定资产清理”科目进行核算。该账户借方核算因出售、报废和毁损等原因清理的固定资产的账面净额及其在清理过程中所发生的清理费用，以及结转固定资产清理的净收益等，贷方核算清理取得的收入及结转固定资产清理的净损失；期末借方余额，反映企业尚未清理完毕的固定资产清理净损失。企业出售、转让、报废固定资产或发生固定资产毁损，应当将处置收入扣除账面价值和相关税费后的金额计入当期损益。

常见会计分录有：

① 转入清理时：借：固定资产清理/累计折旧/固定

资产减值准备；贷：固定资产

② 发生清理费用时：借：固定资产清理；贷：银行存款/应交税费等

③ 出售收入和残料时：借：银行存款/原材料等；贷：固定资产清理

④ 保险赔偿时：借：其他应收款/银行存款等；贷：固定资产清理

⑤ 清理净损失时：借：营业外支出；贷：固定资产清理

⑥ 清理净收益时：借：固定资产清理；贷：营业外收入

本章复习与应考攻略

本章的内容和考点较少，请同学们运用对比记忆的方式，只要掌握 3 种账务处理程序的区别、优缺点和适用范围即可。

本章考点实战训练题

一、单项选择题

1. 各种账务处理程序的主要区别是(　　)。

A. 填制会计凭证的依据和方法不同

B. 登记总分类账的方法和依据不同

C. 编制会计报表的方法和依据不同

D. 登记明晰分类账的方法和依据不同

2. 记账凭证账务处理程序的基本特点是直接根据各种记账凭证逐笔登记(　　)。

A. 明细分类账　　B. 总分类账

C. 现金日记账　　D. 银行存款日记账

3. 汇总记账凭证账务处理程序的缺点是(　　)。

A. 看不出科目之间的对应关系

B. 登记总账工作量大

C. 汇总转账凭证的工作量较大

D. 不便于人员分工

4. 汇总记账凭证账务处理程序下,汇总转账凭证应按(　　)设置。

A. 借方科目　　B. 贷方科目

C. 借方或贷方科目　　D. 余额方向

5. 科目汇总表与汇总记账凭证的共同优点是(　　)。

A. 总括反映同类经济业务

B. 保持科目之间的对应关系

C. 进行发生额试算平衡

D. 简化总分类账的登记工作

6. 汇总记账凭证账务处理程序下,各种汇总记账凭证每月均编制(　　)张。

A. 1　　B. 2

C. 3　　D. 4

7. 科目汇总表账务处理程序应用于(　　)的企业。

A. 经济业务较多

B. 经济业务较少

C. 经济业务涉及金额较大

D. B、C 均为正确

8. 汇总记账凭证账务处理程序下，编制报表的依据是（　　）。

A. 汇总转账凭证　　B. 汇总记账凭证

C. 分类账　　D. 序时账

二、多项选择题

1. 账务处理程序的种类有（　　）。

A. 原始凭证账务处理程序

B. 汇总记账凭证账务处理程序

C. 科目汇总表账务处理程序

D. 记账凭证账务处理程序

2. 账务处理程序，是指在会计核算处理过程中（　　）相互结合的方式。

A. 会计报表　　B. 会计凭证

C. 会计账簿　　D. 账户名称

3. 汇总记账凭证账务处理程序是定期根据记账凭证分类编制（　　）。

A. 汇总付款凭证　　B. 汇总收款凭证

C. 汇总日记账凭证　　D. 汇总转账凭证

4. 科目汇总表账务处理程序的优点在于（　　）。

A. 反映内容详细

B. 简化总分类账的登记

C. 能反映账户对应关系

D. 便于试算平衡

5. 各种账务处理程序的共同点有(　　)。

A. 根据原始凭证或原始汇总表编制记账凭证

B. 根据原始凭证、原始凭证汇总表和记账凭证登记各种明细分类账

C. 根据记账凭证直接登记总分类账

D. 根据总分类账和明细分类账的记录编制会计报表

三、判断题

1. 科目汇总表账务处理程序的优点在于能反映账户对应关系。(　　)

2. 记账凭证账务处理程序适用于业务简单,数量较少的小型单位。(　　)

3. 采用汇总记账凭证账务处理程序,可以减少登记总分类账的工作量,但不便于了解账户之间的对应关系。(　　)

4. 各种账簿都是直接根据记账凭证进行登记的。(　　)

5. 账务处理程序不同,现金日记账、银行存款日记账登记依据也不同。(　　)

6. 各种账务处理程序不同的主要区别在于编制会计报表的依据和方法不同。(　　)

7. 在规模较大、业务量较多的单位,应采用记账凭证账务处理程序,因为该核算程序简单明了、方法易学。(　　)

8. 记账凭证账务处理程序是其他账务处理程序的基

础。 ( )

9. 银行承兑汇票简称银行汇票，收到借记“银行存款”账户。 ( )

10. 企业按规定用盈余公积弥补以前年度亏损时，应按弥补数额，借记“盈余公积”科目，贷记“本年利润”科目。 ( )

四、不定项选择题

1. 下列关于账务处理程序说法有误的是( )。
   A. 会计账务处理程序不同，现金日记账、银行存款日记账登记的依据不同
   B. 根据原始凭证、原始凭证汇总表和记账凭证登记各种明细分类账
   C. 各种会计账务处理程序之间的主要区别在于编制会计报表的依据和方法不同
   D. 记账凭证账务处理程序只适用于业务简单，数量较少的小型企业或其他单位

2. 对记账凭证账务处理程序的理解正确的是( )。
   A. 以原始凭证和原始凭证汇总表及记账凭证登记明细账
   B. 汇总记账凭证是登记总账的依据
   C. 编制会计报表的依据是日记账、分类账和备查账
   D. 适用于规模小，业务少的单位

3. 登记总分类账的依据可以是( )。
   A. 记账凭证　　B. 汇总记账凭证
   C. 科目汇总表　　D. 会计报表

4. 下列哪一个是最基本的账务处理程序，也是其他账务处理程序的基础（　　）。
A. 记账凭证账务处理程序
B. 科目汇总表账务处理程序
C. 汇总记账凭证账务处理程序
D. 日记总账账务处理程序

5. 年末结转后，“利润分配”账户的贷方余额表示（　　）。
A. 利润实现额　　B. 利润分配额
C. 未分配利润　　D. 未弥补亏损

6. 与“本年利润”账户的贷方对应的账户是（　　）。
A. “销售费用”　　B. “营业外收入”
C. “应付职工薪酬”　　D. “应交税费”

7. 下列项目中，现行会计制度规定不属于利润分配内容的是（　　）。
A. 上缴所得税　　B. 提取公益金
C. 提取盈余公积　　D. 向股东分配股利

8. 盈余公积可用于（　　）。
A. 支付股利　　B. 转增资本
C. 弥补亏损　　D. 转为资本公积

9. 汇总记账凭证账务处理程序下，汇总收款凭证应分别按（　　）的借方科目设置，定期按照贷方科目归类汇总。
A. 应收账款　　B. 库存现金
C. 银行存款　　D. 其他货币资金

10. (　)是会计凭证、会计账簿和会计报表三者间的结合方式。

A. 账务处理程序　　B. 会计方法

C. 会计对象　　D. 会计核算

考点实战训练题答案

一、单项选择题

1. B　2. B　3. C　4. B　5. D　6. A　7. A　8. C

二、多项选择题

1. BCD　2. ABC　3. ABD　4. BD　5. ABD

三、判断题

1. ×　2. √　3. ×　4. ×　5. ×　6. ×　7. ×　8. √　9. ×　10. ×

四、不定项选择题

1. AC　2. AD　3. ABC　4. A　5. C　6. B　7. A　8. ABC　9. BC　10. A

第八章　财 产 清 查

考点归纳与真题解析

考点	具 体 识 记 内 容
财产清查的定义、意义和结果	定义：是通过对货币资金、实物资产和往来款项的盘点或核对，确定其实存数，并查明账存数与实存数是否相符的一种专门方法。
	意义：① 可保证会计核算资料真实完整；② 可保护财产物资安全完整；③ 可充分利用资金，挖掘物资的潜力；④ 可促进企业建立健全规章制度。
	结果：① 账实相符；② 盘盈(实存数大于账存数)；③ 盘亏(实存数小于账存数)。
财产物资的两种盘存制度	盘存制度主要有实地盘存制和永续盘存制两种。
	实地盘存制下平时只登记收入数，不登记发出数，期末通过实地盘点确定实存数，并以此倒轧出本期发出数。该方法简便易行，缺点是计算结果不一定可靠。计算公式是： 期初结存数＋本期收入数－期末实存数＝本期发出数

续 表

考点	具 体 识 记 内 容
财产物资的两种盘存制度	永续盘存制又称账面盘存制。该方法下收入发出都要记账,并随时要结出账面余额。优点是手续严密,账簿能起到控制收发存作用。故为大多数企业所应用。其计算公式是: 期初账面结存数+本期收入数-本期发出数=期末账面结存数(永续盘存制也需要财产清查)
财产清查种类	按照清查的对象和范围划分,可分为全面清查和局部清查;按照清查的时间分为定期和不定期清查。
	全面清查的对象是企业的全部财产、物资和往来款项,涵盖了资产、负债和所有者权益的所有项目。局部清查的主要对象是流动性较大的财产。定期清查通常在期末进行,既可全面也可局部。
财产清查的具体方法	库存现金清查应采用实地盘点法,出纳必须在场,后应编制《现金盘点报告表》,盘点人和出纳签字认可。
	对银行存款的清查应采取与银行核对账目的方法,原则上每月至少核对一次,若存在未达账项,则应编制《银行存款余额调节表》。
	实物清查的方法有按大件清点、抽查清点、技术推算盘点等,盘点时应填写《盘存单》,盘点后应根据《盘存单》和账簿记录编制《实存账存对比表》、《残存变质物资、伪劣产品情况表》。
	往来款项的清查应采取与对方核对账目的方法(即函证)。

续 表

考点	具 体 识 记 内 容
财产清查结果的处理	① 库存现金清查长款时,分两步处理：批准前借记“库存现金”,贷记“待处理财产损溢”；二是核实、报经领导批准后,借记“待处理财产损溢”,贷记“其他应付款”(属于应付未付时)或“营业外收入”(无法查明原因时)。 ② 库存现金清查短款时,分两步处理：批准前借记“待处理财产损溢”,贷记“库存现金”;二是核实、报经领导批准后,借记“其他应收款”(由责任人赔偿)或“管理费用”(原因不明),贷记“待处理财产损溢”。
	① 存货盘盈,应按计划成本或估计成本记入“待处理财产损溢”,即借记“原材料”等,贷记“待处理财产损溢”;经批准后冲减“管理费用”,即借记“待处理财产损溢”,贷记“管理费用”。 ② 对盘亏和损毁的存货,批准前按实际成本转入“待处理财产损溢”,即借记“待处理财产损溢”,贷记“原材料”等;查明原因,经批准后分情况借记“管理费用”(正常损耗和净损失)、“其他应收款”(责任人赔偿)和“营业外支出”(自然灾害,意外事故损失),贷记“待处理财产损溢”。
	固定资产盘盈应作为前期差错处理,通过“以前年度损益调整”科目核算;盘亏的固定资产先计入“待处理财产损溢”,后再转入“营业外支出”。

◈ 考点一：财产清查的定义、意义和结果

【2006 年下半年单选】进行账实核对的专门会计核算方法是(　　)。

A. 复式记账　　B. 登记账簿

C. 财产清查　　D. 会计报表

【答案】 C

【2008 年下半年单选】“盘亏”是指(　　)。

A. 账存数大于实存数

B. 实存数等于账存数

C. 账存数小于实存数

D. 以上都不是

【答案】 A

◈ 考点二：财产物资的两种盘存制度

【2004 年下半年多选】永续盘存制下，存货账簿平时登记的项目有(　　)。

A. 期初余额　　B. 本期增加额

C. 本期减少额　　D. 期末余额

E. 本期增加和减少数量

【答案】 ABCDE

【2007 年上半年单选】采用永续盘存制，平时财产物资的记录是(　　)。

A. 只登记收入

B. 既登记收入，又登记发出

C. 只登记发出

D. 以上都不是

【答案】 B

◈ 考点三：财产清查的种类

【2004 年上半年多选】既属于不定期清查，又属于全面清查的有(　　)。

A. 更换仓库保管员，对有关财产物资的清查

B. 更换会计人员，对有关财产物资的清查

C. 开展清产核资时，对本单位财产物资进行的清查

D. 单位撤销合并或改变隶属关系时所进行的财产物资清查

E. 发生意外灾害损失时，对有关财产物资进行的清查

【答案】 CD　答案 A、B 和 E 均为局部清查。

【2006 年下半年判断】企业财产的全面清查必须定期进行，局部清查则根据需要不定期进行。

【答案】 ×　全面清查也可以不定期进行。

【2008 年下半年单选】年终结算前，企业应(　　)。

A. 对所有财产进行实物盘点

B. 对重要财产进行局部清查

C. 对所有财产进行全面清查

D. 对货币性财产进行重点清查

【答案】 C

◈ 考点四：财产清查的具体方法

【2004 年上半年单选】下列属于银行存款清查方式的是（　　）。

A. 银行存款余额调节表与银行对账单核对

B. 银行存款总分类账与银行对账单核对

C. 银行存款日记账与银行对账单核对

D. 银行存款日记账与银行存款实有数核对

【答案】 C　属于账实核对的内容。

【2005 年上半年单选】对于银行已经入账而企业尚未入账的未达账项，应（　　）。

A. 在编制“银行存款余额调节表”的同时入账

B. 根据“银行对账单”记录的金额入账

C. 待有关结算凭证到达后入账

D. 查明未达账项的原因后根据批准的数额入账

【答案】 C　“银行存款余额调节表”只起对账作用，不能登记账簿。

【2006 年上半年单选】库存现金清查应采用的方法是（　　）。

A. 核对账目　　B. 核对凭证

C. 实地盘点　　D. 技术推算

【答案】 C

【2007 年下半年判断】对往来款项进行清查时，首先应将本单位的往来款项核对清楚，并确认总分类账余额与所属明细分类账余额相等。（　　）

【答案】 √

【2008年上半年单选】清查往来款项应采用的方法是(　　)。

A. 实地盘点法　　B. 发函询证法

C. 技术推算法　　D. 抽查法

【答案】 B

◈ 考点五：财产清查结果的处理

【2003年上半年单选】属于确实无法查明原因的现金溢余，经批准后应(　　)。

A. 计入营业外收入　　B. 冲减管理费用

C. 冲减财务费用　　D. 计入资本公积

【答案】 A

【2003年上半年单选】某企业月初原材料余额为100万元，其中A材料余额为20万元，B材料余额为80万元。本月购入A、B两种材料各40万元。月末库存A材料余额为40万元，B材料余额为80万元。则当月共领用原材料(　　)万元。

A. 20　　B. 40　　C. 60　　D. 80

【答案】 C　100＋40×2－(40＋80)＝60(万元)

【2004年上半年单选】存货发生盘亏和毁损，在报经批准处理后，如属于过失人的责任，应将赔偿部分转入(　　)科目。

A. 制造费用　　B. 营业外支出

C. 其他应收款　　D. 管理费用

【答案】 C　经批准后由过失人赔偿或保险赔偿应记入“其他应收款”。

【2004 年上半年判断】企业盘盈盘亏的存货，如果在期末结账前尚未经领导批准处理，在对外提供财务会计报告时应如实反映，不得提前处理。（　　）

【答案】 ×　应先行处理，并在会计报表附注中做出说明。

【2004 年下半年判断】结转因自然灾害而毁损的原材料实际成本时，应同时转出相关的增值税进项税额。（　　）

【答案】 √

【2007 年上半年多选】“待处理财产损溢”账户借方登记的内容有（　　）。

A. 待批准处理的财产盘亏、毁损

B. 经批准转销的财产盘亏、毁损

C. 经批准处理的财产盘盈

D. 待批准转销的财产盘盈

【答案】 AC

【2007 年下半年单选】企业发生的盘盈盘亏事项经批准处理后，“待处理财产损溢”账户（　　）。

A. 可能有借方余额

B. 可能有贷方余额

C. 可能有借方或贷方余额

D. 应当无余额

【答案】 D

迎考知识点再拓展

一、固定资产盘盈的会计处理介绍：

盘盈的固定资产，应作为前期差错处理，通过“以前年度损益调整”科目来核算。会计处理是借记“固定资产”，贷记“以前年度损益调整”。现举例如下：

例题：某公司 2007 年 12 月 20 日财产清查中盘盈固定资产机床一台，其重置完全价值为 40 000 元，估计折旧 15 000 元，企业所得税税率为 25％。

① 盘盈时：

借：固定资产　　25 000

　贷：以前年度损益调整　　25 000

② 借：以前年度损益调整　　6 250

　贷：递延所得税负债　　6 250

借：以前年度损益调整　　18 750

　贷：利润分配——未分配利润　　16 750

　　盈余公积——法定盈余公积　　2 500

二、“以前年度损益调整”科目简介：

该科目属于损益类账户，贷方核算企业调整增加以前年度的利润或调整减少以前年度的亏损，借方核算企业调整减少以前年度的利润或调整增加以前年度的亏损，期末余额转入“利润分配——未分配利润”科目，结转后无余额。

本章复习与应考攻略

本章考点主要是概念性题目。请同学们注意以实存与账存两个概念,实地盘点和永续盘点两种制度,定期和不定期及全面与局部两类方法,货币资金、实物资产和往来款项三个方面牢固掌握各细小知识点。除此之外,分录方面容易考查对财产清查结果的处理。尤其是库存现金,存货和固定资产的盘亏的处理是考试热点。

本章考点实战训练题

一、单项选择题

1. 某企业在固定资产清查中,发现未入账的设备一台,其重置价值为40 000元,估计折旧为12 000元,盘盈固定资产时,固定资产入账价值为(　　)。

   A. 40 000元　　B. 28 000元

   C. 12 000元　　D. 确认价

2. 对各项财产物资的增减,平时只登记收入数,不登记发出数的制度是(　　)。

   A. 永续盘存制　　B. 权责发生制

   C. 收付实现制　　D. 实地盘存制

3. 若仓库物资实有数大于账面数,说明仓库(　　)。

   A. 账实相符　　B. 盘盈

   C. 盘亏　　D. 盘点

4. 清查中财产盘亏是由于自然灾害所造成，应计入（　　）。
   A. 管理费用　　B. 其他应收款
   C. 营业外支出　　D. 生产成本
5. 库存现金在盘点后应编制（　　）。
   A. 实存账存对比表　　B. 库存现金盘点报告表
   C. 余额调节表　　D. 对账单
6. 清查库存现金是通过（　　）进行。
   A. 永续盘存　　B. 实地盘点
   C. 定期清查　　D. 局部清查
7. 实地盘存制是指企业对各项财产物资指在账簿中登记其收入数，不登记其发出数，其计算公式是（　　）。
   A. 期初结存数＋本期收入－本期发出数＝本期实存数
   B. 期末实存数＝期初结存数－本期发生数
   C. 期初结存数＋本期收入数－期末实存数＝本期发出数
   D. 本期发出数＝期末实存数－本期收入＋期初结存数
8. 定期清查一般是在（　　）。
   A. 结账时　　B. 结账前
   C. 结账后　　D. 对账中
9. 为了及时掌握各项财产物资的增减变动和结存情况，一般应采用（　　）。

A. 收付实现制　　B. 权责发生制

C. 实地盘存制　　D. 永续盘存制

10. 固定资产盘盈应作为前期差错处理,通过(　　)科目核算。

A. 营业外收入　　B. 以前年度损益调整

C. 营业外支出　　D. 管理费用

11. 存货盘盈应当冲减管理费用,也就是把盘盈金额计入管理费用的(　　)。

A. 借方　　B. 借方或贷方

C. 贷方　　D. 说不清楚

12. 待处理财产损溢属于(　　)账户,期末没有余额。

A. 损益类　　B. 负债类

C. 收益类　　D. 资产类

13. 贷方核算企业调整增加以前年度的利润或调整减少以前年度的亏损,借方核算企业调整减少以前年度的利润或调整增加以前年度的亏损的账户是(　　)。

A. 待处理财产损溢　　B. 资产减值损失

C. 以前年度损益调整　　D. 公允价值变动损益

14. 对于银行存款和银行借款,应由出纳员同银行(　　)。

A. 每月核对 1 次　　B. 每月核对 2 次

C. 每周核对 4 次　　D. 每月核对 1 次

15. 某一般纳税人企业在财产清产中,发现一批库存商品毁损,其成本为 10 000 元,成本中外购材料占毁损商品成本比重为 50%，则计入进项税额转出的金额是(　　)。

A. 1 700 元　　B. 850 元

C. 580 元　　D. 7 100 元

16. 企业在进行实物财产清查后，作为分析差异原因及明确经济责任的依据是(　　)。

A. 材料物资入库单

B. 材料物资出库单

C. 实存账存对比表

D. 往来账款清查表

17. 现金出纳员每日清点现金，属于(　　)。

A. 定期清查　　B. 全面清查

C. 不定期清查　　D. 局部清查

18. 盘存表是一张反映企业财产物资实有数的(　　)。

A. 外来原始凭证　　B. 自制原始凭证

C. 记账凭证　　D. 转账凭证

19. 某企业购入原材料价值 10 000 元，应负担的增值税进项税额 1 700 元。不料突遭大火损失殆尽，则火灾给该企业带来的损失是(　　)。

A. 8 300 元　　B. 1 700 元

C. 11 700 元　　D. 10 000 元

20. 企业委托外单位加工或保管的材料物资，应该采用(　　)进行核对，必要时应专门派人上门核对。

A. 实地盘点法　　B. 技术测算法

C. 抽查法　　D. 函证法

二、多项选择题

1. 财产清查按清查对象和范围分可以分为(　　)。

A. 全面清查　　B. 局部清查

C. 定期清查　　D. 不定期清查

2. 存货在盘亏或毁损时记入“待处理财产损溢”的金额,经批准后可能会记入(　　)科目。

A. 营业外支出　　B. 其他应收款

C. 管理费用　　D. 其他应付款

3. 全面清查一般是在(　　)时进行。

A. 年终

B. 季终

C. 月终

D. 单位结束、合并或改变隶属关系

4. 不定期清查一般在(　　)时进行。

A. 年终

B. 财产保管员变动

C. 部分财产发生霉变

D. 自然灾害造成部分财产损失

5. 下列情况属于企业与银行之间的未达账项有(　　)。

A. 银行已收、企业未收

B. 银行已付、企业未付

C. 银行已收、企业已收

D. 企业已收、银行未收

6. 下列属于永续盘存制计算公式的是(　　)。

A. 期初结存数＋本期收入数－期末实存数＋本期发生额

B. 期初结存数＋本期收入数－本期发出数＝期末结存数

C. 期末结存数＝期初结存数＋本期收入数－本期发出数

D. 期初结存数－本期实存数＝本期发出数－本期收入数

7. 固定资产盘亏在未经批准前，所做会计分录的借方是（　　）。

A. 营业外支出　　B. 累计折旧

C. 待处理财产损溢　　D. 固定资产

8. “待处理财产损溢”账户的贷方登记的内容是（　　）。

A. 尚未处理的各种财产的净损失

B. 批准处理的各种财产的净溢余

C. 尚未处理的各种财产的净溢余

D. 批准处理的各种财产的净损失

9. 关于“待处理财产损溢”科目下列说法错误的是（　　）。

A. 属于资产类账户

B. 期末余额一般在借方

C. 尚未处理的现金长款要登记在该账户的借方

D. 存货盘盈经批准后要贷记该账户

10. 关于实物清查下列说法错误的是（　　）。

A. 实物种类繁多,不同物资可以采用不同盘点方式

B. 实物清查只需盘点数量即可

C. 反映企业实存与账存差距的是《盘存单》

D. 对委托外单位加工或保管的物资可以不清查

11. 在( )情况下,企业“银行存款日记账”的余额会小于“银行对账单”的余额。

A. 企业开出现金支票,对方还未到银行支取

B. 银行代企业缴纳电话费,而企业尚未得到通知

C. 银行代收款项,企业未收到收款通知

D. 企业送存支票,银行未收款记账

12. 广发公司为增值税一般纳税人,12 月末“材料盘亏报告表”资料显示:盘亏甲材料 2 000 元。经分析原因如下:由于保管不善造成的损失 1 000 元,遭受意外事故损失 800 元,仓库管理人员的责任损失 200 元,对于意外事故造成的损失,保险公司应赔偿 800 元。批准后的会计处理借方包括如下( )。

A. 其他应收款——过失人 234

B. 待处理财产损溢 2 340

C. 管理费用 1 170

D. 营业外支出 136

13. 实地盘点法适用于( )。

A. 库存现金 B. 银行存款

C. 固定资产 D. 应收账款

14. 在下列各项中,使得企业银行存款日记账余额会小于银行对账单余额的有( )。

A. 企业开出支票,对方未到银行兑现
B. 银行误将其他公司的存款记入本企业银行存款账户
C. 银行代扣水电费,企业尚未接到通知
D. 银行收到委托收款结算方式下结算款项,企业尚未收到通知

15. 银行存款的清查应根据(　　)进行核对。
A. 银行存款余额调节表
B. 银行存款总分类账
C. 银行存款日记账
D. 银行对账单

三、判断题

1. 在采用“永续盘存制”下,不需要再对各项财产物资进行实地盘点。(　　)
2. 定期清查财产一般是在结账以后进行。(　　)
3. 盘盈的存货属于企业盘盈利得,应记入当期的营业外收入。(　　)
4. 企业盘亏的固定资产应通过“固定资产清理”账户核算。(　　)
5. 待处理财产损溢账户,借方登记盘盈数,贷方登记盘亏数。(　　)
6. 经“银行存款余额调节表”调节后的银行存款余额,就是企业可以动用的银行存款实有数,因此企业应根据“银行存款余额调节表”登记企业的银行日记账,调整企业的账面余额。(　　)

7. 企业的银行日记账与银行对账单余额不一致,均是由于未达账项所致。 ( )

8. 企业撤销或兼并时,要对企业的部分财产进行重点检查。 ( )

9. 财产管理和会计核算工作较好的单位可以不进行财产清查。 ( )

10. “实存账存对比表”是根据财产清查“盘存单”和账簿记录编制的,应该由盘点人员与实物保管人员共同签字。 ( )

11. 技术推算盘点法适用范围广,清查质量高,适用于任何资产的清查。 ( )

12. 对于未达账应编制“银行存款余额调节表”,并据以调整有关账簿记录。 ( )

13. 企业只有在年终决算时才需要进行财产物资的全面清查。 ( )

14. 财产清查准备工作中的计划制定一般由物资保管部门领导确定,盘点接受后结果的处理也无需请示领导。 ( )

15. 外来款项清查所用的对账单一般一式三联,其中一联作为回单。 ( )

四、综合题(不定项选择题)

(一) 某企业 2001 年 1 月 1 日甲材料期初库存 708 公斤,单价 25 元。本期发生下列材料的收发业务:

(1) 3 日,购入甲材料 1 100 公斤,单价 25 元。

(2) 5 日,购入甲材料 100 公斤,单价 25 元。

(3) 6 日,生产领用甲材料 1 500 公斤,单价 25 元。

(4) 8 日,购入甲材料 400 公斤,单价 25 元。

(5) 10 日,生产领用甲材料 500 公斤,单价 25 元。

(6) 18 日,购进甲材料 700 公斤,单价 25 元。

(7) 22 日,生产领用甲材料 800 公斤,单价 25 元。

(8) 30 日,实地盘点甲材料库存 1 995 公斤,单价 25 元。

根据题意选择正确答案。

1. 实地盘存制是(　　)的制度。
   A. 企业唯一的财产物资盘存制度
   B. 计算结果不一定很可靠
   C. 企业收入和发出物资都要记账
   D. 是简便易行财产物资盘存

2. 对永续盘存制的理解不正确的是(　　)。
   A. 不需要财产清产
   B. 计算结果比较可靠
   C. 企业收入和发出物资都要记账
   D. 是被多数单位采用的制度

3. 在永续盘存制下,该公司甲材料的本期发生数为(　　)。
   A. 无法计算　　B. 70 000 元
   C. 80 000 元　　D. 90 000 元

4. 在永续盘存制下,该公司甲材料的期末数为(　　)。
   A. 是实有数量,为 50 125 元
   B. 是实有数量,为 12 055 元

C. 是账面数量，为 50 125 元

D. 是账面数量，为 12 055 元

5. 企业甲材料期末账实差异数是(　　)。

A. 盘亏 10 公斤

B. 盘盈 10 公斤

C. 盘盈金额为 250 元

D. 盘亏金额为 250 元

6. 实地盘存制的计算公式是(　　)。

A. 期初结存数＋本期收入－本期发出数＝本期实存数

B. 期末实存数＝期初结存数－本期发生数

C. 期初结存数＋本期收入数－期末实存数＝本期发出数

D. 本期发出数＝期末实存数－本期收入＋期初结存数

7. 根据实地盘存制，计算甲材料的本期发出数是(　　)。

A. 70 250 元　　B. 70 000 元

C. 无法计算　　D. 80 250 元

8. 根据上题，可以发现实地盘存制的最大缺陷是(　　)。

A. 不需要财产清查

B. 把一些非正常的减少数也算为本期发出数

C. 不利于对存货进行科学的管理

D. 需要财产清查

(二) 某厂2007年末进行财产清查,发现下列情况:(1) 甲材料账面结存1 000千克,每千克成本为5元,实际结存1 050千克,经查属于收发计量不准确造成,经批准予以处理。(2) 乙材料账面结存2 020千克,每千克成本为10元,实际结存2 000千克,经查属于保管员刘某的责任事故,经批准后由刘某赔偿。增值税额按照材料成本的17%计算。(3) 存放丙材料的仓库发生意外火灾,价值1 000元的丙材料全部烧毁。(4) 盘亏铣床一台,其原始价值为50 000元,已提折旧30 000元,已提减值准备10 000元,经批准作损失处理。(5) 盘盈办公电脑一台,其重置成本为15 000元,估计其价值已损耗6 000元。

1. 财产物资的盘存制度有( )。

A. 永续盘存制

B. 权责发生制

C. 收付实现制

D. 实地盘存制

2. "盘盈办公电脑一台",应贷记( )账户。

A. 长期应付款

B. 长期待摊费用

C. 待处理财产损溢

D. 以前年度损益调整

3. 下列会计分录中,属于本题所述盘盈盘亏事项报经批准前正确处理的有( )。

A. 借:原材料——甲材料 250

贷:待处理财产损溢 250

B. 借：待处理财产损溢 1 404

贷：原材料——乙材料 200

——丙材料 1 000

应交税费——应交增值税(进项税额转出)

204

C. 借：待处理财产损溢 10 000

累计折旧 30 000

固定资产减值准备 10 000

贷：固定资产 50 000

D. 借：固定资产 9 000

贷：待处理财产损溢 9 000

4. 下列会计分录中,属于本题所述盘盈盘亏事项报经批准后正确处理的有( )。

A. 借：待处理财产损溢 250

贷：管理费用 250

B. 借：待处理财产损溢 9 000

贷：营业外收入 9 000

C. 借：资产减值损失 3 500

贷：待处理财产损溢 3 500

D. 借：营业外支出 1 170

贷：待处理财产损溢 1 170

5. 针对本题,下列说法正确的是( )。

A. 增加营业利润 250 元

B. 利润总额不受影响

C. 营业外收支净额为 2 170 元

D. 营业外支出是 11 170 元

五、计算分析与业务处理题

1. 某企业(小规模纳税人)在财产清查中发现以下问题:

(1) 业务部门盘缺电子计算机一台,原值 19 000 元,已提折旧 9 500 元;

(2) 服装组实地盘点库存商品,发现女装账面余额为 128 箱,实际存量为 126 箱,每箱进价为 400 元;

(3) 家电组实地盘点库存商品,发现 25 寸电视机存量 28 台,账面余额为 27 台,进价 2 100 元;

(4) 出纳处库存现金经盘点短缺 36.8 元;

(5) 核对部门往来账目,查明 A 公司已撤销,所欠货款 540 元无法收回,经报批准作为坏账处理;

(6) 上述盘点溢缺原因已经查明,报请批准,处理意见如下:

第一,盘亏电子计算机系搬迁中遗失,列作营业外支出;

第二,服装短缺 2 箱系保管人员丢失,由过失人赔偿;

第三,25 寸电视机盘盈一台,系供货单多发,已交供货单位收回;

第四,库存现金短缺 36.8 元,应由过失人赔。

根据上述情况,编制有关会计分录。

2. 某企业 2008 年 7 月 31 日银行存款日记账的账面余额

为 691 600 元，银行对账单上企业存款余额为 681 600 元，经逐笔核对，发现有以下未达账项：

(1) 7 月 26 日，企业开出转账支票 3 000 元，持票人尚未到银行办理转账，银行尚未转账；

(2) 7 月 28 日，企业委托银行代收款项 4 000 元，银行已收款入账，但企业未接到银行收款通知，未登记入账；

(3) 7 月 29 日，企业送存购货单位签发的转账支票 15 000 元，企业已登账，银行尚未登记；

(4) 7 月 30 日，银行代企业支付水电费 2 000 元，企业未接到银行通知，未入账。

根据以上有关内容，编制银行存款余额调节表，并分析调节后是否需要编制有关会计分录。

考点实战训练题答案

一、单项选择题

1. B　2. D　3. B　4. C　5. B　6. B　7. C　8. A　9. D　10. B　11. C　12. D　13. C　14. A　15. B　16. C　17. D　18. B　19. C　20. D

二、多项选择题

1. AB　2. ABC　3. AD　4. BCD　5. ABD　6. BC　7. BC　8. CD　9. BCD　10. BCD　11. AC　12. ACD　13. AC　14. ABD　15. CD

三、判断题

1. ×　2. ×　3. ×　4. ×　5. ×　6. ×　7. ×　8. ×

9. × 10. × 11. × 12. × 13. × 14. × 15. ×

四、综合题(不定项选择题)

(一) 1. BD 2. A 3. B 4. C 5. AD 6. C 7. A 8. BC

(二) 1. AD 2. D 3. ABC 4. AD 5. AD

五、计算分析与业务处理题

1. 批准前：

(1) 借：待处理财产损溢 9 500
　　累计折旧 9 500
　　贷：固定资产 19 000

(2) 借：待处理财产损溢 800
　　贷：库存商品 800

(3) 借：库存商品 2 100
　　贷：待处理财产损溢 2 100

(4) 借：待处理财产损溢 36.8
　　贷：库存现金 36.8

经批准后：

(1) 借：坏账准备 540
　　贷：应收账款 540

(2) 借：营业外支出 9 500
　　贷：待处理财产损溢 9 500

(3) 借：其他应收款 800
　　贷：待处理财产损溢 800

(4) 借：待处理财产损溢 2 100
　　贷：库存商品 2 100

(5) 借：其他应收款 36.8
　　贷：待处理财产损溢 36.8

2.

银行存款余额调节表

2008 - 7 - 31　　　　单位：元

项　　目	金　额
银行对账单余额：	681 600
加：企业已收，银行未收	15 000
减：企业已付，银行未付	3 000
调节后的余额	693 600
企业银行存款日记账余额	691 600
加：银行已收，公司未收	4 000
减：银行已付，公司未付	2 000
调节后的余额	693 600

编制银行存款余额调节表只起对账的作用，而不能将银行存款余额调节表作为调整账面记录的依据。银行存款日记账的登记，还应等收到有关原始凭证时再进行。

第九章　财务会计报告

考点归纳与真题解析

考点	具体识记内容
财务会计报告的概念、目标、构成和编制要求	概念：是企业对外提供的反映某一特定日期的财务状况和某一会计期间的经营成果和现金流量等会计信息的文件。
	目标：提供会计信息；反映受托责任履行情况；帮助使用者做出经济决策。
	构成：包括会计报表、会计报表附注和其他相关信息资料。其中，会计报表是最主要的组成部分。
	分类：一般分为中期财务会计报告（即月度、季度和半年度）和年度财务会计报告。
	编制要求：真实可靠、相关可比、全面完整、编报及时和便于理解。
会计报表的定义、作用、构成和种类	定义：是以一定的会计方法和程序，由会计账簿数据整理得出，用表格形式反映企业财务状况、经营成果和现金流量的书面文件。

续　表

考点	具体识记内容
会计报表的定义、作用、构成和种类	会计报表是财务会计报告的主体和核心。编制会计报表是会计日常核算工作的最后一个环节，其编制依据就是会计账簿，具体指总账和明细账。
	构成：包括资产负债表、利润表、现金流量表、所有者权益(股东权益)变动表及相关附表。小企业编制的会计报表可以不包括现金流量表。
	种类： ① 按所反映的经济内容分为静态报表(如资产负债表)和动态报表(如利润表、现金流量表)。 ② 按服务的对象分为内部报表和外部报表。 ③ 按编制时间分为月报、季报、半年报和年报，其中月报、季报、半年报合称为“中期报告”。 ④ 按编制基础分为单位会计报表、汇总会计报表(由上级部门汇总)和合并会计报表(涉及母、子公司)。
资产负债表的概念、作用和编制方法	资产负债表属于静态报表，又称会企 01 表或财务状况表，是反映企业某一特定日期的财务状况的报表；其理论依据是会计基本等式。
	该表能够反映企业资产的构成及其状况，负债总额及其结构、所有者权益的情况，可全面了解财务状况，分析其偿债能力。
	格式分为账户式和报告式，我国要求采用账户式。账户式资产负债表中的资产项目按流动性大小排列，负债和所有者权益项目按求偿权先后顺序排列。

续 表

考点	具体识记内容
资产负债表的概念、作用和编制方法	编制资产负债表用的是各账户的期末余额。填列方法有三种：① 根据总账余额直接填列；② 根据总账余额计算填列；③ 根据明细账余额分析填列。
利润表定义和编制方法	利润是企业在一定会计期间的经营成果，包括收入减去费用后的净额、直接计入当期利润的利得和损失等。利润的来源既包括日常经营活动取得的业绩，也包括非日常活动获得的业绩。
	利润表属于动态报表，又称会企 02 表，是反映企业一定期间经营成果的会计报表，其理论依据是"收入－费用＝利润"。
	利润表能够反映企业收入、费用和净利润（亏损）的实现及构成情况，对比以后可以分析企业的获利能力及利润增长趋势等。
	从格式上一般分为多步式和单步式，我国法定要求用多步式利润表。该表分为三个层次，第一层次计算营业利润；第二层次计算利润总额；第三层次计算净利润。
	编制利润表用的是费用、收入类账户的当期发生额。
现金流量表的定义和特点	属于动态报表，又称为会企 03 表，是以现金为基础编制的反映企业在一定会计期间有关现金和现金等价物的流入和流出情况的会计报表。

续 表

考点	具体识记内容
现金流量表的定义和特点	格式由正表和附注组成。
	现金流量指企业和现金等价物的流入与流出量，包括经营活动、投资活动和筹资活动的现金流量。
	现金流量净额＝现金流入－现金流出

◇ 考点一：企业财务会计报告的构成和种类

【04年上半年判断】中期会计报表仅指企业编制的半年度会计报表。（　）

【答案】 × 中期会计报表包括月度、季度和半年度会计报表。

【05年上半年多选】可以作为编制会计报表直接依据的有（　）。

A. 原始凭证　　B. 记账凭证

C. 明细分类账　　D. 总分类账

【答案】 CD AB为登记账簿的依据。

【06年上半年判断】按编制单位划分，会计报表可以分为单位会计报表和合并会计报表。（　）

【答案】 × 按编制基础分为单位会计报表、汇总和合并会计报表。

【08年上半年多选】下列表述中正确的有（　）。

A. 资产负债表是动态报表

B. 利润表是动态报表

C. 现金流量表是动态报表

D. 会计报表附注是对会计报表项目的补充说明

【答案】 BCD　资产负债表是静态报表。

【08年下半年多选】财务会计报告的内容包括(　　)。

A. 会计报表

B. 会计报表附注

C. 试算平衡表

D. 应在财务会计报告中披露的相关信息和资料

【答案】 ABD

◈ 考点二：资产负债表的定义和编制方法

【03年上半年单选】资产负债表中的资产项目从上到下的排序方法是(　　)。

A. 按资产使用的时间长短和周转快慢排列

B. 按资产的永久性和使用时间长短排列

C. 按资产的流动性和变现的快慢排列

D. 按资产获得经济效益大小和耐用性排列

【答案】 C　资产项目按流动性大小排列。

【03年上半年多选】下列资产负债表项目，需要根据明细账余额分析填列的是(　　)。

A. 应付账款　　B. 应收票据

C. 预付账款　　D. 应付工资

E. 短期借款

【答案】 AC　BDE 根据总账余额直接填列。

【04 年下半年判断】资产负债表反映了企业拥有或控制的经济资源、所承担的债务和所有者对净资产的要求权的动态变化情况。（　　）

【答案】 ×　静态的财务状况。

【05 年上半年单选】下列资产中，流动性最差的资产一般是（　　）。

A. 存货　　B. 货币资金

C. 固定资产　　D. 应收账款

【答案】 C

【06 年上半年单选】"预付账款"科目所属有关明细账户的期末贷方余额，应填列在资产负债表的（　　）项目。

A. 预付账款　　B. 应付账款

C. 预收账款　　D. 应收账款

【答案】 B　按题意预付账款的贷方余额属于负债性质。

【07 年下半年单选】资产负债表中，资产项目按照（　　）排列。

A. 相关性大小　　B. 重要性大小

C. 可比性高低　　D. 流动性高低

【答案】 D

【08 年下半年多选】资产负债表"期末数"的填列方法有（　　）。

A. 根据总账余额直接填列

B. 根据总账余额计算填列

C. 根据明细账余额直接填列

D. 根据明细账余额计算填列

【答案】 ABD

◇ 考点三：利润表的定义和编制方法

【03 年下半年判断】利润表是反映企业一定期间经营成果的会计报表。（　）

【答案】 √

【04 年下半年单选】下列会计事项中，构成并影响当期营业利润的是（　）。

A. 购置固定资产价值 10 万元

B. 报废设备一台，发生清理费用 2.5 万元

C. 厂部使用的固定资产计提折旧 5 万元

D. 对希望工程捐款支出 2 万元

【答案】 C 答案"A 和 B"不构成损益，D 是营业外支出，影响利润总额并不影响营业利润。

【06 年上半年判断】营业利润是企业生产经营全过程的最终财务成果。（　）

【答案】 × 利润或亏损才是企业的最终财务成果。

【07 年下半年单选】利润表无法直接反映的利润项目是（　）。

A. 主营业务利润　　B. 营业利润

C. 利润总额　　D. 净利润

【答案】 A　答案 A 不是利润表中的项目。

◈ 考点四：现金流量表的定义和特点

【2003 年下半年多选】下列属于现金流量表大类项目的有（　　）。

A. 经营活动　　B. 投资活动
C. 筹资活动　　D. 购销活动
E. 理财活动

【答案】 ABC

【08 年上半年判断】现金流量是指企业现金和现金等价物的流入量和流出量。（　　）

【答案】 √

【08 年下半年判断】现金流量表中的“现金”仅指库存现金。（　　）

【答案】 ×　指现金和现金等价物。

迎考知识点再拓展

1. 现金流量表知识补充：

(1) 相关概念：

现金流量表是以现金为基础编制的反映企业在一定会计期间有关现金和现金等价物的流入和流出情况的会计报表。

编制现金流量表的主要目的，是为财务报表使用者提供企业一定会计期间内现金和现金等价物的能力，并据以预测企业未来现金流量。

现金流量表中的“现金”是指企业库存现金以及可以随时用于支付的存款；“现金等价物”是指企业持有的期限短(从购买日起 3 个月内)、流动性强、易于转换为已知金额现金、价值变动风险很小的投资。

(2) 现金流量表中个别主要项目编制：

① “销售商品、提供劳务收到的现金”项目，反映企业本期销售商品、提供劳务收到的现金以及前期销售商品、提供劳务本期收到的现金(包括销售收入和应向购买者收取的增值税销项税额)和本期预收的款项，减去本期销售本期退回的商品和前期销售本期退回的商品支付的现金。另外企业销售材料和代购代销业务收到的现金，也在本项目反映。

② “收到其他与经营活动有关的现金”项目，反映企业收到的罚款收入、经营租赁收到的租金等其他与经营活动有关的现金流入。

③ “购买商品、接受劳务支付的现金”项目，反映企业本期购买商品、接受劳务实际支付的现金(包括增值税进项税额)，以及本期支付前期购买商品、接受劳务的未付款项和本期预付款项，减去本期发生的购货退回收到的现金。

【07 年下半年多选】某企业 2006 年度销售商品取得主营业务收入 1 300 000 元，增值税销项税额为 221 000 元；采购商品及增值税进项税额共计 845 000 元；本年度应收账款增加 250 000 元，应付票据增加 160 000 元。假

定不考虑其他因素,所有款项的收入均通过银行存款,该企业编制的现金流量表有关项目正确的有( )。

A. “销售商品、提供劳务收到的现金”为1 271 000元

B. “销售商品、提供劳务收到的现金”为1 111 000元

C. “购买商品、接受劳务支付的现金”为1 005 000元

D. “购买商品、接受劳务支付的现金”为 685 000 元

【答案】 AD 注意:现金流量表的有关项目的计算应该建立在收付实现制基础上,故对题目中的应收和应付应当格外小心。“销售商品提供劳务收到的现金”=1 300 000+221 000−250 000=127 100 元,“购买商品提供劳务收到的现金”=845 000−160 000=685 000 元。

2. 所有者权益(股东权益)变动表:

所有者权益(股东权益)变动表也是企业会计报表的重要组成部分。该表又称会企 04 表,它是反映构成所有者权益的各组成部分当期的增减变动情况的报表。

3. 利润分配表:

利润分配表不是会计报表的主表之一,而仅是企业利润表的附表。该表是反映企业净利润和利润分配的会计报表,利润分配表中的“未分配利润”项目应该和“资产负债表”中的“未分配利润”项目金额相吻合。

本章复习与应考攻略

本章是本书的难点,也是重点之一,尤其是资产负债表和利润表的编制,是近年考试的热点。请考生在学习

时着重注意区别3种报表的不同,掌握各自的内容,尤其注意总结规律、牢记公式,掌握常用项目的填列方法。

本章考点实战训练题

一、单项选择题

1. 资产负债表的(　　)项目应根据“预付账款”和“应付账款”科目所属明细账的期末借方余额合计填列。

   A. 预付账款　　B. 应付账款

   C. 预收账款　　D. 应收账款

2. 反映企业一定期间经营成果和结果的会计报表是(　　)。

   A. 资产负债表　　B. 利润表

   C. 现金流量表　　D. 利润分配表

3. 下列各项不在资产负债表中反映的是(　　)。

   A. 未分配利润　　B. 实收资本

   C. 所得税费用　　D. 盈余公积

4. 某企业期末“银行存款”余额250 000元,“现金”余额2 500元,“其他货币资金”余额52 500元,期末资产负债表“货币资金”项目应为(　　)元。

   A. 252 500　　B. 55 000

   C. 75 000　　D. 305 000

5. 某公司期末“其他应收款”余额50 000元,“应付账款”贷方余额160 000元,其中:应付W公司贷方165 000元,应付N公司借方5 000元,预付乙公司借方 55 000 元。期末资产负债表“应付账款”项目应为(　　)元。

A. 17 000　　B. 165 000

C. 150 000　　D. 110 000

6. 下列会计报表中属于静态报表的是(　　)。

A. 资产负债表　　B. 利润表

C. 利润分配表　　D. 现金流量表

7. 利润表中的项目应根据损益类各账户的(　　)填列。

A. 期初余额　　B. 发生额

C. 期末余额　　D. 期初余额加发生额

8. 现金流量表的编制基础是(　　)。

A. 库存现金　　B. 银行存款

C. 现金及现金等价物　　D. 狭义的现金

9. “应收账款”科目所属明细科目如有贷方余额，应反映在资产负债表中的(　　)项目。

A. 预付账款　　B. 预收账款

C. 应收账款　　D. 应付账款

10. 依据我国相关规定，利润表应当采用的格式是(　　)。

A. 账户式　　B. 混合式

C. 单步式　　D. 多步式

11. 如果某厂 2007 年实现营业收入 160 万元，发生营业成本为 100 万元，管理费用和销售费用各 15 万元，财务费用及资产减值损失各 5 万元，营业外收入 8 万元,则该公司的营业利润为(　　)万元。

A. 20　　B. 28

C. 108　　D. 92

12. 下列项目中属于经营活动产生的现金流量的是(　　)。

A. 购买固定资产的价款

B. 支付的职工工资

C. 分配现金股利

D. 从银行取得的借款

13. 会计报表中没有规定统一格式的报表是(　　)。

A. 合并报表　　B. 动态报表

C. 内部报表　　D. 静态报表

14. 下列资产负债表项目中,应根据相应总账期末余额直接填列的是(　　)。

A. 待摊费用　　B. 货币资金

C. 预付账款　　D. 应收票据

15. 下列货币收支业务中,属于筹资活动产生的现金流出业务的是(　　)。

A. 购买生产用材料支出

B. 归还短期借款本金

C. 支付在建工程人员工资

D. 支付企业广告费

16. 某企业期末原材料账户余额 120 000 元,在途物资账户余额 50 000 元,库存商品账户余额 15 000 元,存货跌价准备账户贷方余额 50 000 元,生产成本账户余额 80 000 元，则期末编制资产负债表时“存货”项目应为(　　)元。

A. 315 000　　B. 215 000

C. 265 000　　D. 135 000

17. 如果“预提费用”账户出现了借方余额，则资产负债表中的“待摊费用”项目的填列是(　　)。

A. 根据“待摊费用”账户的借方余额与“预提费用”账户的借方余额之和填列

B. “待摊费用”账户的借方余额减“预提费用”账户的借方余额填列

C. “待摊费用”账户的借方余额

D. 不考虑“预提费用”账户的余额的方向必须加上“预提费用”账户的余额填列

18. 资产负债表和利润表项目的数据直接来源于(　　)。

A. 原始凭证　　B. 记账凭证

C. 日记账　　D. 分类账

19. 企业利润表是通过分步计算确认当期实现的净利润的，依次是(　　)。

A. 营业利润、利润总额、销售毛利

B. 销售毛利、利润总额、净利润

C. 营业利润、利润总额、净利润

D. 净利润、利润总额、营业外收支净额

20. 某企业当月，固定资产原值 200 万元，累计折旧为 60 万元，固定资产减值准备 40 万元，则资产负债表中的“固定资产”项目是(　　)。

A. 100　　B. 140

C. 160　　D. 200

21. 资产负债表中的“未分配利润”项目,应根据(　　)填列。

A. “利润分配”科目余额

B. “本年利润”科目余额

C. “盈余公积”科目余额

D. “本年利润”和“利润分配”科目的余额计算后

22. “预付账款”科目明细账中若有贷方余额,应将其计入资产负债表中的(　　)项目。

A. 应收账款　　B. 预收账款

C. 应付账款　　D. 其他应付款

23. 资产负债表中的流动资产合计数与流动负债合计数(　　)。

A. 必然相等

B. 必然不等

C. 应该相等,但不一定相等

D. 不一定相等

24. 企业 2008 年 11 月末部分账户的期末余额如下:“应付账款”明细账贷方余额 60 万元,“预付账款”总账账户贷方余额 8 万元,其中“预付账款”明细账借方余额为 2 万元,贷方余额为 10 万元。则月末编制的资产负债表中的“应付账款”项目填列(　　)万元。

A. 58　　B. 60　　C. 68　　D. 70

25. 半年度财务会计报告应在年度中期结束后(　　)内对外提供。

A. 15 天　　B. 30 天

C. 60 天　　D. 90 天

26. 资产负债表中的所有者权益项目按照(　　)先后顺序排列。

A. 流动性大小　　B. 变现能力

C. 求偿权　　D. 金额大小

27. 导致企业资本及规模和构成发生变化的活动是(　　)。

A. 筹资活动　　B. 投资活动

C. 经营活动　　D. 业务活动

28. 下列项目需要根据明细账户期末余额分析计算填列的是(　　)。

A. 无形资产　　B. 交易性金融资产

C. 应付债券　　D. 预收账款

29. 企业的财务会计报告要真实地反映交易或事项的实际情况,不能人为扭曲这是(　　)的要求。

A. 全面完整　　B. 相关可比

C. 真实可靠　　D. 便于理解

30. 计算营业利润时可以不用考虑的因素是(　　)。

A. 企业及其出租取得的收入

B. 企业转让无形资产取得的收入

C. 原材料盘盈

D. 银行贷款利息支出

二、多项选择题

1. 下列资产负债表项目，需要根据明细账余额分析填列的是（　　）。

A. 应付账款　　B. 应收票据

C. 预付账款　　D. 应付职工薪酬

2. 下列各项，属于现金流量表中现金及现金等价物的有（　　）。

A. 库存现金

B. 随时用于支付的银行存款

C. 其他货币资金

D. 3 个月内到期的债券投资

3. 资产负债表“期末数”的资料来源有以下几个方面（　　）。

A. 根据明细账余额直接填列

B. 根据总账余额直接填列

C. 根据总账余额计算填列

D. 根据明细账余额分析填列

4. 下列各项中，在填列资产负债表时不需要根据总账余额计算填列的有（　　）。

A. 其他应收款　　B. 预收账款

C. 存货　　D. 待摊费用

5. 以下属于企业对外提供的会计报表的是（　　）。

A. 资产负债表　　B. 利润表

C. 账存实存对比表　　D. 现金流量表

6. 现金流量表将现金流量分为（　　）。

A. 经营活动产生的现金流量

B. 财务活动产生的现金流量

C. 投资活动产生的现金流量

D. 筹资活动产生的现金流量

7. 下列会计报表中,(　　)一般属于月度报表。

A. 资产负债表　　B. 利润表

C. 利润分配表　　D. 现金流量表

8. 资产负债表提供的信息资料有(　　)。

A. 资产、负债的结存情况

B. 利润总额的构成

C. 所有者权益期末情况

D. 企业利润分配情况

9. 财务会计报告主要包括(　　)。

A. 会计报表　　B. 会计报表附注

C. 其他相关信息资料　　D. 记账凭证

10. 财务会计报告的编制要求有(　　)。

A. 全面完整　　B. 编报及时

C. 真实可靠和相关可比　　D. 便于理解

11. (　　)属于资产负债表的项目。

A. 累计折旧　　B. 未分配利润

C. 应付账款　　D. 所得税

12. 下列税费,可能在“主营业务税金及附加”中列支的有(　　)。

A. 营业税　　B. 增值税

C. 消费税　　D. 所得税

13. 会计报表的使用者一般包括(　　)。
    A. 企业管理人员　　B. 政府有关部门
    C. 债务人　　D. 社会公众
14. 下列关于利润分配表,说法正确的是(　　)。
    A. 它是会计报表中的主表
    B. 它是利润表的附表
    C. 通过它可以了解企业的利润分配水平
    D. 企业利润为负数时可以不编报该表
15. 会计报表的表头要素包括(　　)。
    A. 编制单位名称　　B. 会计报表名称
    C. 货币计量单位　　D. 填制日期

三、判断题

1. 利润表是反映企业在一定期间的经营成果及其分配情况的报表。(　　)
2. 利润表编制的理论依据是"资产＝负债＋所有者权益"。(　　)
3. 现金流量表是反映企业一定会计期间内有关现金的流入和流出情况的报表。(　　)
4. 资产负债表是静态会计报表。(　　)
5. 企业可以通过利润表提供的不同时期的比较数字,来分析获利能力和利润发展变化的趋势。(　　)
6. 会计报表从不同的侧面反映了企业的财务状况、经营成果和理财过程。(　　)
7. 按照编制基础会计报表可为月报、季报、半年报和年报。(　　)

8. 资产负债表中的“货币资金”项目应根据银行存款日记账填列。（　）
9. 资产负债表一般采用账户式。（　）
10. 编制会计报表的主要目的就是为会计报表使用者决策提供信息。（　）
11. 增值税与净利润的计算无关,但它属于经营活动的现金流量。（　）
12. 资产负债表中确认的资产都是企业拥有的。（　）
13. 企业的净利润又成为税后利润,此处的税是指增值税。（　）
14. 对一个企业而言,收入与费用一般都遵循配比原则,营业外收入和营业外支出也不例外。（　）
15. 固定资产账户的期末余额反映的是其期末可收回金额,而资产负债表中固定资产项目反映的是企业所持有固定资产的期末原值。（　）
16. 存货发出计价方法的选择直接影响“资产负债表”中资产总额的多少,而与“利润表”中净利润的大小无关。（　）
17. 内部报表一般不需要规定统一的格式,但外部报表通常有统一的格式和规定的指标体系。（　）
18. 会计报表中有重要的会计信息,是企业的商业秘密,因此报表不能对外。（　）
19. 利润表中的项目主要是根据损益类账户的余额分析计算填列。（　）
20. 虽然资产负债表中的项目,有些是根据账簿记录直

接填列，有些是根据账簿记录计算填列，但它们共同之处都是来源于账簿的期末余额。 （ ）

21. 企业购买固定资产实际支付的款项在填报现金流量表时，应该计入“购买商品、接受劳务支付的现金”项目。 （ ）
22. 资产负债表中“无形资产”项目反映各项无形资产的原价。 （ ）
23. 反映构成所有者权益的各组成部分当期的增减变动情况的报表是资产负债表。 （ ）
24. “现金等价物”是指企业持有的期限短（从购买日起3个月内）、流动性强、易于转换为已知金额现金、价值变动风险很小的投资。 （ ）
25. 有关投资项目发生的税金支出，不应在投资活动产生的现金流量中反映。 （ ）

四、综合题(不定项选择题)

（一）东风厂2008年3月31日科目余额表如下：

账户名称	借方余额	贷方余额
库存现金	8 000	
银行存款	57 000	
应收票据	60 000	
应收账款	80 000	
——甲公司	100 000	

续 表

账户名称	借方余额	贷方余额
——乙公司		20 000
预付账款		30 000
——C 公司	20 000	
——D 公司		50 000
坏账准备		5 000
——应收账款		5 000
原材料	70 000	
存货跌价准备		2 000
生产成本	100 000	
库存商品	45 000	
待摊费用	1 000	
固定资产	800 000	
累计折旧		300 000
在建工程	40 000	
无形资产	150 000	

续 表

账 户 名 称	借 方 余 额	贷 方 余 额
无形资产减值准备		20 000
短期借款		10 000
应付账款		70 000
——A 公司		100 000
——B 公司	30 000	
预收账款		10 000
——丙公司		40 000
——丁公司	30 000	
应付职工薪酬		40 000
应交税费		13 000
预提费用	1 000	
实收资本		580 000
利润分配		
——未分配利润		200 000

请根据上述资料回答以下各题：

1. 下列对资产负债表的理解正确的是(　　)。
   A. 它是会计报表中的主表之一
   B. 其理论依据是“资产＝负债＋所有者权益”
   C. 又称财务状况表
   D. 它能反映企业一定会计期间的财务状况
2. 编制资产负债表的基础是资产、负债及所有者权益类账户的(　　)。
   A. 期初余额　　B. 本期借方发生额
   C. 本期贷方发生额　　D. 期末余额
3. 下列(　　)项目可根据账户的期末余额直接填列。
   A. 存货　　B. 短期借款
   C. 预提费用　　D. 无形资产
4. 经计算，“应收账款”项目的期末余额为(　　)。
   A. 125 000　　B. 130 000
   C. 120 000　　D. 115 000
5. 经计算，“存货”项目的期末余额是(　　)。
   A. 57 000　　B. 213 000
   C. 65 000　　D. 123 000
6. 经计算，“应付账款”和“预付账款”项目的期末余额分别是(　　)。
   A. 120 000 和 80 000　　B. 130 000 和 70 000
   C. 150 000 和 50 000　　D. 120 000 和 50 000
7. “无形资产减值准备”账户属于资产类账户，其余额一般应当在(　　)。
   A. 借方　　B. 贷方

C. 借方或贷方　　　　D. 无法确定

8. 根据资产负债表,可以获知(　　)。

A. 企业资产的构成及其状况

B. 企业偿债能力、获利能力及利润的未来发展趋势

C. 企业的所有者权益的情况

D. 企业负债总额及其结构

（二）腾飞公司 2008 年 12 月份有关损益类科目的发生额如下：

主营业务收入	800 000 元	营业税金及附加	3 000 元
其他业务收入	50 000 元	管理费用	18 000 元
投资收益	5 000 元	财务费用	5 000 元
营业外收入	15 000 元	销售费用	12 000 元
主营业务成本	550 000 元	资产减值损失	5 000 元
其他业务成本	35 000 元	营业外支出	20 000 元

若该公司执行的企业所得税税率为 25%。请根据上述资料回答以下各题：

1. 腾飞公司 2008 年 12 月的收入总额为(　　)元。

A. 865 000　　　　B. 850 000

C. 815 000　　　　D. 851 000

2. 腾飞公司 2008 年 12 月的营业利润和利润总额分别为(　　)元。

A. 158 500 和 222 000　　B. 172 500 和 227 000

C. 227 000 和 222 000　　D. 222 000 和 152 500

3. 腾飞公司 2008 年 12 月的所得税费用为(　　)元。

A. 55 500　　B. 45 500

C. 65 500　　D. 75 500

4. 腾飞公司 2008 年 12 月的净利润为(　　)元。

A. 156 600　　B. 155 600

C. 114 375　　D. 166 500

5. 腾飞公司 12 月份的期间费用总额为(　　)元。

A. 40 000　　B. 20 000

C. 25 000　　D. 35 000

五、计算分析与业务处理题

1. 航华公司为增值税一般纳税企业，适用增值税率 17%，适用企业所得税率为 25%；商品销售价格中均不含增值税额，按每笔销售业务分别结转销售成本。2006 年 12 月，发生的经济业务及相关资料如下：

(1) 向 A 公司销售商品一批，该批商品的合同价(不含税)600 000 元，实际成本 350 000 元，合同约定给予 A 公司 10%的商品折扣，同时给予 A 公司 2/10—1/20—N/30 的现金折扣，于商品发出后第 21 天，银行已收到 A 公司支付的全部款项。

(2) 向 B 公司销售商品 1 000 件，该批商品的销售价为 400 元/件，实际成本为 250 元/件，已将商品办理了铁路运输并以银行存款代 B 公司垫付了运输费 1 000 元，增值税发票已开出。全部款项收到 B 公司银行汇票一张，已解入银行。

(3) 向 C 公司销售商品一批，该批商品的销售价格为 500 000 元，实际成本为 300 000 元，合同约定：发货前预收 C 公司含税款项的 30%，发货后余款以 3 个月期限的银行承兑汇票结算。购销双方均按约履行了合同。

(4) 计算并结转 12 月份所得税费用(不考虑纳税调整因素)。

(5) 除以上经济业务外，航华公司 12 月份其他有关损益类账户的发生额如下：

账户名称	借方发生额	贷方发生额
其他业务收入		50 000
其他业务成本	20 000	
营业税金及附加	15 000	
管理费用	60 000	
财务费用	22 000	
资产减值损失	5 000	
营业外收入		70 000
公允价值变动损益		50 000

续　表

账户名称	借方发生额	贷方发生额
投资收益		15 000
销售费用	40 000	
营业外支出	18 000	

要求：

(1) 请编制上述(1)至(4)项经济业务相关的会计分录(有明细科目的要求写出明细科目)。

(2) 列式计算“营业收入”、“营业成本”、“营业利润”、“利润总额”和“净利润”。

(3) 编制航华公司12月份的利润表。

利　润　表

编制单位：　　2006年12月　　单位：元

项　　目	本月数	本年累计数
一、营业收入		
减：营业成本		略
营业税费		
销售费用		
管理费用		

续　表

项　　目	本月数	本年累计数
财务费用		
资产减值损失		
加：公允价值变动净收益		
投资净收益		
二、营业利润		
加：营业外收入		
减：营业外支出		
三、利润总额		
减：所得税费用		
四、净利润		

2. 甲公司2008年有关资料如下：

(1) 本期商品销售收入80 000元，增值税销项税额13 600元；应收账款期初余额10 000元，期末余额34 000元；本期预收的货款4 000元。

(2) 本期用银行存款支付购买原材料货款40 000元，进项税额为6 800元；用银行存款支付工程用物资货款10 000元，进项税额为1 700元；本期购买原材料预付货款 15 000 元。

(3) 本期从银行提取现金 33 000 元,用于发放工资。

(4) 本期实际支付工资 30 000 元,各种税金 3 000 元。其中经营人员工资 18 000 元,奖金 2 000 元;在建工程人员工资 12 000 元,奖金 1 000 元。

(5) 期初未交所得税为 1 600 元,本期发生的应交所得税为 6 600 元,期末未交所得税为 600 元。

要求:根据上述资料,计算该公司现金流量表中下列项目的金额,并列出计算过程:

(1)“销售商品、提供劳务收到的现金”项目。

(2)“购买商品、接受劳务支付的现金”项目。

(3)“支付给职工以及为职工支付的现金”项目。

(4)“支付的各项税费”项目。

(5)“购建固定资产、无形资产和其他长期资产所支付的现金”项目。

考点实战训练题答案

一、单项选择题

1. A 2. B 3. C 4. D 5. B 6. A 7. B 8. C 9. B 10. D 11. A 12. B 13. C 14. D 15. B 16. B 17. A 18. D 19. C 20. A 21. D 22. C 23. D 24. D 25. C 26. C 27. A 28. D 29. C 30. B

二、多项选择题

1. AC 2. ABCD 3. BCD 4. ABD 5. ABD 6. ACD

7. AB　8. AC　9. ABC　10. ABCD　11. BC　12. AC
13. ABD　14. BC　15. ABCD

三、判断题

1. ×　2. ×　3. ×　4. √　5. √　6. √　7. ×　8. ×
9. √　10. √　11. √　12. ×　13. ×　14. ×　15. ×
16. ×　17. √　18. ×　19. ×　20. √　21. ×　22. ×
23. ×　24. √　25. ×

四、综合题(不定项选择题)

(一) 1. ABC　2. D　3. B　4. A　5. B　6. C　7. B　8. ACD
(二) 1. B　2. C　3. A　4. D　5. D

五、计算分析题

1. 答：

(1) ① 借：应收账款——A公司　631 800
　　贷：主营业务收入　540 000
　　　　应交税费——应交增值税(销项税额)
　　　　　　91 800
　借：主营业务成本　350 000
　　贷：库存商品　350 000
　借：银行存款　631 800
　　贷：应收账款——A公司　631 800

② 借：银行存款　469 000
　贷：主营业务收入　400 000
　　　应交税费——应交增值税(销项税额)　68 000
　　　银行存款　1 000
　借：主营业务成本　250 000
　　贷：库存商品　250 000

③ 借：银行存款　175 500

　贷：预收货款——C公司　175 500

借：预收货款——C公司　585 000

　贷：主营业务收入　500 000

　　应交税费——应交增值税(销项税额)　85 000

借：主营业务成本　300 000

　贷：库存商品　300 000

借：应收票据　409 500

　贷：预收货款——C公司　409 500

④ 12月份应交所得税费用：

(54－35＋40－25＋50－30＋5＋7＋5＋1.5－2－1.5－6－2.2－0.5－4－1.8)×25%×10 000＝136 250(元)

借：所得税费用　136 250

　贷：应交税费——应交所得税　136 250

借：本年利润　136 250

　贷：所得税费用　136 250

(2) 营业收入＝540 000＋400 000＋500 000＋50 000

＝1 490 000(元)

营业成本＝350 000＋250 000＋300 000＋20 000

＝920 000(元)

营业利润＝1 490 000－920 000－15 000－40 000－60 000

－22 000－5 000＋50 000＋15 000＝493 000(元)

利润总额＝493 000＋70 000－18 000＝545 000(元)

净利润＝利润总额－所得税费用

＝545 000－136 250＝408 750(元)

(3) 编制航华公司12月份的利润表(略)。

2. 答：

(1)“销售商品、提供劳务收到的现金”项目 = 80 000 + 13 600 + (10 000 − 34 000) + 4 000 = 60 000(元)。

(2)“购买商品、接受劳务支付的现金”项目 = 40 000 + 6 800 +15 000 = 55 000(元)。

(3)“支付给职工以及为职工支付的现金”项目 = 18 000 + 2 000 = 20 000(元)。

(4)“支付的各项税费”项目 = 1 600 + 6 600 − 600 = 7 600(元)。

(5)“购建固定资产、无形资产和其他长期资产所支付的现金”项目 = 10 000 + 1 700 + 12 000 + 1 000 = 24 700(元)。

第十章 会计档案

考点归纳与真题解析

考点	具体识记内容
会计档案的概念与内容	概念：是指会计凭证、会计账簿和财务会计报告等会计核算专业资料，是记录和反映单位经济业务的重要史料和证据。
	内容：包括会计凭证、会计账簿、财务会计报告和其他会计核算资料四个部分。
	适用法规：财政部和国家档案局联合颁布的《会计档案管理办法》。
电算化形式下的会计档案	应当保存打印出的纸质会计档案。
	具备采用磁介质保存的，应当保存程序文件、磁介质上的会计数据及其他资料。
会计档案归档的规定	会计凭证和财务会计报告一般按月装订，会计账簿除跨年度使用的外，一般每年装订 1 次。其他资料也应及时装订。
	会计档案整理要做到分类标准、档案形成及管理要求三个统一。

续 表

考点	具体识记内容
会计档案归档的规定	归档前,应暂存会计部门满1年,后编制移交清册填写交接清单移交给档案部门,无档案部门可在会计机构内部指定专人(出纳不行)保管。
会计档案保管的规定	各单位必须妥善保管会计档案。
	保管时间分为永久和定期两类。定期保管期限一般是3年、5年、10年、15年和25年5类。
	保管期限应从会计年度终了后的第一天算起。
会计档案查阅和复制的规定	仅供本单位使用,不得外借;经单位负责人同意,办理登记手续后,可供查阅或复制。
	外单位查阅会计档案应持单位正式介绍信,单位内部人员也须单位负责人批准方可。
会计档案销毁的规定	实施销毁要遵循一定的程序。销毁前须编制销毁清册、单位负责人应批准,档案与会计机构共同派员监销,事后要一式两份书面总结监销情况。
	保管期满但未结清债权债务的凭证不得销毁,应单独抽出立卷。
	正在项目建设期间的建设单位,其保管期满的会计档案也不得销毁。

(本章为新增内容,以下历年考试真题均来自《财经法规与会计职业道德》。)

◈ 考点一：会计档案的概念与内容、电算化形式下的会计档案

下列各项中，不属于会计档案的是（　　）。【2003 年】

A. 固定资产卡片　　B. 备查账簿

C. 银行余额调节表　　D. 会计岗位责任制度

【答案】 D　会计凭证、账簿、财务报告和其他资料属于会计档案。

◈ 考点二：会计档案的归档与保管的规定

【2001 年下半年单选】《会计档案管理办法》规定，银行存款日记账的保管期限是（　　）。

A. 3 年　　B. 15 年

C. 25 年　　D. 永久

【答案】 C　账簿一般 15 年，但银行和现金日记账必须保管 25 年。

【2004 年下半年多选】下列企业会计档案中，属于应当永久保存的有（　　）。

A. 年度财务报告　　B. 现金日记账

C. 会计移交清册　　D. 会计档案保管清册

E. 会计档案销毁清册

【答案】 ADE　“2 个清册 1 个报告”需要永久保管。

【2006 年下半年单选】已经开具的发票存根联和发票登记簿应当保存（　　）。

A. 5年　　　　B. 3年
C. 1年　　　　D. 10年

【答案】 A

【2007年上半年判断】会计记账凭证的档案保管期限是10年。(　　)

【答案】 ×

【2008年下半年多选】应当保管15年的企业会计档案有(　　)。

A. 汇总凭证　　　　B. 明细账
C. 年度财务报告　　D. 会计移交清册

【答案】 ABD

【2008年下半年判断】在会计年度终了后，会计档案由本单位会计机构保管一年。(　　)

【答案】 √

考点四：会计档案查阅和复制的规定

【2001年下半年判断】原始凭证一般不得外借，其他单位如因特殊情况需要使用原始凭证时，经本单位领导批准可以外借，但需在专设的登记簿上登记并按时归还。(　　)

【答案】 ×　只对内部使用，始终不得外借。

【2006年下半年多选】下列企业会计档案中，根据规定应当永久保存的有(　　)。

A. 总账　　　　　　B. 会计档案保管清册
C. 年度财务决算报告　D. 汇总凭证

【答案】 BC

◈ 考点五：会计档案销毁的规定

【2001 年下半年多选】企业按照规定销毁会计档案时，应由(　　)共同派员监销。

A. 本单位档案部门　　B. 本单位财务会计部门

C. 同级财政部门　　D. 同级审计

E. 上级主管部门

【答案】 AB

【2006 年下半年判断】会计档案应当按规定程序销毁。正在项目建设期间的建设单位，其保管期满的会计档案不得销毁。(　　)

【答案】 √

本章复习与应考攻略

本章为教材修订后的新增知识，主要阐述了会计档案的构成，整理、归档和保管，存查与销毁等一系列规定内容。请同学们学习时重点掌握会计档案的保管、存查和销毁。

本章考点实战训练题

一、单项选择题

1. (　　)是记录和反映一个单位经济业务的重要史料

和证据。

A. 企业简介　　B. 会计档案

C. 人事档案　　D. 经济合同

2. 企业取得的银行对账单,应当保管(　　)年。

A. 1年　　B. 3年

C. 5年　　D. 15年

3. 外部查阅或复制会计档案时,应持有(　　)。

A. 经济合同

B. 会计报表

C. 财政机关批准文件

D. 单位正式介绍信

4. 会计凭证和财务会计报告一般(　　)装订一次。

A. 每天　　B. 每月

C. 每年　　D. 每半年

5. 现金日记账的保管期限为(　　)年。

A. 5　　B. 10

C. 15　　D. 25

6. 下列属于永久保管的是(　　)。

A. 会计移交清册　　B. 账簿交接记录

C. 会计销毁清册　　D. 企业经济合同

7. 2008年度的会计档案保管期从(　　)开始。

A. 2009年1月1日　　B. 2010年1月1日

C. 2008年12月31日　　D. 2009年12月31日

8. 会计档案的整理装订归档工作由(　　)负责。

A. 档案机构

B. 会计机构

C. 档案机构为主、会计机构配合

D. 会计机构为主、档案机构配合

9. 下列各项中,不属于会计档案的是(　　)。

A. 会计移交清册　　B. 会计档案保管清册

C. 会计档案清册　　D. 月度财务计划

10. 根据《会计档案管理办法》的规定,会计档案保管期限分为永久和定期两类。定期保管的会计档案,其最长期限是(　　)。

A. 10 年　　B. 15 年

C. 25 年　　D. 30 年

11. 各单位应当建立健全(　　)制度,严格查阅、复制和收回手续,保证会计资料的安全完整。

A. 档案保管　　B. 档案查阅、复制登记

C. 档案装订归档　　D. 档案销毁报告

12. 以下不能兼管会计档案的是(　　)。

A. 财务科长　　B. 总会计师

C. 出纳　　D. 费用会计

13. 会计档案的第三类是指(　　)。

A. 会计账簿　　B. 会计报表

C. 会计凭证　　D. 文字资料及其他

14. 以下会计档案需要保管 3 年的是(　　)。

A. 月度财务会计报告　　B. 银行余额调节表

C. 经济合同文书　　D. 财务工作计划

15. 财政部门销毁会计档案时,应当由(　　)派员参加

监销。

A. 同级档案部门　　B. 上级档案部门

C. 上级财政部门　　D. 同级审计部门

二、多项选择题

1. 下列属于会计档案的是(　　)。

A. 审核无误的原始凭证

B. 辅助账簿

C. 会计报表附注

D. 编制的银行存款余额调节表

2. 会计档案的整理要做到(　　)的统一。

A. 经济实质和法律形式

B. 分类标准

C. 管理要求

D. 档案形成

3. 企业按照规定销毁会计档案时,应由(　　)共同派员监销。

A. 本单位财务会计部门

B. 同级审计

C. 同级财政部门

D. 本单位档案部门

4. 下列关于会计档案管理说法错误的有(　　)。

A. 一切与会计工作相关的资料如部门制度、会议记录等都是会计档案

B. 档案管理部门负责会计档案管理的人员必须要持有会计从业证书

C. 包含未了事项的会计档案不得销毁

D. 经单位负责人同意，做好记录后，会计档案可以外借

5. 以下会计档案(　　)需要保管 15 年。

A. 季度财务会计报告　　B. 银行存款日记账

C. 汇总凭证　　D. 辅助账簿

6. 下列属于会计档案销毁清册内容的是(　　)。

A. 销毁时间　　B. 销毁会计档案意见

C. 案卷题号和起止日期　　D. 已保管年数

7. 以下(　　)应当视同会计档案，进行保管。

A. 电脑中的会计培训课件

B. 硬盘上的月度财务会计报告

C. 磁介质上的会计程序文件

D. 磁介质上的其他会计核算资料

8. 凭证装订后，应当在凭证封面上填写(　　)。

A. 凭证的种类　　B. 起讫号码

C. 凭证张数　　D. 记账标记

9. 单独抽出立卷的会计档案应当在(　　)中列明。

A. 会计移交清册　　B. 会计档案销毁清册

C. 会计档案保管清册　　D. 账簿扉页

10. 《会计档案管理办法》由(　　)制定颁布。

A. 国务院

B. 财政部

C. 人力资源和劳动保障部

D. 国家档案局

三、判断题

1. 会计档案应当按规定程序销毁。正在项目建设期间的建设单位,其保管期满的会计档案不得销毁。（　）
2. 会计档案保管清册,会计档案销毁清册和移交清册的保管期限为永久。（　）
3. 单位会计部门必须在会计年度终了后立即将会计档案移交本单位档案部门管理。（　）
4. 会计档案原件原则上不得借出,如有特殊需要,必须经总会计师批准,在不拆散原卷册情况下,可以提供查阅或者复制,并办理登记手续。（　）
5. 国家机关销毁会计档案时,应当由同级财政部门监督销毁。（　）
6. 监销报告必须是书面的,且一式三份,其中一份报告送交本单位负责人。（　）
7. 单位负责人不同意销毁时,财务和档案部门不得私下销毁。（　）
8. 为便于档案部门接受管理新档案,凡是保管期满的会计档案应立即销毁。（　）
9. 外部查阅和复制会计档案应持单位正式介绍信,须经单位负责人批准,单位内部人员则可随便查阅。（　）
10. 个别已经由档案部门管理的会计档案需要拆分重新整理时,档案部门可以自行拆分整理。（　）

四、综合题(不定项选择题)

2008 年 9 月 15 日,市财政局在某厂检查时发现以下情况：

(1) 为节约用人成本，该厂财务科出纳员周某除登记日记账、各种明细账外，兼任会计档案的保管工作。

(2) 因特殊情况，周某请示财务主管，财务主管批准同意后将本单位的会计档案外借给某供货商。

(3) 该厂档案科会同财务科编制了会计档案销毁清册。但厂长尚未签字档案科就私下销毁了保管期满的会计档案。

(4) 财务科经查实发现已经销毁的会计档案中包括一些保管期满但未结清的债权债务原始凭证。

请用相关知识选择正确答案。

1. 根据《会计档案管理办理》，该厂存在(　　)违规行为。

A. 出纳兼管会计档案

B. 未编制会计档案销毁清册就销毁档案

C. 会计档案外借

D. 销毁了不该销毁的档案

2. 原始凭证应当保管(　　)年。

A. 25　　B. 15

C. 10　　D. 5

3. 会计档案销毁清册和(　　)都需要永久保管。

A. 会计保管清册　　B. 年度财务会计报告

C. 会计移交清册　　D. 总分类账

4. 外单位人员查阅会计档案应当(　　)。

A. 持有单位正式介绍信

B. 须经被查阅单位财务主管同意

C. 须经被查阅单位负责人同意

D. 要填写档案查阅、复制登记簿

5. 按规定,企业对于保管期满但未结清的债权债务原始凭证应当( )。

A. 不得销毁

B. 应单独抽出立卷

C. 由会计部门保管,并在销毁清册和保管清册中注明

D. 由档案部门保管,并在销毁清册和保管清册中注明

考点实战训练题答案

一、单项选择题

1. B 2. C 3. D 4. B 5. D 6. C 7. A 8. B 9. D 10. C 11. B 12. C 13. B 14. A 15. D

二、多项选择题

1. ABCD 2. BCD 3. AD 4. ABD 5. CD 6. BCD 7. BCD 8. ABC 9. BC 10. BD

三、判断题

1. √ 2. × 3. × 4. × 5. × 6. × 7. √ 8. × 9. × 10. ×

四、综合题(不定项选择题)

1. ACD 2. B 3. AB 4. ACD 5. ABD

附录一

上海市2008年(上半年)会计从业资格统一考试《会计基础》试题(客观题)及参考答案

一、**单项选择题**(下列各题,只有一个符合题意的正确答案。请将你选择的答案,按答题卡要求,用2B铅笔填涂答题卡中相应题号的信息点。多选、错选、不选均不得分。本类题共30题,每小题1分,共30分。)

1. 不属于流动资产的是(　　)。

A. 存货　　B. 现金

C. 应收账款　　D. 长期股权投资

2. 属于资产类账户的是(　　)。

A. 利润分配　　B. 实收资本

C. 累计折旧　　D. 营业成本

3. 在清查中发现库存现金短缺时,应贷记(　　)科目。

A. 待处理财产损溢　　B. 库存现金

C. 其他应收款　　D. 管理费用

4. 甲公司采用先进先出法计算发出存货成本。4月初库存产品数量为50年,单价为1 000元;4月10日购入产品100件,单价为1 050元;4月12日领用产品100件。如果甲公司本月末发生其他购货和领货业务,4月份发出产品总成本为(　　)元。

A. 102 500　　B. 100 000

C. 105 000　　　　D. 100 500

5. 乙公司购入小汽车一辆供管理部门使用，增值税专用发票中注明货款为 300 000 元，增值税为 51 000 元，款项已用银行存款支付。此项业务的正确会计分录是(　　)。

A. 借：库存商品　　300 000
　　应交税费——应交增值税(进项税额)　　51 000
　贷：银行存款　　351 000

B. 借：固定资产　　300 000
　　应交税费——应交增值税(进项税额)　　51 000
　贷：银行存款　　351 000

C. 借：材料采购　　300 000
　　应交税费——应交增值税(进项税额)　　51 000
　贷：银行存款　　351 000

D. 借：固定资产　　351 000
　贷：银行存款　　351 000

6. 直接参加产品生产工人的职工薪酬应计入(　　)科目。

A. 生产成本　　　　B. 制造费用

C. 管理费用　　　　D. 生产费用

7. 甲公司于 1 月 15 日向乙公司销售产品一批，应收账款总额为 11 万元，规定的付款条件为(2/10，1/20，

N/30)。如果乙公司于 1 月 22 日付款,甲公司实际收到的金额是(　　)万元。

A. 11　　B. 10

C. 10.78　　D. 8.8

8. 短期借款应按(　　)设置明细账。

A. 借款性质　　B. 借款数额

C. 债权人　　D. 债务人

9. 当新投资者加入有限责任公司时,其出资额大于按约定比例计算的、在注册资本中所占的份额部分,应计入(　　)。

A. 实收资本　　B. 营业外收入

C. 资本公积　　D. 盈余公积

10. 不属于其他业务收入的是(　　)。

A. 罚款利得

B. 专利技术使用权转让收入

C. 包装物出租收入

D. 材料销售收入

11. 出纳人员付出货币资金的依据是(　　)。

A. 收款凭证　　B. 付款凭证

C. 转账凭证　　D. 原始凭证

12. 经济业务发生或完成时取得或填制的凭证是(　　)。

A. 原始凭证　　B. 记账凭证

C. 收款凭证　　D. 付款凭证

13. 错账的更正方法不包括(　　)。

A. 划线更正法　　B. 蓝字更正法
C. 红字更正法　　D. 补充登记法

14. 清查往来款项应采用的方法是(　　)。
A. 实地盘点法　　B. 发函询证法
C. 技术推算法　　D. 抽查法

15. 下列会计分录中，属于简单会计分录的是(　　)。
A. 一借一贷　　B. 一借多贷
C. 一贷多借　　D. 多借多贷

16. 丙公司购买甲材料 200 公斤，单价 90 元，增值税进项税额 3 060 元，另支付运费 800 元。材料已全部验收入库，则丙公司验收入库甲材料的实际采购成本是(　　)元。
A. 18 000　　B. 21 060
C. 18 800　　D. 21 860

17. 丁公司向银行借入为期 14 个月的借款，应贷记(　　)科目。
A. 短期借款　　B. 长期借款
C. 银行存款　　D. 长期应付款

18. 企业收到出租包装物押金时，应贷记(　　)科目。
A. 其他应收款　　B. 其他业务收入
C. 营业外收入　　D. 其他应付款

19. 记账凭证的主要作用是对原始凭证进行分类整理，按照复式记账的要求，运用会计科目，编制会计分录，据以(　　)。
A. 归纳汇总　　B. 详细审核

C. 登记账簿　　D. 金额计算

20. 原始凭证不得外借，其他单位如有特殊原因需要使用时，经本单位领导批准后方可(　)。

A. 外借　　B. 赠阅

C. 购买　　D. 复制

21. 固定资产明细账一般采用(　)。

A. 平行式账簿　　B. 活页式账簿

C. 订本式账簿　　D. 卡片式账簿

22. 年末结账时，应在“本年累计”行下划(　)。

A. 通栏单红线　　B. 通栏双红线

C. 半栏单红线　　D. 半栏双红线

23. A公司1月份发生下列支出：预付本年度全年保险费2 400元；支付上年第四季度借款利息3 000元(已预提)；支付本月办公费800元。计入本月的费用为(　)元。

A. 1 000　B. 6 200　C. 3 200　D. 3 800

24. 利润表是反映企业一定期间(　)的会计报表。

A. 财务状况　　B. 经营成果

C. 现金流量　　D. 资本变化

25. 不属于会计核算内容的是(　)。

A. 用盈余公积转增实收资本

B. 制定下年度财务预算

C. 将现金存入银行

D. 赊销货物

26. 企业会计核算的基础是(　)。

A. 收付实现制　　B. 永续盘存制
C. 权责发生制　　D. 实地盘存制

27. 下列项目中属于所有者权益的是(　　)。
A. 股票投资　　B. 债券投资
C. 盈余公积　　D. 应付债券

28. “除法律、行政法规和国家统一的会计制度另有规定者外，企业不得自行调整其账面价值。”上述规定所遵守的会计计量属性是(　　)。
A. 公允价值　　B. 重置成本
C. 可变现净值　　D. 历史成本

29. 资产负债中所有者权益各项目自上而下的排列顺序是(　　)。
A. 盈余公积、资本公积、未分配利润、实收资本
B. 实收资本、盈余公积、资本公积、未分配利润
C. 资本公积、盈余公积、未分配利润、实收资本
D. 实收资本、资本公积、盈余公积、未分配利润

30. 会计的基本职能包括会计核算和(　　)。
A. 会计检查　　B. 会计分析
C. 会计监督　　D. 会计审核

二、**多项选择题**(下列各题，有两个或两个以上符合题意的正确答案，请将你选定的答案，按答题卡要求，用2B铅笔填涂答题卡中相应题号的信息点。不选、错选、多选、少选均不得分。本类题共10题，每小题2分，共20分。)

1. 负债按流动性可分为(　　)。

A. 流动负债　　　　B. 短期负债

C. 非流动负债　　　D. 长期负债

2. 期末结转后无余额的账户有(　　)。

A. 实收资本　　　　B. 主营业务成本

C. 库存商品　　　　D. 销售费用

3. 估计坏账损失的方法有(　　)。

A. 销售额百分比法　B. 直接转销法

C. 账龄分析法　　　D. 余额百分比法

4. 核算长期借款利息涉及的会计科目可能有(　　)。

A. 管理费用　　　　B. 财务费用

C. 在建工程　　　　D. 长期借款

5. 下列表述中正确的有(　　)。

A. 资产负债表是动态报表

B. 利润表是动态报表

C. 现金流量表是动态报表

D. 会计报表附注是对会计报表项目的补充说明

6. 不会影响借贷双方平衡关系的记账错误有(　　)。

A. 从开户银行提取现金 500 元,记账时重复登记一次

B. 收到现金 100 元,但没有登记入账

C. 收到某公司偿还欠款的转账支票 5 000 元,但会计分录的借方科目错记为"现金"

D. 到开户银行存入现金 1 000 元,但编制记账凭证时误为"借记现金,贷记银行存款"

7. 在下列各项中,会导致企业银行存款日记账余额小

于银行对账单余额的事项有(　　)。

A. 企业开出支票,收款方尚未到银行兑现

B. 银行误将其他企业的存款记入本企业存款户

C. 银行代扣本企业水电费,企业尚未接到付款通知

D. 银行收到委托收款结算方式下的结算款项,企业尚未收到收款通知

8. 应通过"应收账款"科目核算的有(　　)。

A. 销售产品尚未收到的货款

B. 销售产品时代客户垫付的运杂费

C. 预付给供货单位的购货款

D. 销售产品时应向客户收取的增值税

9. 领用原材料的会计分录通常涉及的借方科目有(　　)。

A. 生产成本　　B. 管理费用

C. 制造费用　　D. 财务费用

10. 不必进行会计处理的经济业务有(　　)。

A. 用盈余公积转增资本

B. 取得股票股利

C. 用税前利润弥补亏损

D. 用税后利润弥补亏损

三、**判断题**(请按答题卡要求,将判断结果用 2B 铅笔填涂答题卡相应题号的信息点。你认为表述正确的,填涂答题卡中[✓]处信息点;你认为表述错误的,填涂答题卡中[×]处信息点。本类题共 20 题,每小题 1 分,共 20 分。判断正确的得分,判断错误或不作判

断的,不得分也不扣分。)

1. 资产是企业拥有或控制的具有实物形态的经济资源,该资源预期会给企业带来未来经济利益。( )
2. 收入、费用和利润三项会计要素表现相对静止状态的资金运动,能够反映企业的财务状况。( )
3. 分类账是会计账簿的主体,是编制会计报表的主要依据。( )
4. 明细账户应根据总账账户设置。( )
5. 复合会计分录应由几个简单会计分录合并而成。( )
6. 托收承付结算方式可用于同城结算。( )
7. 固定资产是指为生产产品、提供劳务、出租或经营管理而持有的、适用期限超过一年、单位价值较高的资产。( )
8. 在特定情况下,原始凭证经批准可以涂改、挖补。( )
9. 采用划线更正法时,应仅仅划去错误的文字或数字并更正为正确的文字或数字。( )
10. 科目汇总表账务处理程序只适用于经济业务不太复杂的小型企业。( )
11. 将于一年内到期的非流动负债,在资产负债表中应作为流动负债单独列示。( )
12. 会计核算的各种方法是互相独立的,一般按会计部门的分工。由不同的会计人员来独立处理。( )

13. 当采购员预借差旅费时,资产总额就会减少。 （ ）

14. 当月增加的固定资产当月不提折旧,当月减少的固定资产当月照提折旧。 （ ）

15. 所有记账凭证都必须附有原始凭证。 （ ）

16. 实地盘存制的缺点是控制制度不严,存货发出数不太可靠。 （ ）

17. 现金流量是指企业现金和现金等价物的流入量和流出量。 （ ）

18. 加班工资也应计入工资总额。 （ ）

19. 在收入确认前发生的销售折让,应计入财务费用。 （ ）

20. 为及时编制会计报表,企业应在月末提前结账。 （ ）

四、计算分析题(请用钢笔或圆珠笔在指定位置答题,否则按无效答题处理。有计算要求的,均须列出计算过程。本类题共 3 题,第 1 小题 8 分,第 2 小题 11 分,第 3 小题 11 分,共 30 分。)

1. 宏大公司 2007 年年末进行全面财产清查,发现存在下列情况,请据以作出相关会计分录:

(1) A 材料账面结存数为 4 000 公斤,每公斤 5 元,实际盘点为 4 200 公斤。经查属于收发计量差错而致,经批准冲减管理费用。

(2) 发现 B 材料盘亏 5 000 元,相应的增值税额为 850 元。经查系仓库保管员张平管理不善造成,属于责任事故，公司决定由张平赔偿，但赔偿款尚未收到。

(3) 发现盘亏设备一台，其原始价值为 5 000 元，已提折旧 3 500 元。上述设备盘亏无法查明原因，经批准计入营业外支出。

(4) 发现毁损库存商品 8 000 元，其中毁损的外购材料占 60%，该批毁损材料的增值税税率为 17%。经查，上述库存商品毁损系自然灾害造成。

2. 灵动公司 2008 年 3 月份发生以下经济业务，请据以编制相关会计分录（题目中有特殊要求的，请按要求作相应处理）：

(1) 2 日，收到现金 900 元，系出租包装物租金收入。

(2) 5 日，以银行汇票存款支付采购材料价款 20 000 元，增值税额 3 400 元。灵动公司对该种材料采用实际成本核算，材料已经验收入库。

(3) 8 日，购入材料一批，货款 300 000 元，增值税额 51 000 元，发票账单已收到，计划成本为 290 000 元，材料已验收入库，全部款项以银行存款付讫。灵动公司对该种材料采用计划成本核算，要求编制收到结算凭证、材料验收入库和结转材料成本差异的会计分录。

(4) 12 日，购入不需要安装的设备一台，价款 30 000 元，支付增值税 5 100 元，另支付运输费 300 元，包装费 500 元，款项均以银行存款支付。

(5) 20 日，根据“固定资产折旧计算表”，本月固定资产折旧共计 35 000 元。其中，生产车间用固定资产折旧 23 000 元，管理部门用固定资产折旧12 000 元。

(6) 31 日，根据“工资结算汇总表”，本月应付工资总额560 000 元，代扣企业代垫的职工医药费 60 000 元，实发工资 500 000 元。要求编制提取现金、发放工资、代扣款项的会计分录。

(7) 31 日，“应收账款”科目的借方余额为 150 000 元，2 月末“坏账准备”科目的贷方余额为 350 元。灵动公司采用应收账款余额百分比法计提坏账准备，计提比例为 5‰，不考虑其他因素，要求编制计提坏账准备的会计分录。

3. 嘉华公司设有一个基本生产车间。2008 年 3 月该基本生产车间发生如下经济业务，请据以编制会计分录，并登记制造费用明细账：

(1) 8 日，车间领用一般性消耗材料 3 400 元。

(2) 20 日，为进行车间管理发生零星支出 1 200 元，款项通过银行转账支付。

(3) 31 日，结算本月工资，其中生产工人工资 200 000 元，车间管理人员工资 15 000 元，企业管理部门人员工资 30 000 元。

(4) 31 日，计提车间用固定资产折旧 5 000 元。

(5) 31 日，结转本月制造费用，其中甲产品应负担 60%，乙产品应负担 40%。

制造费用明细分类账

明细科目：制造费用

年		凭证号码	摘要	借方				贷方	余额
月	日			机物料	薪金	折旧	其他		
		（略）							

参 考 答 案

一、单项选择题

1. D 2. C 3. B 4. A 5. B 6. A 7. C 8. C 9. C 10. A 11. D 12. A 13. B 14. B 15. A 16. C 17. B 18. D 19. C 20. D 21. D 22. B 23. A 24. B 25. B 26. C 27. C 28. D 29. D 30. C

二、多项选择题

1. AC 2. BD 3. ACD 4. BCD 5. BCD 6. ABCD 7. ABD 8. ABD 9. ABC 10. BCD

三、判断题

1. × 2. × 3. √ 4. × 5. × 6. × 7. × 8. × 9. × 10. × 11. √ 12. × 13. × 14. √ 15. × 16. √ 17. √ 18. √ 19. × 20. ×

四、计算分析题

1.（1）借：原材料——A 材料 1 000

贷：待处理财产损溢 1 000

借：待处理财产损溢 1 000

贷：管理费用 1 000

（2）借：待处理财产损溢 5 850

贷：原材料——B 材料 5 000

应交税费——应交增值税（进项税额转出） 850

借：其他应收款 5 850

贷：待处理财产损溢 5 850

（3）借：待处理财产损溢 1 500

累计折旧 3 500

贷：固定资产 5 000

借：营业外支出 1 500

贷：待处理财产损溢 1 500

（4）借：待处理财产损溢 8 816

贷：库存商品 8 000

应交税费——应交增值税（进项税额转出） 816

借：营业外支出 8 816

贷：待处理财产损溢 8 816

2.（1）借：库存现金 900

贷：其他业务收入 900

（2）借：原材料 20 000

应交税费——应交增值税（进项税额） 3 400

贷：其他货币资金 23 400

(3) 借：材料采购　300 000
　　应交税费——应交增值税(进项税额)　51 000
　贷：银行存款　351 000
借：原材料　290 000
　贷：材料采购　290 000
借：材料成本差异　10 000
　贷：材料采购　10 000

(4) 借：固定资产　30 800
　　应交税费——应交增值税(进项税额)　5 100
　贷：银行存款　35 900

(5) 借：制造费用　23 000
　　管理费用　12 000
　贷：累计折旧　35 000

(6) 提现金：
借：库存现金　500 000
　贷：银行存款　500 000
发工资：
借：应付职工薪酬　500 000
　贷：库存现金　500 000
代扣代垫职工医药费：
借：应付职工薪酬　60 000
　贷：其他应收款　60 000

(7) 计提坏账：$150\,000 \times 5‰ - 350 = 400$(元)
借：资产减值损失　400
　贷：坏账准备　400

3. (1) 借：制造费用　3 400
　　　贷：原材料　3 400

(2) 借：制造费用　1 200
　　贷：银行存款　1 200
(3) 借：制造费用　15 000
　　　　生产成本　200 000
　　　　管理费用　30 000
　　贷：应付职工薪酬　245 000
(4) 借：制造费用　5 000
　　贷：累计折旧　5 000
(5) 借：生产成本——基本生产成本(甲产品)　14 760
　　　　　　　——基本生产成本(乙产品)　9 840
　　贷：制造费用　24 600

制造费用明细分类账

明细科目：制造费用

2008年		凭证号码	摘要	借方				贷方	余额
月	日			机物料	薪金	折旧	其他		
3	8	(略)	耗用材料	3 400					3 400
	20		零星支出				1 200		4 600
	31		工　资		15 000				19 600
	31		折　旧			5 000			24 600
	31		结　转					24 600	0
	31		本月合计	3 400	15 000	5 000	1 200	24 600	0

附录二

上海市2008年(下半年)会计从业资格统一考试《会计基础》试题(客观题)及参考答案

一、**单项选择题**(下列各题,只有一个符合题意的正确答案。请将你选择的答案,按答题卡要求,用2B铅笔填涂答题卡中相应题号的信息点。多选、错选、不选均不得分。本类题共30题,每小题1分,共30分。)

1. 会计核算的主要计量单位是(　　)。

A. 实物计量单位　　B. 劳动计量单位

C. 货币计量单位　　D. 时间计量单位

2. 不属于损益类账户的是(　　)。

A. 主营业务收入　　B. 营业外收入

C. 所得税费用　　D. 应交税费

3. “企业应当以实际发生的交易或事项为依据进行会计确认、计量和报告,如实反映符合确认和计量要求的各项会计要素及其他相关信息,保证会计信息真实可靠、内容完整。”这一表述所体现的会计信息质量要求是(　　)。

A. 可靠性　　B. 相关性

C. 重要性　　D. 可比性

4. 规范会计工作空间范围的会计核算基本假设是(　　)。

A. 会计分期　　B. 会计主体
C. 持续经营　　D. 货币计量

5. 不属于期间费用的是(　　)。
A. 销售费用　　B. 管理费用
C. 财务费用　　D. 制造费用

6. 下列记账错误中,可以通过试算平衡进行查找的是(　　)。
A. 一笔购入固定资产的业务登记了两次
B. 一笔销售商品的业务未被登记
C. 用银行存款 500 元购买办公用品,被错记为借记“银行存款”500 元,贷记“管理费用”500 元
D. 用现金支付王良明差旅费借款 1 000 元,被错记为借记“其他应收款”1 000 元,贷记“库存现金”10 000 元

7. 在进行工资分配时,“应付职工薪酬——工资”科目的贷方发生额应等于(　　)。
A. 实发工资总数
B. 应发工资总数
C. 应发工资总数扣除各种代垫、代扣款项后的余额
D. 应发工资总数加上代发款项后的总额

8. 涉及库存现金和银行存款之间的划转业务,一般只填制付款凭证,不填制收款凭证,目的是(　　)。
A. 简化凭证填制手续
B. 简化账簿登记手续
C. 清晰反映科目对应关系

D. 避免凭证重复

9. 年终结算前,企业应(　　)。

A. 对所有财产进行实物盘点

B. 对重要财产进行局部清查

C. 对所有财产进行全面清查

D. 对货币性财产进行重点清查

10. 甲公司2008年10月1日资产总额为300万元,本月共发生以下三笔业务:(1)赊购材料10万元;(2)用银行存款偿还短期借款20万元;(3)收到购货单位偿还的欠款15万元存入银行。则甲公司10月末资产总额为(　　)万元。

A. 310　　B. 290

C. 295　　D. 305

11. "应付账款"账户的期初贷方余额为8 000元,本期借方发生额为12 000元,期末贷方余额为6 000元,则本期贷方发生额为(　　)元。

A. 10 000　　B. 4 000

C. 2 000　　D. 14 000

12. 不能计入产品成本的是(　　)。

A. 管理费用　　B. 直接材料

C. 生产工人工资　　D. 制造费用

13. 按月计提固定资产折旧时,应贷记的会计科目是(　　)。

A. 管理费用　　B. 固定资产

C. 制造费用　　D. 累计折旧

14. 乙公司盘亏固定资产一项，其账面原价为 30 000 元，账面价值为 16 000 元，经批准后计入“营业外支出”的金额应为(　　)元。

A. 30 000　　B. 16 000

C. 14 000　　D. 46 000

15. 采用实地盘存制时，财产物资的期末结存数必定等于(　　)。

A. 账面结存数　　B. 实地盘存数

C. 收支抵减数　　D. 滚存结余数

16. 科目汇总表的缺点是不能反映(　　)。

A. 借方发生额　　B. 贷方发生额

C. 账户发生额　　D. 账户对应关系

17. 净利润等于利润总额减去(　　)。

A. 营业税金及附加　　B. 利润分配数

C. 应交所得税　　D. 所得税费用

18. 不属于非流动负债的是(　　)。

A. 长期应付款　　B. 长期借款

C. 应付账款　　D. 应付债券

19. 丙公司以银行存款购入需要安装的设备一台，支付设备价款 8 000 元，增值税 1 360 元，另支付设备安装费 1 200 元。该设备的入账价值为(　　)元。

A. 8 000　　B. 9 360

C. 9 200　　D. 10 560

20. 与“本年利润”科目没有对应关系的科目是(　　)。

A. 生产成本　　B. 主营业务成本

C. 管理费用　　　　　　D. 财务费用

21. 资产负债表中,资产项目按照(　　)排列。

A. 相关性大小　　　　　B. 重要性大小

C. 可比性高低　　　　　D. 流动性高低

22. A企业销售产品一批,产品已发出,发票已交给购货方,货款尚未收到,会计人员应根据有关原始凭证编制(　　)。

A. 收款凭证　　　　　　B. 付款凭证

C. 转账凭证　　　　　　D. 汇总凭证

23. "盘亏"是指(　　)。

A. 账存数大于实存数　　B. 实存数等于账存数

C. 账存数小于实存数　　D. 以上都不是

24. 丁公司对发出存货采用月末一次加权平均法计价。10月初库存不锈钢40吨,单价为3 100元/吨;10月份一次购入不锈钢60吨,单价为3 000元/吨,则本月发出不锈钢的单价为(　　)。

A. 3 060元/吨　　　　　B. 3 040元/吨

C. 3 100元/吨　　　　　D. 3 050元/吨

25. 不属于记账凭证审核内容的是(　　)。

A. 凭证所载内容是否符合有关的计划和预算

B. 会计科目使用是否正确

C. 凭证金额与所附原始凭证的金额是否一致

D. 凭证内容与所附原始凭证的内容是否一致

26. B公司转账支票归还欠A公司的货款50 000元,会计人员所编记账凭证的会计分录为借记"应收账款"

50 000 元，贷记“银行存款”50 000 元，审核完毕并已登记入账，该记账凭证（　　）。

A. 没有错误

B. 有错误，使用划线更正法更正

C. 有错误，使用红字更正法更正

D. 有错误，使用补充登记法更正

27. 账簿中书写的文字和数字应占格距的（　　）。

A. 二分之一　　B. 三分之二

C. 三分之一　　D. 四分之一

28. 如果某总分类账户的期末余额在借方，其所属明细账户的期末余额（　　）。

A. 可能在借方，也可能在贷方

B. 必定在借方

C. 必定在贷方

D. 既不在借方，也不在贷方

29. 划线更正法适用于（　　）。

A. 记账凭证上会计科目或记账方向错误

B. 记账凭证正确，在记账时发生错误

C. 记账凭证上会计科目和记账方向正确，但所记金额大于应记金额

D. 记账凭证上会计科目和记账方向正确，但所记金额小于应记金额

30. 会计日常核算工作的起点是（　　）。

A. 填制会计凭证　　B. 财产清查

C. 设置会计科目　　D. 登记会计账簿

二、**多项选择题**(下列各题,有两个或两个以上符合题意的正确答案,请将你选定的答案,按答题卡要求,用2B铅笔填涂答题卡中相应题号的信息点。不选、错选、多选、少选均不得分。本类题共10题,每小题2分,共20分。)

1. 属于流动负债的是( )。

A. 短期借款　　B. 应付职工薪酬

C. 专项应付款　　D. 预付账款

2. 总分类账户和明细分类账户平行登记的要点包括( )。

A. 登记次数相同　　B. 登记会计期间相同

C. 登记方向相同　　D. 登记金额相等

3. 属于一次原始凭证的有( )。

A. 收料单　　B. 销货发票

C. 工资结算单　　D. 限额领料单

4. 我国会计准则允许采用的存货计价方法有( )。

A. 先进先出法　　B. 后进后出法

C. 加权平均法　　D. 个别计价法

5. 资产负债表"期末数"的填列方法有( )。

A. 根据总账余额直接填列

B. 根据总账余额计算填列

C. 根据明细账余额直接填列

D. 根据明细账余额计算填列

6. 采购员报销差旅费,其会计分录可能涉及的会计科目有( )。

A. 其他应收款 B. 库存现金
C. 其他应付款 D. 管理费用

7. 由利润形成的所有者权益包括(　　)。
A. 实收资本 B. 资本公积
C. 盈余公积 D. 未分配利润

8. 财务会计报告的内容包括(　　)。
A. 会计报表
B. 会计报表附注
C. 试算平衡表
D. 应在财务会计报表中披露的相关信息和资料

9. “账簿启用和经管人员一览表”的基本内容包括(　　)。
A. 启用日期 B. 账簿页数
C. 账簿编号 D. 移交日期

10. 收款凭证左上角的借方科目可能是(　　)。
A. 银行存款 B. 银行借款
C. 库存现金 D. 货币资金

三、**判断题**(请按答题卡要求,将判断结果用 2B 铅笔填涂答题卡相应题号的信息点。你认为表述正确的,填涂答题卡中[√]处信息点;你认为表述错误的,填涂答题卡中[×]处信息点。本类题共 20 题,每小题 1 分,共 20 分。判断正确的得分,判断错误或不作判断的,不得分也不扣分。)

1. 企业非日常活动形成的经济利益总流入也属于收入要素的构成内容。(　　)

2. 企业预付的货款实质上也是企业的一项资产。（　）
3. 库存现金日记账和银行存款日记必须采用订本式账簿。（　）
4. 现金流量表中的“现金”仅指库存现金。（　）
5. 凡是会计主体能够以货币表现的经济活动,都是会计核算和监督的内容,也就是会计的对象。（　）
6. 原材料明细分类账应采用平行式明细分类账。（　）
7. 因平时计量误差所导致的存货盘盈,经批准后应冲减管理费用。（　）
8. 各企业、单位应根据各自经济业务的实际需要自行设置总账科目。（　）
9. 备查账与其他账簿之间不存在相互依存和勾稽关系。（　）
10. 对原始凭证的审核,就是审核凭证的合法性与合理性。（　）
11. 资产负债表的“存货”项目包括在途物资、原材料、生产成本、库存商品等。（　）
12. 登记总分类账的直接依据只能是记账凭证。（　）
13. 企业在建工程领用本企业生产的应交纳增值税的产成品,应视同销售,按计税价格计算确认销项税额。（　）
14. 负债是过去的交易或事项所引起的潜在义务。（　）

15. 由于商业折扣在销售时已经发生，企业按扣除商业折扣后的净额确认销售收入和应收账款即可。（　　）

16. “生产成本”是利润表的组成项目。（　　）

17. 付款凭证上的会计分录只能是一借一贷的简单会计分录或者一贷多借的复合会计分录。（　　）

18. 在公允价值计量下，资产和负债按照在公平交易中，熟悉情况的交易双方自愿进行资产交换或者债务清偿的金额计量。（　　）

19. 所有者权益是企业投资者对企业资产的所有权。（　　）

20. 企业对于购入的免税农产品，可以按照买价和规定的扣除率计算进项税额，并将计算的进项税额从其购买价格中扣除，其余额即为购入农产品的采购成本。（　　）

四、计算分析题（请用钢笔或圆珠笔在指定位置答题，否则按无效答题处理。有计算要求的，均须列出计算过程。）

1. 辉明公司 2008 年 10 月份有关损益类科目的发生额如下：

（1）主营业务收入 700 000 元

（2）其他业务收入 70 000 元

（3）投资收益 3 500 元

（4）营业外收入 14 000 元

（5）主营业务成本 520 000 元

(6) 销售费用 16 000 元

(7) 管理费用 18 000 元

(8) 财务费用 4 000 元

(9) 营业外支出 20 000 元

(10) 其他业务成本 56 000 元

(11) 营业税金及附加 1 000 元

(12) 所得税税率 25%

要求：假定无纳税调整事项，根据上述资料，计算辉明公司 10 月份的下列指标：

(1) 营业利润＝

(2) 利润总额＝

(3) 所得税费用＝

(4) 净利润＝

2. 2008 年 10 月 1 日，海浪公司“应收账款”总账借方余额为 4 868 元，其中，“应收账款——乙企业”明细账借方余额为 2 378 元，“应收账款——丙企业”明细账借方余额为 2 490 元。海浪公司 10 月份发生下列经济业务：

(1) 5 日，以库存现金支付新聘采购员张正定额备用金 25 000 元。张正的这一备用金定额已由总经理批准。

(2) 6 日，出借给甲企业包装桶一批，收到押金 6 000 元，存入银行。

(3) 7 日，销售给乙企业 A 产品一批，货款为 120 000 元，增值税为 20 400 元，以银行存款垫付运杂费

600 元,款项尚未收到。

(4) 8 日,销售给丙企业 B 产品一批,货款为 210 000 元,增值税为 35 700 元,款项尚未收到。

(5) 10 日,采购员张正出差回来报销差旅费,实际报销 24 500 元,以库存现金支付。

(6) 12 日,甲企业借用的包装桶全部归还,以银行存款退回押金 6 000 元。

(7) 13 日,乙企业归还 7 日购货全部款项的 70%,并存入银行。

(8) 14 日,销售给乙企业 C 产品一批,货款为 100 000 元,增值税为 17 000 元,款项尚未收到。

(9) 28 日,收到乙企业所欠 C 产品货款 117 000 元,款项存入银行。

(10) 30 日,由于采购员张正的业务量减少,总经理决定将张正的备用金定额从 25 000 元减至 15 000 元,财务部门收回现金。

要求:

(1) 根据上述经济业务编制相关会计分录(提示:凡涉及债权、债务的会计科目,必须写出各级明细科目)。

(2) 根据记账凭证账务处理程序的要求,登记“应收账款”总分类账并进行月末结账,同时登记“应收账款——乙企业”明细分类账并进行月末结账、登记“其他应收款——备用金(张正)”明细分类账并进行月末结账。

总分类账

账户名称：应收账款　　　　　　　　　　　　单位：元

年		凭证号码	摘要	借方	贷方	借或贷	余额
月	日						
		（略）					

应收账款明细分类账

账户名称：乙企业　　　　　　　　　　　　单位：元

年		凭证号码	摘要	借方	贷方	借或贷	余额
月	日						
		（略）					

其他应收款明细分类账

二级科目：备用金

账户名称：张正　　　　单位：元

年		凭证号码	摘要	借方	贷方	借或贷	余额
月	日						
		（略）					

3. 浦惠公司 2008 年 10 月 1 日各账户余额如下：

科目余额表

公司名称：浦惠公司　　2008/10/1　　单位：元

科目名称	借方余额	贷方余额
库存现金	5 000	
银行存款	80 000	
交易性金融资产	20 000	
应收账款	50 000	
坏账准备		1 000
其他应收款	1 000	
原材料	55 000	

续 表

科目名称	借方余额	贷方余额
库存商品	60 000	
固定资产	820 000	
累计折旧		60 000
无形资产	40 000	
累计摊销		10 000
短期借款		140 000
应付账款		10 000
应付职工薪酬		10 000
应交税费		70 000
应付股利		30 000
实收资本		290 000
资本公积		30 000
盈余公积		20 000
本年利润		400 000
利润分配——未分配利润		60 000

浦惠公司 2008 年 10 月份发生的全部经济业务如下：

(1) 3 日，购入甲材料 40 000 元，增值税 6 800 元，材料已验收入库，款项尚未支付。

(2) 5 日，向银行提取现金 50 000 元。

(3) 5 日，以库存现金 50 000 元发放工资。

(4) 12 日，向 B 公司销售 A 产品，货款 200 000 元，增值税 34 000 元，款项已收到并存入银行。该批产品的生产成本为 100 000 元。

(5) 19 日，为生产 A 产品领用甲材料 12 000 元。

(6) 31 日，计提本月固定资产折旧 4 000 元，其中：生产车间用固定资产折旧额 3 000 元，厂部管理部门用固定资产折旧额 1 000 元。

(7) 31 日，结转本月应付职工工资 50 000 元，其中：生产 A 产品工人工资 30 000 元，车间管理人员工资 5 000 元，厂部管理人员工资 15 000 元。

(8) 31 日，结转本月制造费用 8 000 元。

(9) 31 日，结转本月完工产品成本 50 000 元。

(10) 31 日，结转本月各损益类账户。

要求：根据上述经济业务，编制浦惠公司 2008 年 10 月 31 日"科目余额表"。(提示：不要求编制会计分录，也不要求列出计算过程：仅考虑上述业务，不考虑其他因素。)

科目余额表

公司名称：浦惠公司　　2008/10/31　　　　单位：元

科　目　名　称	借方余额	贷方余额
库存现金		
银行存款		
交易性金融资产		
应收账款		
坏账准备		
其他应收款		
原材料		
库存商品		
固定资产		
累计折旧		
无形资产		
累计摊销		
合计		
短期借款		
应付账款		
应付职工薪酬		

续 表

科 目 名 称	借方余额	贷方余额
应交税费		
应付股利		
实收资本		
资本公积		
盈余公积		
本年利润		
利润分配——未分配利润		
合计		

参 考 答 案

一、单项选择题

1. C 2. D 3. A 4. B 5. D 6. D 7. B 8. D 9. C 10. B 11. A 12. A 13. D 14. B 15. B 16. D 17. D 18. C 19. C 20. A 21. D 22. C 23. A 24. B 25. A 26. C 27. A 28. A 29. B 30. A

二、多项选择题

1. AB 2. BCD 3. ABC 4. ACD 5. ABD 6. ABD 7. CD 8. ABD 9. ABCD 10. AC

三、判断题

1. × 2. √ 3. √ 4. × 5. √ 6. × 7. √ 8. ×

9. √ 10. × 11. √ 12. × 13. √ 14. × 15. √
16. × 17. × 18. √ 19. × 20. √

四、计算分析题

1. 答：

(1) 营业利润＝700 000＋70 000－520 000－16 000－180 000
－4 000－56 000－1 000＋3 500
＝158 500(元)

(2) 利润总额＝营业利润＋营业外收入－营业外支出
＝158 500＋14 000－20 000＝152 500(元)

(3) 所得税费用＝利润总额×25%
＝152 500×25%＝38 125(元)

(4) 净利润＝利润总额－所得税费用
＝152 500－38 125＝114 375(元)

2. 答：

(1) 会计分录如下：

① 借：其他应收款——备用金(张正)　　25 000
　贷：库存现金　　25 000

② 借：银行存款　　6 000
　贷：其他应付款——甲企业　　6 000

③ 借：应收账款——乙企业　　141 000
　贷：主营业务收入　　120 000
　　应交税费——应交增值税(销项税额)　　20 400
　　银行存款　　600

④ 借：应收账款——丙企业　　245 700
　贷：主营业务收入　　210 000
　　应交税费——应交增值税(销项税额)　　35 700

⑤ 借：管理费用　　24 500
　　贷：库存现金　　24 500
⑥ 借：其他应付款——甲企业　　6 000
　　贷：银行存款　　6 000
⑦ 借：银行存款　　98 700
　　贷：应收账款——乙企业　　98 700
⑧ 借：应收账款——乙企业　　117 000
　　贷：主营业务收入　　100 000
　　　　应交税费——应交增值税(销项税额)　　17 000
⑨ 借：银行存款　　117 000
　　贷：应收账款——乙企业　　117 000
⑩ 借：库存现金　　10 000
　　贷：其他应收款——备用金(张正)　　10 000

(2) 登账、结账(略)

3. 此题答案(略)。

附录三

上海市2009年《会计基础》模拟试题及参考答案

一、**单项选择题**(下列各题,只有一个符合题意的正确答案。请将你选定的答案,按答题卡要求,用2B铅笔填涂答题卡中相应题号的信息点。多选、错选、不选均不得分。本类题共25题,每小题1分,共25分。)

1. 会计确认、计量和报告的前提是(　　)。

   A. 会计基本假设　　B. 权责发生制

   C. 收付实现制　　D. 经济活动

2. (　　)是会计信息相关性和可靠性的制约因素。

   A. 重要性　　B. 可理解性

   C. 及时性　　D. 可比性

3. 企业月初资产总额150万元,在发生下列经济业务后:(1) 向银行借款10万元存入银行;(2) 用银行存款偿还应付账款25万元;(3) 收回应收账款5万元,其权益总计为(　　)万元。

   A. 135　　B. 185

   C. 165　　D. 175

4. 下列不构成营业利润的是(　　)。

   A. 营业收入　　B. 公允价值变动损益

   C. 投资净收益　　D. 营业外收支净额

5. 一般情况下，一个账户的本期增加发生额与该账户的期末余额都应该记在账户的(　　)。
   A. 借方　　B. 贷方
   C. 相同方向　　D. 相反方向
6. 某企业6月份发生下列业务：① 支付上个月水电费2 400元；② 预付下半年的房租1 500元；③ 预提本月借款利息600元；④ 计提本月折旧480元。则按权责发生制和收付实现制原则计算的本月费用分别为(　　)。
   A. 4 980元和3 900元　　B. 3 900元和2 580元
   C. 1 080元和3 900元　　D. 3 480元和1 080元
7. 下列项目中，使资产总额增加的是(　　)。
   A. 接受投资者投入货币资金
   B. 收回应收账款
   C. 偿还应付账款
   D. 计提固定资产折旧
8. 制造产品直接耗用的材料，在会计处理上应以增加(　　)来处理。
   A. 制造费用　　B. 生产成本
   C. 管理费用　　D. 库存商品
9. 某企业月初库存材料60件，每件为1 000元，月中又购进两批，一次200件，每件950元，另一次100件，每件1 046元，该企业对材料发出采用月末一次加权平均法进行核算，则月末该材料的加权平均单价为(　　)。

A. 980　　B. 985

C. 990　　D. 1 182

10. 向外地某公司购入原材料 100 000 元,增值税 17 000 元,货款以银行承兑汇票支付,应编制(　　)。

A. 转账凭证　　B. 银行存款付款凭证

C. 现金付款凭证　　D. 现金收款凭证

11. 公司制企业的法定盈余公积按照净利润的(　　)提取。

A. 7%　　B. 14%

C. 10%　　D. 17%

12. A 公司于 2007 年 11 月 5 日从证券市场上购入 B 公司发行在外的股票 200 万股作为交易性金融资产,每股支付价款 5 元,另支付相关费用 20 万元,2007 年 12 月 31 日,这部分股票的公允价值为 1 050 万元,A 公司 2007 年 12 月 31 日应确认的公允价值变动损益为(　　)万元。

A. 损失 50　　B. 收益 50

C. 收益 30　　D. 损失 30

13. 某项经济业务的发生额为 9 674 元,在账簿中被误记为 9 764 元,其所依据的记账凭证无误,更正此账应采用的方法是(　　)。

A. 红字更正法　　B. 划线更正法

C. 补充登记法　　D. 重新编制记账凭证

14. 制造公司第一生产车间生产甲、乙两种产品,甲产品生产工人工时为 600 小时,乙产品生产工人工时为

400 小时，2008 年 10 月末按生产工人工时比例分配本月发生的制造费用 86 306 元。甲产品和乙产品应分担的制造费用是(　　)。

A. 甲产品和乙产品均是 43 153 元

B. 甲产品是 34 522 元，乙产品是 51 784 元

C. 甲产品是 51 784 元，乙产品是 34 522 元

D. 甲产品和乙产品均是 86 306 元

15. 期末根据账簿记录，计算并记录出各账户的本期发生额和期末余额，在会计上称为(　　)。

A. 对账　　B. 结账

C. 调账　　D. 查账

16. 原始凭证和记账凭证的相同点是(　　)。

A. 反映经济业务的内容相同

B. 编制时间相同

C. 应借应贷的会计科目相同

D. 经济责任的当事人相同

17. 汇总记账凭证账务处理程序下，汇总转账凭证应按(　　)设置。

A. 借方科目　　B. 贷方科目

C. 借方或贷方科目　　D. 余额方向

18. 某企业在 2008 年 10 月 8 日销售商品 100 件，增值税专用发票上注明的价款为 10 000 元，增值税额为 1 700 元。企业为了及早收回货款而在合同中规定的现金折扣条件为：2/10，1/20，n/30。假定计算现金折扣时不考虑增值税。如买方 2008 年 10 月 24 日

付清货款，该企业实际收款金额应为(　　)元。

A. 11 466　　　　B. 11 500

C. 11 583　　　　D. 11 600

19. 企业在记录原材料、产成品等存货时，采用的明细账格式一般是(　　)。

A. 三栏式明细账

B. 多栏式明细账

C. 横线登记式明细账

D. 数量金额式明细账

20. 对各项财产物资的增减，平时只登记收入数，不登记发出数的制度是(　　)。

A. 永续盘存制　　　　B. 权责发生制

C. 实地盘存制　　　　D. 收付实现制

21. 对于银行存款和银行借款，应由出纳员同银行(　　)。

A. 每月核对 1 次　　　　B. 每月核对 2 次

C. 每周核对 4 次　　　　D. 每天核对 1 次

22. 某一般纳税人企业在财产清产中，发现一批库存商品毁损，其成本为 10 000 元，成本中外购材料占毁损商品成本比重为 50%，则计入进项税额转出的金额是(　　)。

A. 1 700 元　　　　B. 850 元

C. 580 元　　　　D. 7 100 元

23. 某企业当月，固定资产原值 200 万元，累计折旧为 60 万元，固定资产减值准备 40 万元，则资产负债表中的“固定资产”项目是(　　)。

A. 100　　B. 140

C. 160　　D. 200

24. 半年度财务会计报告应在年度中期结束后(　　)内对外提供。

A. 15 天　　B. 30 天

C. 60 天　　D. 90 天

25. 财政部门销毁会计档案时,应当由(　　)派员参加监销。

A. 同级档案部门　　B. 上级档案部门

C. 上级财政部门　　D. 同级审计部门

二、**多项选择题**(下列各题,有两个或两个以上符合题意的正确答案,请将你选定的答案,按答题卡要求,用2B 铅笔填涂答题卡中相应题号的信息点。不选、错选、多选、少选均不得分。本类题共 10 题,每小题 2 分,共 20 分。)

1. 对会计监督理解正确的是(　　)。

A. 又称为控制职能

B. 就是对已经发生的经济活动和核算资料进行审查分析

C. 离不开会计核算,是会计核算的基础

D. 会计监督主要通过价值指标来控制单位的经济活动

2. 期间费用是指企业一定时期内发生的不能计入产品成本,而直接计入各期损益的各项费用,主要包括

( )。

A. 管理费用 B. 销售费用

C. 财务费用 D. 待摊费用

3. 在借贷记账法下,贷方记录的内容是( )。

A. 资产的增加

B. 资产的减少

C. 负债及所有者权益的增加

D. 收入的增加及费用的减少

4. 试算平衡的理论依据是( )。

A. 借贷记账法的记账规则

B. 经济业务的内容

C. 资产=负债+所有者权益

D. 收入-费用=利润

5. 下列会计科目,年末应无余额的有( )。

A. 主营业务收入 B. 制造费用

C. 本年利润 D. 利润分配

6. 交易性金融资产科目借方登记的内容有( )。

A. 交易性金融资产的取得成本

B. 资产负债表日其公允价值高于账面余额的差额

C. 取得交易性金融资产所发生的相关交易费用

D. 资产负债表日其公允价值低于账面余额的差额

7. 下列各项,可以采用除 9 法查找到错误的有( )。

A. 将"应收账款"科目借方的 5 000 元误记入贷方

B. 将"应收账款"科目借方的 5 000 元误记为 500 元

C. 漏记了一笔"应收账款"科目借方 5 000 元

D. 将“库存现金”科目借方的76元误记为67元

8. 记账凭证的编号方法主要有(　　)。

A. 统一编号法　　B. 分两类编号

C. 分三类编号　　D. 分五类编号

9. 在下列各项中,使得企业银行存款日记账余额会小于银行对账单余额的有(　　)。

A. 企业开出支票,对方未到银行兑现

B. 银行误将其他公司的存款记入本企业银行存款账户

C. 银行代扣水电费,企业尚未接到通知

D. 银行收到委托收款结算方式下结算款项,企业尚未收到通知

10. 下列属于会计档案的是(　　)。

A. 审核无误的原始凭证

B. 辅助账簿

C. 会计报表附注

D. 编制的银行存款余额调节表

三、**判断题**(请按答题卡要求,将判断结果用2B铅笔填涂答题卡相应题号的信息点。你认为表述是正确的,填涂答题卡中信息点[√];你认为表述错误的,填涂答题卡中信息点[×]。本类题共25题,每小题1分,共25分。判断正确的得分,判断错误或不作判断的,不得分也不扣分。)

1. 财务成果就是指企业取得了盈利。　　(　　)

2. 可比性的会计信息质量要求就是同一企业不同时期

的会计核算方法前后各期应当保持一致,不得随意变更。 ( )

3. 收付实现制不考虑收入和费用的收支期间与其归属期间是否一致的问题。 ( )

4. 财务费用就是企业财务部门发生的日常办公等费用。 ( )

5. 所有者权益一般不要求企业直接偿还,但负债到期必须偿还。 ( )

6. 企业出售无形资产取得的收入应在“其他业务收入”账户核算。 ( )

7. 会计科目和会计账户的口径一致,性质相同,都具有一定的格式和结构,所以在实际工作中,对会计科目和账户不加严格区分。 ( )

8. 科目汇总表账务处理程序能科学地反映账户的对应关系,且便于账目核对。 ( )

9. 收入能够导致企业所有者权益增加,但导致所有者权益增加的不一定都是收入。 ( )

10. 会计科目与同名称的账户反映的经济内容是相同的。 ( )

11. 采用借贷记账法,并不要求对所有账户进行固定分类。 ( )

12. 应收账款和预收账款都是企业的债权。 ( )

13. 所有的记账凭证都必须附有原始凭证并注明附件张数。 ( )

14. 为了简化记账凭证的填制手续,对于转账业务,可以

用自制的原始凭证或汇总原始凭证来代替记账凭证。（　）

15. 业务比较单纯、业务量较少的单位可以采用通用记账凭证。（　）
16. 在我国，单位一般只对固定资产的核算采用活页账形式。（　）
17. 会计账簿是整个会计核算的中心环节，因此会计对外提供信息的主要方式就是会计账簿。（　）
18. 账簿按外形形式可分为日记账、分类账和辅助账簿。（　）
19. 采用汇总记账凭证账务处理程序，可以减少登记总分类账的工作量，但不便于了解账户之间的对应关系。（　）
20. 盘盈的存货属于企业盘盈利得，应记入当期的营业外收入。（　）
21. 增值税与净利润的计算无关，但它属于经营活动的现金流量。（　）
22. 对一个企业而言，收入与费用一般都遵循配比原则，营业外收入和营业外支出也不例外。（　）
23. 企业购买固定资产实际支付的款项在填报现金流量表时，应该计入“购买商品、接受劳务支付的现金”项目。（　）
24. 会计档案保管清册，会计档案销毁清册和移交清册的保管期限为永久。（　）
25. 外部查阅和复制会计档案应持单位正式介绍信，须经单位负责人批准，单位内部人员则可随便查阅。

( )

四、**综合题**（下列各题，至少有一个符合题意的正确答案，请将你选定的答案，按答题卡要求，用2B铅笔填涂答题卡中相应题号的信息点。不选、错选、多选、少选均不得分。本类题共15小题，每小题2分，计30分。）

（一）2007年5月5日，甲公司以480万元购入乙公司股票60万股作为交易性金融资产，另支付手续费10万元，2007年6月30日该股票每股市价为7.5元，2007年8月10日，乙公司宣告分派的现金股利，每股0.20元，8月20日，甲公司收到分派的现金股利。至12月31日，甲公司仍持有该交易性金融资产，期末每股市价为8.5元，2008年1月3日以515万元出售该交易性金融资产。假定甲公司每年6月30日和12月31日对外提供财务报告。

1. 2007年5月5日，甲公司交易金融资产的入账价值是( )万元。

   A. 470　　　　B. 480

   C. 490　　　　D. 500

2. 甲公司购入交易金融资产发生的10万元手续费应计入( )。

   A. “投资收益”账户贷方

   B. “交易性金融资产——成本”账户借方

   C. “投资收益”账户借方

D. “交易性金融资产——成本”账户贷方

3. 2007 年 6 月 30 日所持股票每股市价为 7.5 元，则应把公允价值与账面金额的差异计入（　）。

A. “公允价值变动损益”账户贷方

B. “公允价值变动损益”账户借方

C. “交易性金融资产——公允价值变动”账户借方

D. “交易性金融资产——公允价值变动”账户贷方

4. 对公允价值变动损益理解正确的是（　）。

A. 属于损益类科目

B. 一般期末无余额

C. 交易性金融资产公允价值高于账面价值的差额计入其借方

D. 交易性金融资产公允价值低于账面价值的差额计入其贷方

5. 该交易性金融资产的累积损益是（　）万元。

A. 60　　B. 30

C. 35　　D. 37

（二）乐乐公司为一般纳税人，增值税税率为 17%，2008 年 10 月初和 10 月末的固定资产账面原值均为 350 万元。10 月份车间使用的固定资产计提折旧 2.8 万元，厂部使用的固定资产计提折旧 1.4 万元。2006 年 9 月，嘉汇公司发生下列经济业务：（1）本月用银行承兑汇票购入工程用水泥 20 万元，增值税 3.4 万元，物资已经入库。（2）接受投资转入一台机床，投出方账面原值为 6.5 万元，已提折旧 1.2 万元，双方确认价值为 4.8 万元，嘉汇公司接受投资后投入车间使用。(3) 本月对外销售产品一批,不含税销售额是100万元。(4) 购入一辆全新的运输设备,发票价格20万元,增值税额3.4万元,车辆购置税2.34万元,保险费等1.8万元。全部款项开出转账支票予以支付,车辆交付车间使用。(5) 进行财产清查时,发现盘亏机器设备一台,其账面原值为5万元,已提折旧2.3万元,经批准后予以核销。假定该企业月初未抵扣增值税进项税额为5万元,本月没有预交。

要求:根据上述业务,选择下列正确答案:

1. 对"购入工程用水泥20万元,增值税3.4万元,已入库"的处理是( )。

A. 借:原材料 20万

应交税费——应交增值税(进项税额) 3.4万

贷:银行存款 23.4万

B. 借:工程物资 20万

应交税费——应交增值税(进项税额) 3.4万

贷:应付票据 23.4万

C. 借:工程物资 23.4万

贷:银行存款 23.4万

D. 借:工程物资 23.4万

贷:应付票据 23.4万

2. 该公司接受投资转入一台机床,其账务处理的贷方是( )。

A. 实收资本　4.8万元　　B. 资本公积　4.8万元

C. 实收资本　5.3万元　　D. 资本公积　5.3万元

3. 根据本题计算，计入营业外支出的金额是（　　）万元。

A. 5　　B. 2.3

C. 2.7　　D. 3.2

4. 10月份计提折旧的会计分录的借方科目是（　　）。

A. 生产成本　2.8万　　B. 制造费用　2.8万

C. 累计折旧　1.4万　　D. 管理费用　1.4万

5. 本月乐乐公司应缴增值税额是（　　）。

A. 5　　B. 5.3

C. 7.2　　D. 5.2

（三）腾飞公司2008年12月份有关损益类科目的发生额如下：

主营业务收入	800 000元	营业税金及附加	3 000元
其他业务收入	50 000元	管理费用	18 000元
投资收益	5 000元	财务费用	5 000元
营业外收入	15 000元	销售费用	12 000元
主营业务成本	550 000元	资产减值损失	5 000元
其他业务成本	35 000元	营业外支出	20 000元

若该公司执行的企业所得税税率为25%。请根据上

述资料回答以下各题：

1. 腾飞公司 2008 年 12 月的收入总额为(　　)元。

A. 865 000　　B. 850 000

C. 815 000　　D. 851 000

2. 腾飞公司 2008 年 12 月的营业利润和利润总额分别为(　　)元。

A. 158 500 和 222 000　　B. 172 500 和 227 000

C. 227 000 和 222 000　　D. 222 000 和 152 500

3. 腾飞公司 2008 年 12 月的所得税费用为(　　)元。

A. 55 500　　B. 45 500

C. 65 500　　D. 75 500

4. 腾飞公司 2008 年 12 月的净利润为(　　)元。

A. 156 600　　B. 155 600

C. 114 375　　D. 166 500

5. 腾飞公司 12 月份的期间费用总额为(　　)元。

A. 40 000　　B. 20 000

C. 25 000　　D. 35 000

参考答案

一、单项选择题

1. A　2. C　3. A　4. D　5. C　6. C　7. A　8. B　9. B　10. A　11. C　12. B　13. B　14. C　15. B　16. A　17. B　18. D　19. D　20. C　21. A　22. B　23. A　24. C　25. D

二、多项选择题

1. AD　2. ABC　3. BCD　4. AC　5. ABC　6. AB

7. BD　8. ACD　9. ABD　10. ABCD

三、判断题

1. ×　2. ×　3. √　4. ×　5. √　6. ×　7. ×　8. ×
9. √　10. √　11. √　12. ×　13. ×　14. √　15. √
16. ×　17. ×　18. ×　19. ×　20. ×　21. √　22. ×
23. ×　24. ×　25. ×

四、综合题

(一) 1. B　2. C　3. BD　4. AB　5. D

(二) 1. B　2. A　3. C　4. BD　5. D

(三) 1. B　2. C　3. A　4. D　5. D